В детективах
Ольги Володарской
нет запретных тем!

Читайте детективы Ольги Володарской!
В них нет запретных тем!

Кара Дон Жуана
Последнее желание гейши
Хрустальная гробница Богини
Карма фамильных бриллиантов
Сердце Черной Мадонны
Король умер, да здравствует король
Принцип перевоплощения
Свидание с небесным поровителем
Клятва вечной любви
Ножницы судьбы
Неслучайная ночь

Ольга Володарская

ЭКСМО
МОСКВА
2010

УДК 82-3
ББК 84(2Рос-Рус)6-4
В 68

Оформление серии *П. Иващука*

Дизайн переплета *Е. Гузняковой*

Володарская О.

В 68 Неслучайная ночь : роман / Ольга Володарская. — М. : Эксмо, 2010. — 352 с. — (Нет запретных тем).

ISBN 978-5-699-43097-0

Ульяна писала отличные дамские романы. Но вдохновение покинуло ее, когда она разуверилась в любви. Решив попробовать себя в приключенческом жанре, она отправилась с приятелем Славой на базу экстремалов. В компании Славиных друзей и их спутниц она чувствовала себя белой вороной...

Сергей Ветер был богат и успешен. Но когда его перестали радовать автомобили, дома и девочки, он продал бизнес, занялся серфингом и построил на берегу моря станцию. Туда мог приехать любой, но с особой радостью он принимал институтских друзей: Егора, Марка и Славу. Однажды на станцию явился незваный гость — их давний недруг. Но он не дожил до утра...

Подозрение пало на парней с соседней базы, с которыми погибший вел какие-то грязные дела. И только Ветер знал, что убийца — кто-то из своих...

УДК 82-3
ББК 84(2Рос-Рус)6-4

ISBN 978-5-699-43097-0

Все персонажи и события
этой книги вымышленные

Пролог

Таких страшных снов, как сегодняшний, Ульяне еще видеть не приходилось...

Обычно кошмары были примерно одинаковыми: ее догонял кто-то неведомый, но пугающий до холода в груди, или он же ломился к ней в дверь, которую никак не удавалось запереть, а бывало, стрелял в нее, и Ульяна чувствовала, как пуля врезается в ее тело... То есть она всегда была жертвой. И никогда не проявляла агрессии — не нападала, не догоняла, не стреляла в ответ. Зато искусно уходила от преследователя: то взмывала ввысь, то становилась невидимой, то, как пресловутый кинематографический Горец, бессмертной...

Сегодня же ей приснилось, как она УБИВАЕТ!

Деталей Ульяна не помнила. Единственная картина, всплывшая перед внутренним взором после пробуждения, была такая: она держит в руке какой-то штырь, заносит его над лежащим на песке человеком и вонзает острие в несчастного...

Что было дальше, Ульяна вспомнить не могла, да и не старалась. Ей и так было жутко и крайне неприятно от осознания того, что она, пусть и во сне, вела себя столь кровожадно. Значит, дремлет где-то внутри ее жестокость, хоронится злоба, таится тяга к убийству...

«Брр, — передернулась Ульяна. — Даже думать об этом страшно! Интересно, что сказали бы психологи, расскажи я им, с каким ледяным спокойствием в своем сне вонзала штырь в человека?»

Ульяна тряхнула головой, чтобы разогнать царапающие душу думы, и ощутила боль в виске. Только тут вспомнила главное: вчера она безобразно напилась, и кошмар мог ей присниться именно поэтому. Ранее она ни разу не надиралась до такой степени. И марихуаны не курила! А тут и то и другое. И как следствие — жуткий сон ночью, а утром головная боль.

Встав с дивана, Ульяна осмотрелась, желая отыскать сумку, в которой лежали таблетки. Спала она, как оказалось, на террасе, а вещи свои оставила в одной из комнат. Но сейчас там кто-то спит, и тревожить человека у Ульяны не хватило наглости. Поэтому решила достать анальгин в другом месте, а именно в автомобильной аптечке. Она вышла из дома и проследовала к стоянке. Там было припарковано несколько машин, но Ульяна направилась к конкретной, к старенькой «Ниве» — та точно не поставлена на сигнализацию.

Когда проходила мимо ворот, заметила, что те не закрыты: одна створка на месте, а вторая распахнута. Ульяна сделала шаг в ее сторону, чтобы прикрыть. Вообще-то в том не было необходимости, так как ворота выполняли всего лишь декоративную функцию: они были врыты в песок, а не прилажены к забору. Забора просто-напросто не было! А ворота имелись. И хозяин территории и дома очень просил, чтобы их закрывали на ночь. Как он говорил, для порядка.

Ульяна взялась за створку, чтобы прикрыть, но тут взгляд ее упал на валяющуюся за воротами кроссовку. Большого размера, почти новую, фирмы «Адидас». Выходит, не одна она вчера перебрала, кто-то даже пьянее был, раз кроссовку потерял.

Решив прихватить ее, Ульяна вышла за ворота.

Вышла и... будто вновь попала в свой кошмар!

Сейчас она видела почти то же, что в сегодняшнем страшном сне, — человека, лежащего на песке. Мужчину, с которым вчера выпивала и курила марихуану. И этот мужчина был мертв — его тело пронзено металлическим штырем...

Ульяна закричала. Да так громко, что пульсирующая боль в виске стала нестерпимой. Но даже крик не смог заглушить внутреннего стона: «Не приснилось! Я видела тот кошмар наяву! Нет, не так: я создала этот кошмар... Я убила человека!»

Часть I

«Братство Ветра». За несколько часов до...

Глава 1

Егор Баринов вел свой джип по мокрой дороге и матерился сквозь зубы. Дождь не прекращался уже вторые сутки, и, хотя на горизонте небо казалось светлым, он никак не мог достичь того места, где сухо и солнечно.

Егор раздраженно нажал кнопку магнитолы. По радио передавали сплошную попсу, а ему хотелось послушать что-нибудь приличное. «Роллингов», к примеру, или «Дип перпл». Егор обожал классику рока, но неплохо относился и к некоторым современным группам, к тому же «Слип ноту», почитаемому преимущественно подростками. Еще Егор с удовольствием слушал «Металлику» и «Нирвану», а также «Блер» и «Оэзис». Но в настоящий момент все радиостанции, будто сговорившись, передавали попсу, разбавляя ее длиннющими рекламными блоками и одними и теми же новостями. А диски Егор, как назло, дома забыл.

Настроение у Баринова было ужасное. Испортилось оно еще вчера. Сразу после того, как стало ясно, что контракта с итальянцами принадлежащей ему фирме не видать, хотя Егор очень рассчитывал на него все последние месяцы. Сотрудничество с «макаронниками» могло поправить пошатнувшиеся дела, но вот не вышло...

Егор вчера даже не дождался конца рабочего дня, тогда как обычно засиживался в кабинете до позднего вечера. Ушел сразу после обеда, заехал в магазин, купил бутылку коллекционного шотландского виски и самой обычной селедки. Это был его бзик — закусывать изысканные напитки соленой рыбой. Да не семгой и не форелью, а именно селедкой. И не той, что продают разделанной и со специями в баночках или пластиковых упаковках. Егор всегда брал рыбу бочковую. Целую, непотрошеную. Потом сам отрезал голову и хвост, вычищал внутренности, снимал кожу, резал, посыпал кольцами лука и заливал нерафинированным подсолнечным маслом. Ел он селедку либо с мягким черным хлебушком, либо с вареной картошкой. Друзья, знавшие о его бзике, над Егором подсмеивались. Они сами были не против подобной закуси, но употребляли ее под водочку. А вот чтобы отличный скотч или не менее хороший коньяк заедать столь простецкой пищей... Это уж извращение какое-то! Но Егору было плевать на всеобщее мнение. Он любил селедку с картошкой, а остальное не имело значения.

Придя домой, Баринов откупорил виски, разделал селедку, подогрел уже готовую картошку в микроволновке и уселся перед телевизором — бухать.

Вообще-то Егор пил редко. Не до этого как-то было. Домой он возвращался поздно, а утром за руль, поэтому обычно либо совсем не употреблял спиртное, либо пропускал стопочку-другую коньяка. Но приблизительно раз в месяц устраивал тихие попойки. Ему это было необходимо, чтобы не сойти с ума от нервного перенапряжения. Напиваясь, он давал волю эмоциям: мог со злости разбить тарелку о стену, пустить слезу, вспомнив об утратах, мог хохотать, как сумасшедший, при просмотре комедии или материться, слушая дурацкую юмореску. Хмельной, он звонил своим девушкам и кокетничал с ними так, как не позволял себе, будучи трезвым. Но если одна из них изъявляла желание приехать к нему, чтобы скрасить его одиночество, Баринов быстро сворачивал разговор и прощался. От секса, как и прочие мужчины в состоянии алкогольного опьянения, он не отказался бы, но ведь барышни только этим не ограничатся, будут приставать с разговорами, а то еще изъявят желание вместе принять ванну или ночевать остаться, а Егору нужно было одиночество. Не всегда, конечно, только в те редкие дни, когда он бухал.

В остальные же дни он не любил быть один. Поэтому имел кучу подружек, немалое количество приятелей и трех, но зато настоящих друзей. Последние, так же как и Егор, были членами клуба, носящего шутливое название «Ветродуйка». Его придумал основатель и лучший друг Сергей Ветер. Тот первым начал заниматься кайт-серфингом[1] и был единственным, кто посвятил этому жизнь. Ветер продал

---

[1] «Кайт» в переводе с английского — воздушный змей, в кайт-серфинге или кайтинге он применяется в качестве движущей силы. (*Здесь и далее примечания автора.*)

свой успешный бизнес, купил землю на берегу Азовского моря и построил там станцию. Для себя и друзей. Сначала к Ветру приезжали только самые близкие. Егор, Славка да Марк, те, с кем он дружил еще со студенчества и кого решил приобщить к кайтингу. Но потом они стали брать с собой еще кого-то, интересующегося новым видом спорта, и количество гостей росло. Через пару лет последователей у Ветра стало так много, что пришлось сделать свой сайт в Интернете и зарегистрироваться, чтобы налоговики не донимали. Название для клуба придумывали долго. Хотелось, чтобы оно было звучным и не пустым. Но как-то не шло. А единственное годное — «Братство Ветра» — Сергей категорически отверг. Сказал, слишком пафосно. А спустя какое-то время, глупо хихикая после трех затяжек «голландки», повелел именовать клуб «Ветродуйкой». Все посмеялись, но согласились. А что? И звучно, и со смыслом... И без пафоса. На эмблеме клуба они для солидности поместили лишь две буквы — «В» и «К» (Ветер-Кайтинг) на фоне реющего змея и вздыбленной волны.

Вчера, когда Егор допивал бутылку вискаря, Ветер и позвонил. Слышно его было ужасно, ибо связь в их Ветродуйске (так они именовали место, где стояла их станция, а на деле оно называлось Безымянной косой) была ужасной, но Баринов понял главное — завтра состоится внеочередное собрание клуба. У Марка какая-то невероятно радостная новость, и он жаждет поделиться ею с друзьями. Званы, естественно, не все члены клуба, только Егор,

Слава да Бабуся. Последняя не была кому-то из них близкой родственницей (бабусей то есть). И пожилой женщиной тоже не была — ей еще не исполнилось и сорока. Звали боевую подругу Женей, и она носила фамилию Бабкина. Сначала ее называли Бабкой, но это звучало грубовато и как-то не вязалось с Женькой, очень приятной, мягкой, вечно опекающей своих друзей, поэтому ее нарекли Бабусей. Она не возражала.

— Ветер, ты меня извини, но я не приеду, — прокричал Егор в трубку, откуда раздавался сплошной треск. — Я бухаю и завтра с утра не смогу сесть за руль...

Но Ветер то ли не расслышал его из-за помех, то ли сделал вид, что слова Егора потонули в треске.

— Барин, мы тебя ждем! — прокричал он и отсоединился.

Егор грязно выругался (трезвый он не выражался совсем), швырнул трубку за спину и глотнул вискаря прямо из горлышка. Когда алкоголь обжег горло, закинул в рот кусок селедки с прилипшим к нему колечком лука, ломтик хлеба, кругляш остывшей картошки и принялся яростно работать челюстями.

— Не поеду я никуда, — проворчал он, немного успокоившись. — Тащиться за триста километров неохота. Да и погода ужасная — все дни льет как из ведра, дорога ни к черту...

Стоило только произнести эти слова, как Егор понял, что точно поедет к Ветру. За триста километров по мокрой дороге.

Восемь лет назад именно на такой Баринов попал в страшную аварию. Его машина на бешеной скорости влетела в «Газель», погибли люди: два пассажира его автомобиля и водитель грузовичка, скончавшийся от потери крови на пути в больницу. Егор же отделался множественными переломами и сотрясением. «Болячки» быстро зажили, а вот от чувства вины и страха перед мокрой дорогой он до сих пор до конца не избавился. Первое же время Баринов совсем не садился за руль. Боялся. Не за себя — за других. Но через полгода заставил себя занять водительское место и тронуться. Ехал со скоростью тридцать километров в час. Ему протестующе сигналили те, кто двигался позади, кто-то кричал в окно «Чайник!», когда появлялась возможность его обогнать, но Егор не ускорялся. «Тише едешь, дальше будешь!» — повторял он как заклинание и почти месяц передвигался исключительно медленно.

Но со временем осмелел и вернулся к привычной, быстрой, манере езды. А вот в дождливые дни еще год за руль не садился. Вызывал такси и ехал на заднем сиденье позади водителя, самом безопасном, внутренне замирая всякий раз, как машина входила в поворот.

Чтобы избавиться от этого страха, Егор даже к психологу обращался, но тот мало ему помог. А вот друг Славка Кравченко — да, помог. В дождливую погоду он приезжал к Баринову на учебной машине из автошколы (его брат работал там инструктором), вытаскивал Егора из дома, сажал за руль и заставлял ездить сначала по двору, затем по тихим переулкам, а впоследствии по шоссе. Зная, что в случае чего Слава остановит машину сам, Егор чувствовал себя спокойнее.

В итоге Баринов победил свой страх. Не до конца, конечно, но, по крайней мере, перестал быть рабом собственной фобии. И теперь ездил на машине в любую погоду, а в дождливую особенно часто — чтобы избавиться от страха окончательно.

Именно поэтому он сегодня ехал к Ветру... За триста километров по мокрой дороге, которая все не кончалась...

Глава 2

Флаг «Ветродуйки» был виден издали — его водрузили на крышу станции, и сейчас он реял на ветру. Также Егор заметил в небе красно-черный кайт Сергея. Друг, естественно, находился в море. Где же ему еще быть, когда так изумительно дует?

Серега был из породы тех одержимых кайтеров, которые, проснувшись, первым делом идут не в уборную, а к окну, чтобы проверить, есть ли ветер. Если тот оказывался подходящим (со стороны моря), то о стандартных утренних процедурах он мог позабыть. И, натянув гидрокостюм, схватив кайт и доску, выбежать из дома и броситься в воду.

Сергей был таким не всегда. Еще пять лет назад Ветер совсем не занимался спортом, а уж об экстремальных его видах и слышать не хотел. Когда Егор звал покататься на горных лыжах, а Марк прыгнуть с парашютом, он крутил пальцем у виска и отправлялся с парой цыпочек и ящиком шампанского в сауну. Там Серега зависал часов на десять, потом, немного вздремнув после изнурительно долгого секса, ехал в ночной клуб. Под утро, держась на ногах лишь благодаря таблетке экстези, возвращался домой. Жена Лена встречала его молча — знала, что ругаться бесполезно: муж либо просто не услышит, свалившись на кровать и мгновенно вырубившись, либо разорется и разбудит сына.

Лена вышла за Ветра замуж, будучи еще студенткой — училась на последнем курсе института, который когда-то окончил Сергей. Они встретились на каком-то его юбилее. Красавица Лена произвела впечатление на Ветра сразу, а вот тот на нее нет. Тогда он был тучен и стриг свои красивые черные волосы так коротко, что были видны складки на жирном затылке. Но Ветер нисколько из-за этого не комплексовал. Он знал — когда у тебя много денег, внешность неважна. Любая баба предпочтет его, толстого, вечно отекшего от перепоя миллионера, нищему красавчику. Да, Сергей был не прочь избавиться хотя бы от двадцати кило, но при его образе жизни сделать это было практически невозможно, а менять что-либо он не собирался. Поэтому оставался толстым. А Лене толстые не нравились. И она Сергея вежливо, но твердо отшила.

Ветер к такому не привык. До Лены все хорошенькие студенточки соглашались поужинать с ним, а после трапезы отправиться в шикарный загородный отель, где у Ветра имелся «свой» императорский номер. Лена оказалась первой, отказавшейся даже от похода в ресторан. Она встречалась со своим одногруппником (пареньком из какой-то деревеньки, хорошеньким и бедненьким, как Сергей потом выяснил) и не желала ссориться с ним из-за Ветра. Лена понимала, что она для него — «поточная» куколка, с которой состоятельный толстяк хочет переспать, чтобы доказать что-то самому себе. Другие, наивные, надеялись заарканить миллионера Ветра и стать если не его женой, то хотя бы постоянной любовницей. Но Сергей жениться не собирался (он уже был один раз женат, и ему хватило), а любовница у него имелась. Сорокалетняя дама, политический обозреватель, умница. И хоть не красавица, но женщина эффектная и холеная, с которой не стыдно появиться в приличном обществе. Не то что с двадцатилетней дурочкой. С такой только в баньку да императорский номер. В их кругах давно прошла мода на модельных барышень. Теперь состоятельные мужчины приводили с собой на официальные рауты бальзаковских дам с высоким уровнем интеллекта, прекрасными манерами и широким кругозором.

Но Лена Ветра «зацепила». Поэтому он принялся за ней ухаживать с таким пылом, что девушка все же сдалась. Тут бы Ветру и успокоиться, но он сам себе удивился, поняв, что относится к Лене не как к очередному трофею, а питает к ней весьма серьезные чувства. Когда стало ясно, что девушка беременна, Ветер сделал ей предложение.

Они поженились весной. Была шикарная свадьба, затем романтическое путешествие в Париж. Диплом Лене писать было некогда, и она хотела взять академический отпуск, но Ветер заплатил кому надо, и его супруга получила документ об окончании вуза вместе со всеми. Ему была нужна жена с высшим образованием!

Лена родила в положенный срок мальчика. У Сергея имелась дочь от первого брака, Катюша, но он с ней совсем не виделся. Бывшая жена сразу после развода уехала в Канаду и забрала девочку с собой. Теперь Катюша откликалась на имя Кэт, говорила по-английски лучше, чем по-русски, а папой называла нового супруга мамы, богатого старикашку Билла. Так что появлению ребенка, а тем более сына, наследника, Ветер очень обрадовался. Так обрадовался, что три дня отмечал сие событие и чуть не забыл забрать новорожденное чадо и жену из роддома.

С ребенком Ветер супруге совсем не помогал. Считал, что дает ей достаточно денег, чтобы она наняла в помощь няню, а коль не желает этого делать, то это ее проблемы. Как и то, что Лена не хочет секса. Нет, понятное дело, что сразу после родов ей было не до постельных утех, и Сергей относился к ее холодности с пониманием. Изменял жене очень аккуратно, чтобы та ничего не заподозрила. То есть домой со свиданий возвращался вовремя и без следов губной помады на рубашке. Но когда сыну исполнилось два месяца, а Лена все продолжала держать его на расстоянии, Ветер стал проявлять признаки недовольства. Теща, каждодневно навещавшая дочь и внука, заметив это, провела с дочкой беседу, и Лена соизволила супругу отдаться. Но сделала это с таким скорбным видом, будто приносила себя в жертву.

На следующий день Ветер пришел домой с пятичасовым опозданием. Он был пьян и вонял женскими духами. Лена устроила скандал и принялась демонстративно собирать вещи. «Если сейчас уйдешь, то больше не вернешься, — хмуро проговорил Сергей. — Так что подумай...» После чего свалился в кровать прямо в одежде и захрапел. А Лена подумала, подумала, да и осталась.

Со временем их сексуальная жизнь более-менее наладилась. Но мужчине, привыкшему за годы холостой жизни к разнообразию, было скучно оставаться верным и примерным семьянином, то есть вечерами смотреть телевизор или ходить в театр, по выходным гулять с женой и сыном в парке, в отпуск ездить не в отвязный Амстердам и безбашенный Рио, а в благопристойный Баден-Баден или романтическую Венецию.

И стал Ветер постепенно возвращаться к своим старым привычкам. Сначала просто раз в неделю уходил в загул, потом приноровился на выходные уезжать в загородные клубы, а затем обнаглел окончательно и в отпуск отправлялся один или с любовницей.

Лена терпела. Из-за сына. Да и сама к безбедной жизни привыкла, ведь супруг в деньгах ее не ущемлял. Давал, сколько бы ни попросила. И подарки царские делал. Понятно, что откупался, но Лена старалась об этом не думать. Ей нравилось ездить на дорогой машине, носить бриллианты, шубки из норки и соболя, привычно посещать модный салон красоты, одеваться в дизайнерские вещи, перекусывать не в «Макдоналдсе», а в итальянском ресторане. Но кто бы знал, как она страдала из-за выходок мужа! Лене едва исполнилось двадцать пять, она хотела быть любимой и единственной, мечтала о том, чтобы муж был с ней нежен и ласков, как раньше, надеялась, что Ветру надоест таскаться, и они заживут как все нормальные люди...

Пока в Лене теплилась надежда, она терпела мужа. И мать ее в этом поддерживала. «У него, дочка, кризис среднего возраста начался, — говорила умудренная жизненным опытом женщина, тяжко вздыхая. — Ты подожди, скоро это пройдет. У всех мужчин так бывает. Вон сосед наш, Мишка Седов, всю жизнь нормальным был, а как сорок стукнуло, будто с ума сошел: обрился под ноль, проткнул ухо и нос, купил мотоцикл и байкером стал. А брат мой, дядя твой... в сорок два бросил хорошую работу и в геологи подался. С детства, сказал, об этом мечтал. У твоего папы тоже кризис среднего возраста был. В свои тридцать восемь лет чуть к твоей ровеснице от нас не ушел. Думал, таким образом молодость свою продлит. Но ничего, перебесился... И твой перебесится!»

Лена ждала. А Ветер все бесился и бесился. На свое тридцативосьмилетие улетел с друзьями на Мальорку. Сказал — на неделю, а вернулся только через две. И не из Испании, в которой ему быстро надоело, а из Таиланда, где обожал бывать по причине, понятной всем любителям секс-туризма. В качестве подарка привез оттуда венерическую болезнь. И радовался, что не СПИД или гепатит. Но, вылечившись, Ветер продолжал в том же духе.

О том, что жена, забрав сына, ушла от него, Сергей узнал только на третий день. В пятницу позвонил Лене, сообщил, что на выходные летит в Москву на переговоры (на самом деле в Сочи с двумя модельками), и, не дослушав лепет супруги про обещание сходить в субботу всей семьей в цирк, отсоединился. В понедельник он вернулся в город. Побывав на работе, поехал домой, чтобы отоспаться. В квартире никого не было, но Сергея это не удивило. Мало ли куда жена с сыном могли уйти. Небось в тот же цирк! Ветер завалился спать и проснулся за полночь.

Решив, что домашние уже спят, встал и пошел в детскую, чтобы чмокнуть сына. Он его редко видел и не всегда вспоминал о том, когда у ребенка именины или в детском саду (элитном, естественно) утренник, но любил своего мальчишку. Если б тот, к примеру, тяжело заболел, Сергей, не раздумывая, продал бы все, что имел, лишь бы вылечить ребенка. Он дарил ему невероятные машинки, отправлял вместе с Леной и тещей в Диснейленд, покупал домашних животных: собачку, попугаев, шиншиллу. Одним словом, все, что продавалось за деньги, сыну давал. Но только не свое бесценное внимание...

Ветер недоуменно моргнул, не обнаружив сына в кроватке. Он не разрешал жене брать ребенка с собой в постель, даже если тот болел. Трехлетний мальчик не должен спать с мамой. Пусть настоящим мужчиной растет, а не неженкой. От рафинированности до гомосексуализма, по мнению Ветра, всего один шаг, а голубых он терпеть не мог.

Сергей влетел в спальню, чтобы устроить жене нагоняй, но кровать оказалась пустой. Шкафы, дверки которых были распахнуты, тоже. Ветер щелкнул выключателем, и, когда свет озарил помещение, с удивлением его обозрел. Одна мебель! А вещей почти нет. Ни Лениных, ни детских. И любимое зеркало жены — антикварное, которое он подарил ей на какой-то праздник, — с трюмо исчезло. «Неужто Ленка все же ушла? — обалдело подумал он. — Но как решилась? Ведь я же предупредил... Вот дура!»

Ветер подошел к стоящему на тумбочке телефону и набрал номер родителей жены. Когда трубку взял тесть, без приветствий бросил:

— Лена у вас? Позовите.

Услышав ее тихое «алло», прорычал:

— Я не понял, ты что, ушла от меня?

— Да, — ответила она.

— Хорошо подумала?

— Да. — И после паузы, уже не так бесстрастно добавила: — Сколько же можно, Сережа? Я не железная терпеть все это. Если ты пообещаешь, что закодируешься и пойдешь со мной к семейному психологу, то я...

— Что ты? — насмешливо спросил Ветер.

— Вернусь.

— Детка, тебя предупреждали: если уйдешь, то навсегда. Ты меня знаешь, я своих решений не меняю.

— Какой же ты... — Лена не смогла договорить, заплакала.

— Алкаш и психопат, раз меня кодировать надо и к врачу вести?! — заорал Сергей, выйдя из себя. — Ребенка привези завтра, повидаюсь с ним. Остальное решим в суде. Все, чао!

И бросил трубку. Да не на рычаг, а в стену. Пластик треснул, осколки разлетелись в разные стороны. Ветер, пронаблюдав за их полетом, развернулся и пошел в ванную, чтобы принять душ перед походом в ночной клуб.

Развели супругов с первого раза. Ветер обязался платить алименты, а Лена, в свою очередь, не препятствовать его свиданиям с сыном.

Выйдя из здания суда, Сергей сел в машину и влил в себя сразу стакан коньяка. Закусив спиртное мятной таблеткой, велел водителю ехать в загородный клуб, куда уже были вызваны две элитные проститутки. Правда, в тот день у него ничего не получилось. Он напился так, что даже умелые гетеры не смогли реанимировать его мужское достоинство. Кстати, такое в последнее время случалось с ним все чаще. Раньше он оставался мужиком даже тогда, когда едва держался на ногах. Теперь же сбои происходили и «по трезвяку». Сергей уже и стимуляторы потенции перед сексом принимать начал, а пару раз пришлось даже «Виагру» пить. Но в день развода ничего подобного под рукой не оказалось, и Ветер всю ночь изливал проституткам душу, тогда как должен был использовать их совсем по другому назначению.

Утром, проспавшись, Ветер все же смог заняться сексом, но он не принес ему ожидаемого удовольствия. Как и вино. Как и косяк. Как и борьба обнаженных проституток в грязи (для чего администратору клуба пришлось спешно ее искать — клиент платил). Как и их любовные игры после этого...

Ветер всем пресытился. Ему было тошно.

Но самое ужасное, что причина этого крылась не в крахе семьи. Он и не расстроился особо, когда жена от него ушла. Испытал чувство досады, и только. Скучать он стал задолго до развода. Потому и пускался во все тяжкие. Женился тоже поэтому. Думал, если появится семья, он ощутит интерес к жизни. Но жизнь так и оставалась пустой...

Когда Ветер был молодым и бедным, жить было интересно. Нужно было всем доказывать, в том числе и себе, что ты чего-то стоишь. Отвоевывать место под солнцем. Ставить неосуществимые на первый взгляд цели и добиваться, добиваться их...

Взять тех же женщин. Когда у тебя в кармане пятьдесят долларов и ты ездишь на подержанной «восьмерке», добиться понравившейся барышни ох как сложно. Но тем и интересно! А стоит подкатить на тачке за три лимона и напоить шампанским стоимостью как та «восьмерка», девицы сами заманивают тебя в постель... Скукота!

Когда после развода прошло полгода, Ветер дал другу Егору уговорить себя съездить в горы и отправился с ним на Домбай.

К тому моменту он уже не знал, чем себя развлечь, и от смертельной скуки едва не подсел на кокаин. Баринов, узнав об этом, дал Сереге в морду. Прямо в его кабинете. Увидел, как Ветер достает заветную коробочку, размахнулся и врезал кулаком в скулу. Он был ниже Сергея, но мускулистее, и летел глава концерна «ВетерОК» через весь кабинет, сметая стулья из красного дерева и фарфоровые напольные вазы, пока не врезался в стену.

— Охренел? — заорал Ветер. — Я сейчас охрану вызову, придурок!

— Да заткнись ты, — мирно проговорил Баринов. Затем взял коробку с коксом, прошел в туалет и высыпал порошок в унитаз. Вернувшись в кабинет, скомандовал: — Поднимай свою толстую задницу, со мной поедешь!

— Никуда я с тобой не поеду, понял? А вот ты у меня сейчас...

— Серег, хватит, а? Ну не могу я смотреть, как ты себя гробишь. У тебя двое детей, о них подумай...

— Не волнуйся, Барин, моих денег двадцати двум детям хватит!

— Если превратишься в наркомана, не факт, что они останутся... Это я о деньгах.

Егор подошел к Ветру, который все еще сидел на полу, и протянул ему руку. Сергей несколько секунд хмуро смотрел, потом хмыкнул и вложил в нее свою ладонь.

Через час они ехали в сторону Карачаево-Черкессии, в Домбай.

На сноуборд Ветер не встал, а взгромоздился. Егор не позволил ему выпить для храбрости, и Сергей не столько катил (по детской трассе), сколько падал. Ему было страшно и неуютно. Неповоротливое тело не слушалось, а расшатанные нервы не могли обеспечить должной сосредоточенности. К тому же нестерпимо хотелось выпить. Но Баринов не давал. Говорил: тут, как за руль, пьяному нельзя. Вот Ветер и мучился. Но когда Баринов немного ослабил контроль, Сергей тут же раздобыл фляжку коньяка и принял залпом сто граммов. Дело сразу заладилось — он смог одолеть детский спуск и даже попробовал себя на взрослом, для начинающих.

На следующий день Ветер не мог подняться с кровати. Болело все тело, а физиономия сгорела на горном солнце так, что напоминала свеклу. Но Сергей преодолел себя — поднялся. Уж очень ему хотелось спуститься с одного склона, который еще вчера приметил: пологий, ровный, а главное — на нем никого. Внизу же такая красота невероятная! Девственный снег и похожие на помпоны запорошенные кустарники. О своем намерении Егору он не сказал. Наврал, что идет на тот, для начинающих, а сам рванул к заветному...

С доски Ветер упал не сразу, секунд через десять. Пологий и гладкий на первый взгляд склон оказался убийственной трассой для самых безбашенных экстремалов (таковых не нашлось в те дни, потому там и было пусто). Свалившись, Сергей катился кубарем бесконечно долго, пока не врезался в ствол одного из кустов-помпонов и не потерял сознание. Отыскали его только через полтора часа. Подняли наверх, увезли в больницу. Баринов, сопровождавший его, чуть не умер от беспокойства. Затащил, понимаешь, друга в горы и не проследил, чтоб тот не совался, куда не надо...

Но оказалось, Ветер отделался лишь переломом руки и легким сотрясением мозга. Полежав в больнице, а затем в санатории, Сергей вернулся на трассу. Теперь у него появилась цель — преодолеть не покорившийся ему склон. На это ушло три месяца. Ветер, естественно, не жил в Домбае, проводил там только трое суток, а двое дома и на работе (к счастью, его бизнес был настолько отлажен, что постоянного присутствия хозяина и руководителя не требовал), столько же уходило на дорогу туда и обратно. Причем рулил Сергей сам. Не хотелось от кого-то зависеть, пусть даже от своих служащих, да и вождение оказалось приятным делом. Врубишь музычку, жахнешь энергетического напитка и шпаришь по трассе на предельной скорости. Особенно здорово, когда в компании: с Егором, с сыном (он и его брал пару раз) или с телочкой. Можно погорланить песни, поржать, сделать привал в каком-нибудь живописном местечке. Встреча с инспектором ГИБДД тоже своего рода развлечение. Ветер уж и забыл, как это — договариваться и взятки давать...

Трассу для отмороженных экстремалов Сергей осилил к весне, когда снег уже начал подтаивать. На склонах почти никого не осталось. Даже Егор, заядлый сноубордист, решил, что надо закругляться, и больше компанию Ветру не составлял. Сына Лена увезла в Турцию. А телочки как-то не к месту пришлись. Не до них Сергею было! Накатаешься, поешь и побыстрее спать, чтоб утром огурцом встать и вновь в горы. В общем, вышло, что порадоваться за него некому было. Но это и не имело особого значения — Ветер за себя сам радовался. А когда в баре отмечал победу (по этому случаю пили все присутствующие, Сергей угощал), он вдруг с грустью подумал о том, что сезон заканчивается. Через пару недель уже не покатаешься. И что дальше? Возвращаться к прежней жизни? К бухлу, девочкам, загулам? Или ждать, когда вновь наступит зима? А может, мчаться в те широты, где еще лежит снег? Пожалуй, последнее предпочтительней. Кстати, Сергей избавился не только от смертельной скуки, но и от своей зависимости от алкоголя и секса. А еще он похудел! На те двадцать килограммов, сбросить которые мечтал последнее десятилетие. Но вообще-то нужно было скинуть еще десяток...

Ветер серьезно задумался. Водка в глотку не лезла, и он ушел к себе в номер. Там, открыв компьютер, стал бродить по Интернету в поисках заманчивых предложений. На одном из специализированных сайтов для экстремалов наткнулся на незнакомое слово «кайтинг». Зная, что «кайт» в переводе с английского означает «воздушный змей», он стал читать о новом для себя виде спорта.

«В кайтинге воздушный змей применяется в качестве движущей силы, которую используют как для передвижения по земле, так и по воде. Причем выбор средства передвижения не ограничен. Это могут быть сноуборд, горные лыжи, ролики, кайтборд для катания по воде. Кайты специальной конструкции несут вас с потрясающей силой, поэтому незабываемые ощущения гарантированы каждому, кого они серьезно заинтересуют».

Далее следовали фотографии. На них были

запечатлены парни и девушки, мчавшиеся на досках кто по горному склону, кто по морю. Над их головами реяли разноцветные воздушные змеи. Смотрелось удивительно красиво! Особенно впечатлили Ветра морские фотографии. Они так и дышали свободой: огромное водное пространство, лети куда хочешь (это тебе не горный склон), взмывай высоко и падай не на твердую породу, припорошенную снегом, а в воду...

Сергей почувствовал небывалое волнение и азарт. Ему захотелось попробовать себя в кайтинге. А еще проверить, так ли все захватывающе, как кажется.

Уже на следующий день он прилетел в Хургаду, где в одном из пятизвездочных отелей была открыта кайт-станция, при которой имелась школа.

Базовый курс Ветер прошел за несколько дней и встал на доску. Без падений, естественно, не обошлось, и первое время он больше проводил в воде, чем на борде. Но когда освоился и смог не только прокатиться, но и чуточку подпрыгнуть, ощутил такой дикий восторг, что перед ним меркло все, включая удовольствие от секса, пищи или алкоголя. И даже наркотическая эйфория не шла в сравнение с той, что он испытал, когда пронесся по водной глади, оторвался от нее и стал тем, кем считался почти сорок лет — Ветром.

В Россию Сергей вернулся только затем, чтобы передать право первой подписи своему заму и повидать сына. После чего вернулся в Египет, где пробыл до лета, осваивая сначала простые вращения и трюки, а затем сложные.

Ветер так увлекся кайтингом, что все остальное перестало его интересовать. Даже не завел ни одного романа, хотя барышни вокруг него роем вились. Он еще сильнее похудел, и теперь его тело можно было смело назвать идеальным. А самочувствие — отменным. И от скуки следа не осталось.

Ветру понадобилось всего два месяца, чтобы принять главное в жизни решение...

Бизнес свой он продал. Денег выручил много: несколько миллионов долларов. Большую часть положил в банк, чтобы проценты бежали и детям наследство осталось, а остальные бабки ушли на покупку земли (место он нашел удивительно удачное: песчаная коса закрывала его от волн, но не ломала ветра), постройку кайт-станции и дома при ней. Еще Сергей арендовал в Египте квартирку на берегу Красного моря, чтобы зимой было где останавливаться. Теперь кататься со змеем на лыжах или сноуборде он не хотел. Только по воде!

Глава 3

Егор подкатил к бунгало, в котором Ветер принимал гостей (когда никого не было, он спал в гамаке на станции, оттуда можно было быстрее попасть на пляж), и отметил, что явился первым. Больше на стоянке машин не было, только мотоцикл Ветра. Выгрузив вещи, Егор перенес их в дом. Затем, натянув гидрокостюм и взяв борд с кайтом, направился к морю.

— Ветер! — прокричал он, махая руками. — Ветер, ау!

Но Сергей его не слышал. И не только потому, что крик Егора отнесло в сторону. Просто Ветер, запрыгнув на кайтборд, становился глухим, немым и почти слепым — видел только то, что необходимо видеть, дабы удержаться на доске.

Баринов хмыкнул. Иного он от друга и не ожидал, так что зря глотку драл.

Надув свой кайт и расправив стропы, Егор двинулся к кромке воды. Плохое настроение улетучилось, едва он приехал на «Ветродуйку». Погода тут стояла изумительная, пусть не солнечная, зато дождя не было, а ветер дул так, как надо: сильно, но ровно, не порывисто. Он, в отличие от Сереги, не любил с ним бороться, а предпочитал иметь его в союзниках.

Когда Баринов угнездился на доске, друг, сделав сальто, неудачно приводнился. В этом был свой плюс — он наконец заметил Егора.

— О, Барин, салют! — сплюнув морскую воду, прокричал Сергей. — Приехал, значит? Молоток!

Последнее слово Егор еле расслышал, потому что начал движение. А уже через пару секунд несся к горизонту, поднимая бордом тучи брызг.

Он долго катался, ощущая, как из тела уходит тяжесть, скопившаяся за время пути, и из головы улетучиваются дурные мысли. Если бы не стих ветер, он задержался бы в море дотемна. Но дуть стало слабее, и Егор был вынужден закруглиться.

Когда он вышел на берег, оказалось, что в беседочке, расположенной между станцией и домом, где было оборудовано нечто похожее на чайхану, уже раскурен кальян, и трубки держат в руках Марк и его девушка Диана. Завидев Баринова, первый радостно заулюлюкал, вторая меланхолично кивнула. Она была скупа на эмоции почти так же, как Егор, которого подчиненные за глаза называли Сфинксом.

— Привет, — поздоровался с ними Егор. — Давно приехали?

— Только что, — ответил Марк, поднявшись и пожав другу руку. — А Бабуся тут уже час.

— И где она?

— Ясно где — на кухне. Увидела продукты, что мы привезли, уничижительно фыркнула и отправилась в дом кашеварить.

— Ясно. — Егор стянул с торса верх гидрокостюма и ощутил прохладу. — Пойду сполоснуть и оденусь. Скоро вернусь.

— Ага, давай. И Ветра поторопи. Выпить уже охота, а Дианка, как ты знаешь, в этом деле не компаньон.

Егор знал: Диана во многом для него оставалась темной лошадкой, но, что она совсем не употребляет алкоголя, выяснилось сразу при знакомстве. Тогда Баринов, уже изрядно поддатый, протянул ей пластиковый стаканчик с шампанским и потребовал выпить с ним на брудершафт, а то он, видите ли, иначе не может обращаться к женщинам на «ты». Диана ответила:

— Значит, придется тебе ко мне на «вы» обращаться, потому что я не пью.

Егор так и делал до тех пор, пока не выкурил с Дианой один «косяк» на двоих. После чего оба решили, что это почти брудершафт.

Баринов ушел в дом. Принял душ, оделся в спортивный костюм и прихватил с собой еще ветровку. Ночами весной тут бывало прохладно, а они, без сомнения, засидятся часов до трех.

— Барин! — долетел до него зычный глас Ветра. — Барин, ты где?

— Тут! — откликнулся Егор и вышел из комнаты.

— Славка, похоже, приехал. Пошли, встретим!

Баринов шагнул к окну и выглянул на улицу. Так и есть, Славка Кравченко приехал. Только у него был джип такого ужасающе оранжевого цвета, да еще и с языками пламени по бокам.

Егор, когда впервые увидел машину, не смог сдержать эмоций — расхохотался. И спросил, где эдакое чудо друг умудрился приобрести.

— Спецзаказ, — самодовольно хмыкнул Славка. — В автосалоне одно и то же: черные, белые и серебристые. Такая скука! Ну я и отогнал тачку сразу после покупки в известную мне мастерскую... Там креативные ребята работают, бывшие мастера городского граффити, вот они и постарались... Нравится?

— Безумно, — хмыкнул Егор.

И вот сейчас плод креатива вкатил на стоянку. Рядом с черным внедорожником Егора, темно-синим универсалом Марка и серой «Нивой» Жени он казался жар-птицей в стае галок. Баринов впервые подумал, что Славка не зря перекрасил машину. Внимание она к себе привлекает, а Кравченко всю жизнь именно к тому и стремился.

— Батюшки мои... — донеслось до слуха Егора.

Голос был женским. Это означало, что Бабуся закончила свои кулинарные изыскания и скоро начнет всех кормить, а то во время готовки от нее слова нельзя было добиться. И мешать ей категорически запрещалось.

— А Славка-то не один, а с дамой!

Егор уже и сам видел, что Кравченко привез с собой очередную подругу. У него их имелось столько, что упомнить всех никто из друзей не пытался. Егор был почти на сто процентов уверен: и на сей раз Славка приехал с новенькой.

— Эй, хозяин! — зычно прокричал Кравченко, выпрыгнув из джипа. — Где оркестр? Где красная ковровая дорожка? Где хлеб-соль? Почему никто не встречает дорогих гостей?

Ветер сложил губы дудочкой и затрубил. Затем, схватив со стоящего в прихожей кресла пестрый бедуинский коврик, швырнул его на крыльцо. Тут и Бабуся подоспела с буханкой хлеба и целой пачкой поваренной соли.

— Милости просим, гости дорогие! — хором проговорили они и поклонились.

Спутница Славы посмотрела на Ветра и Бабусю с некоторым недоумением. Наверняка решила, что они пьяны, раз ведут себя столь глупо. А Егор, с улыбкой наблюдавший за сценой со стороны, уверился в своем предположении относительно того, что барышня у Кравченко новенькая. Те, кто уже бывал на «Ветродуйке», знали, как его обитатели любят подурачиться.

Славка с серьезной миной взошел на крыльцо, ковырнул хлеб и сунул кусок в рот. Прожевав, отломил еще один.

— Жрать хочу, силушки нет. Ехали без остановок, торопились... — прокомментировал он свои действия. — Затем повел носом и причмокнул: — Кстати, чем так вкусно пахнет?

— Пловом, тушеной картошкой и гуляшом, — ответила Женька.

— О, фирменный Бабусин гуляш! — обрадовался Кравченко. — Неужто?! Тогда пошли скорее...

— Слав, ты бы девушку свою представил, — подал голос Егор.

— О, Барин, и ты тут? Привет! А я думал, вы с Кудряшом уже отмечаете радостное событие. Да, я ведь еще не в курсе, что за событие...

— Мы тоже, — проговорил Егор. — Так как девушку зовут?

— Мое имя Ульяна, — представилась барышня. — Ульяна Мичурина.

— Она писательница, — сообщил Слава. — Сочиняет любовные романы.

— Ой, а я читала ваши книги, — радостно воскликнула Бабуся. — Мне они очень, очень нравятся... Дадите автограф? У меня с собой последний роман.

— С удовольствием, — улыбнулась Ульяна.

От улыбки спутница Кравченко стала сразу очень привлекательной, хотя до того производила впечатление довольно невзрачной барышни. Егор еще подумал, что она совсем не во вкусе Славы. Тому всегда нравились женщины яркие, буквально на грани вульгарности. Чтобы грудь прямо-таки вываливалась, губы алели и обесцвеченные до белизны волосы развевались. Ветер для его пассий даже определение придумал: «шамурки» — сокращенное от «шалавые гламурки».

Ульяна Мичурина под типаж никак не подходила. Ей, похоже, уже за тридцать (а не около двадцати, как Слава любил), она среднего роста, полноватая, одета просто, хоть и в фирменное, без макияжа, с собранными в сложного плетения косу медными волосами.

— Мальчики, тащите еду на стол, я уже все по тарелкам разложила, — скомандовала Бабуся. — А я провожу Ульяну в комнату, ей наверняка хочется себя с дороги в порядок привести...

И, схватив Мичурину под руку, потащила ее в глубь дома.

— У тебя, Славка, я смотрю, вкусы поменялись, — усмехнулся Ветер, когда женщины скрылись.

— В смысле?

— Ты предпочитал всегда малолетних блондиночек с осиными талиями. А писательница старая, толстая и рыжая.

Егор с укоризной посмотрел на Ветра.

— Не, на самом деле она ничего, — поспешил исправиться Сергей. — Мне как раз такие больше нравятся, но по меркам Кравца — явный не формат.

— Тут ты прав, — не стал спорить Слава. — Меня она никак не заводит, хотя баба, бесспорно, интересная.

— Тогда зачем ты ее притащил?

— Сама попросила. — Кравченко прошлепал в кухню и схватил с тарелки кусок мяса. — Дело в том, что мы спелись с ней в Интернете, на сайте знакомств. Я там девочку себе подыскивал, а она попутчиков для путешествия. Причем рвалась барышня не куданибудь, а в Дахаб, чтобы познакомиться с кайтерами.

— Зачем?

— Надоело ей любовные романы писать, решила перейти на приключенческие. — Слава засунул в рот еще один кусок, затем тяжко вздохнул и накрыл тарелку крышкой. Чтоб не искушаться больше. — Я написал ей, что так далеко ехать необязательно, можно с нами.

— С нами... — фыркнул Ветер. — Да ты ж на доску встаешь раз в год и сразу с нее падаешь!

— Уж простите, что причислил себя к вашей когорте мастеров, — нарочито церемонно извинился Слава и покаянно потупился. Паясничать он тоже любил. — Так вот, я написал ей, что с НАМИ можно познакомиться и в России. Ульяна сразу ко мне прицепилась и не отставала до тех пор, пока я не согласился ее с собой взять.

— Ладно, пошли на берег, — прервал их диалог Егор. — Марку там выпить не с кем.

Кравченко тут же подхватил две тарелки (вернее — тарелищи) с мясом и картошкой, зубами подцепил пакет с прочей закусью и потрусил к выходу. Казан с пловом взял Ветер. Егору осталось только достать из холодильника выпивку. Открыв дверку, он присвистнул. На первой ее полке батареей стояло пять литровок водки. На второй столько же шампанского. На третьей — баночное пиво. А то, что не уместилось на дверке, просто лежало в отделениях холодильника.

— Кудряш, ты что, винный магазин ограбил? — спросил Егор у Марка, когда явился в чайхану с малой частью обнаруженного в холодильнике спиртного.

— Можно и так сказать, — улыбнулся тот, потерев руки при виде бутылок.

Алкоголь Марк принимал крайне редко, только когда встречался с друзьями, поэтому с такой радостью предвкушал выпивку. У него отец был тихим алкоголиком и умер от цирроза печени в сорок два года. Знал, что ему нельзя пить, но не мог остановиться. Кудряш очень боялся стать таким же, понимая, что наследственная кровь — не водица, и гены могут сыграть с ним злую шутку. Потому ограничивал себя в алкоголе. Другие могли вечерком пивка бутылочку выпить или за обедом пару фужеров вина, Марк же боялся малыми, но частыми дозами ввести себя в искушение. Но и абсолютным трезвенником ему быть не хотелось, вот он и позволял себе несколько раз в году надираться. И тут тоже был свой резон, ибо на следующий день он так страшно болел, что потом на алкоголь смотреть не мог.

— Дело в том, друзья мои, — продолжал Марк, — что я теперь совладелец оптового склада алкогольной продукции. И граблю сразу сотню винных магазинов, поставляя им контрафактную продукцию по цене настоящего производителя.

— Э, ты чего, паленой водярой нас напоить решил? — возмутился Ветер.

— Вас я пою фирменными напитками из дьюти-фри, — успокоил его Марк. — Но заработал я на них благодаря контрафакту. Вы даже не представляете, какое прибыльное дело — поставлять паленое винище. Жаль, что я в алкогольный бизнес так поздно попал, а то бы уже имел свой остров в Карибском море.

— Ты это хочешь отметить? — Ветер разлил водку по четырем стаканам и раздал их друзьям. — Свое запоздалое превращение в алкогольного барона?

— Нет, что ты! Скажу, когда все соберутся... — Марк обернулся и посмотрел на бунгало. — Где там Бабуся? Мне не терпится поделиться...

— Опекает Славкину барышню. — Ветер отсалютовал остальным своим стаканом, после чего опрокинул содержимое в рот.

Остальные последовали его примеру

— Ульяна не моя барышня, — возразил Кравченко, поморщившись то ли от недовольства, то ли от водочной горечи. — Мы просто приятели.

— Значит, мы с Барином можем за ней приударить? — хохотнул Ветер.

— Да пожалуйста... — Тут Слава недоуменно нахмурился. — А вам зачем?

— Зачем мужчина добивается женщины?

— Чтобы в постель ее уложить.

— Ну, вот ты и ответил сам на свой вопрос.

— Неужто вы находите Ульяну Мичурину сексуально привлекательной?

— Более чем, — не задумываясь, заявил

Ветер. — Спелая, женственная, пахнет приятно. К тому же рыжие, говорят, очень горячие, а у нее волосы не крашеные — свои.

— Какие же вы дураки... — протянула Диана. За все время, что велась беседа, она не произнесла ни слова. Отстраненно покуривала и как будто даже не слышала, о чем идет речь. Но, как оказалось, впечатление было обманчивым. — Масть на сексуальность никак не влияет, это давно доказано.

— Вот тут ты ошибаешься, Дианочка, — парировал Марк. — Ученые еще в шестядисятых годах прошлого столетия выявили вот какую закономерность...

Но договорить ему не дала сама же Диана. Бесцеремонно прервала его возгласом:

— Вон твоя бывшая чешет, так что заготавливай торжественную речь, сейчас толкать будешь!

Диана имела в виду, конечно же, Бабусю, вышедшую из дома под руку с Ульяной. Когда-то Женя с Марком были парой, жили вместе, но расстались, потому что Кудряш увлекся другой женщиной. А именно — Дианой.

— Кто с ней? — заинтересовался Марк. — Неужели та самая писательница?

— Она самая, — ответил ему Ветер.

— А что? Очень даже ничего... Хотя лично я предпочитаю более высоких женщин.

— Заметно, — хмыкнул Сергей, демонстративно скосив глаза на Диану, росту в которой было почти сто восемьдесят сантиметров. Тогда как в Марке от силы сто семьдесят.

— Мальчики! — прокричала Бабуся издали. — Не хочу вас огорчать, но там, похоже, кто-то еще приехал!

— Не может быть... — мотнул головой Ветер. — Станция начинает работать со следующей недели, и все об этом знают.

— Может, левый кто?

— А левым тут вообще делать не фиг! О чем я и сообщил на щите, врытом у поворота, так что париться незачем, никто сюда посторонний не явится. — Сергей махнул женщинам рукой. — Короче, девки, шевелите батонами! Закусь стынет, водка нагревается!

«Девки» приблизились. Бабуся была в том же спортивном костюме, а вот писательница переоделась. Сменила джинсы и куртку на просторный сарафан и кардиган. Ни то ни другое Ульяну не красило, наоборот, делало толще и проще, и Егор подумал, что ей удивительно пошло бы маленькое черное платье или строгий костюм. И волосы зря она заплела в косу. Уж лучше бы распустила их. Или собрала в девятый вал.

— Писательница, ты водку пьешь? — спросил у Ульяны Ветер.

— Пью, — коротко ответила гостья.

— Тогда держи... — Сергей протянул ей наполовину наполненный стаканчик. — А ты, Жека, как всегда, винишко?

Бабуся кивнула, после чего уселась на корточки, не забыв дернуть за руку Ульяну — чтоб опустилась рядом.

— А теперь Марк скажет, зачем он нас собрал. — Ветер выжидательно посмотрел на друга. — Итак, Кудряш, мы слушаем...

Марк встал. Он взволновался, но старался

не подавать виду. Раньше, когда на его голове топорщились кудряшки (отсюда и прозвище — Кудряш), его эмоциональный настрой был более заметен. Волосы Марка всегда как будто находились в сговоре с нервной системой, поэтому, если он по какому-либо поводу переживал, топорщились сильнее обычного, и это замечали все. Теперь же, когда Кудряш их обрил, о его настрое догадывались только самые близкие. Но и сейчас можно было определить его состояние. По глазам, например, или румянцу.

— Друзья мои, — начал Марк, — вы знаете, как долго я искал свое счастье... У меня было много женщин...

— Да уж! — гоготнул Слава. — Почти столько же, сколько у меня!

— Да заткнись ты! — дернул его за рукав Егор. — А ты, Марк, продолжай. Мы слушаем.

— В общем, я хотел сказать вам, что... — Кудряш тяжко выдохнул. — Что мы с Дианой...

— Подали заявление в загс, — закончила за него та. — Свадьба через месяц. Вы все приглашены. А сегодня типа помолвку отмечаем. Мы только вчера из Парижа вернулись, там Марк и сделал мне предложение... — Диана выставила правую руку и продемонстрировала всем кольцо с приличным бриллиантом, которое раньше почему-то никто не заметил. — Я согласилась, и мы, едва оказались в России, сразу отправились в загс.

— Представляете, даже домой не заехали! — смущенно улыбнулся Марк. — Прямо из аэропорта... с вещами... не домой, а в загс. Над нами все работницы потешались.

— Романтика, блин! — цокнул языком Слава.

— Поздравляю, ребята! — воскликнул Ветер. — Молодцы, что решились...

— Что Марк решился, — поправил его Кравченко. — Он же у нас закоренелый холостяк!

— Просто до Дианы я ни разу не встречал женщину, на которой хотел бы жениться...

Бабуся, услышав это, помрачнела. И, отставив стакан, принялась что-то переставлять на столе. Видимо, чтобы никто не заметил, как изменилось ее лицо. Но остальные, даже Ульяна, не знавшая подробностей Жениной личной жизни, уловили ее настроение, и всем стало неловко. Особенно самому Марку, который всю жизнь боялся обидеть женщину. Тем более ту, с которой у него что-то было.

Глава 4

Марк ни разу не был женат. Но и бабником, коим прослыл, себя не считал. Да, он заводил романы, но больше половины его женщин сами проявляли стремление к знакомству, а Марк вступал с ними в связь либо из жалости, либо из лени (бывали такие навязчивые барышни, от которых отделаться целая проблема), либо просто, чтобы развеять скуку. Ничего хорошего, естественно, из этого не получалось, и романы быстро заканчивались. Женщины чувствовали отношение Марка к себе и разочаровывались в нем. Даже «липучки», которым, по всей видимости, был интересен партнер сопротивляющийся, а не амебоподобный. И уж тем более те, до кого Марк снисходил, чтобы не обидеть. Всем хотелось быть объектом любви, а не жалости!

Но бывали случаи, когда Марк женщинами увлекался, и тогда для него не существовало преград. Он становился чрезвычайно обаятельным, романтичным и целеустремленным, добивался той, что ему приглянулась, и какое-то время был искренне с ней счастлив. Как правило, такое состояние длилось около полгода, иногда чуть дольше, но неизменно страсть затухала, не трансформируясь в более стабильное чувство. Марк еще несколько месяцев мучился, не зная, как расстаться с подругой, чтобы ее не обидеть, и очень радовался, если та бросала его первой.

Но с некоторыми это не проходило. Женщины терпели, считая, что в отношениях просто наметился временный кризис. И тогда Марку приходилось рвать с ними самому, что было мучительно для него. Но куда ж деваться, если любовница не хочет понимать очевидных вещей? Взять ту же Бабусю. Умная ведь баба, но, когда Марк создал ей невыносимые условия, надеясь на то, что она психанет и пошлет его подальше, Женька проявляла чудеса понимания и терпения. В итоге ему пришлось усадить ее перед собой и сказать: «Прости, я тебя разлюбил. Нам надо разъехаться. Но я очень хочу остаться твоим другом!»

Бабуся и тут не сдалась. Говорила: «Зачем же так сразу? Может, просто поживем в разных комнатах?» Когда Марк не согласился, она встала в позу и заявила, что никуда не уедет, потому что он все равно одумается и позовет ее назад, а ей вещи туда-сюда таскать не очень-то охота...

В общем, намучился Марк с ней! Хотя почему-то думал, что уж с Бабусей точно проблем не будет.

Они познакомились в транспорте. У него сломалась машина по дороге на работу, и Марк вызвал эвакуатор. А вот такси вызвать не догадался. Хорошо, что рядом была автобусная остановка, и он впрыгнул в первую попавшуюся маршрутку. Оказалось, зря. О чем и сообщила ему стоявшая рядом пассажирка, когда Марк спросил у нее, доедет ли до нужной улицы.

— Да вы не расстраивайтесь так, — успокоила его она. — Через одну остановку выйдем, и я вас дворами доведу, куда надо. Еще быстрее получится.

И на самом деле — получилось. Пассажирка, представившаяся Женей, привела Марка к дверям офиса за десять минут до начала рабочего дня. Причем, как оказалось, ей выходить нужно было только через пять остановок, но она так прониклась бедой случайного попутчика, что наплевала на свои планы.

— Не знаю, как вас и благодарить! — воскликнул Марк. — Вы очень мне помогли...

— Да бросьте вы, — смущенно улыбнулась Женя, — мне не трудно было... К тому же мы с вами в некотором роде не чужие друг другу...

— В том смысле, что все люди братья?

— В этом тоже, но вообще-то мы в одном институте учились.

— Что ж, неудивительно, — усмехнулся Марк. — В нашем городе в прежние времена вузов было всего три, и наш пользовался наибольшей популярностью. Только, простите, я вас не помню...

— Конечно, нет. Я была первокурсницей, а вы уже на последнем курсе учились и на всякую мелюзгу внимания не обращали. — Женя еще раз улыбнулась, теперь задорно. — Ну все, будем прощаться, Марк, а то я на работу опоздаю.

— А давайте вам такси поймаем? Я заплачу.

— Спасибо, не надо. Ходить пешком полезно... Особенно мне!

Марк присмотрелся к фигуре барышни и решил, что она зря на себя наговаривает. У Жени было очень аппетитное тело. Подтянутое, ладное. Самое же главное, что его новая знакомая имела пышные формы: крутые бедра и большую грудь. Но не они в первую очередь привлекли его взгляд, а ее темные глаза. Огромные, бархатные, наполненные какой-то невероятной медовой сладостью, они смотрели ласково и умиротворяюще. Да и остальные черты были настолько нежны, что Марк подумал: «Таких женщин сейчас не бывает. Остались где-то в эпохе раннего Возрождения!»

Марк выпросил у новой знакомой телефон и уже вечером позвонил ей. Пригласил вместе поужинать. Женя согласилась. Они отправились в уютный рыбный ресторанчик, где просидели до полуночи. Женя была очаровательна в коротком платьице с декольте и с завитыми каштановыми волосами. Марк млел, глядя на нее. Когда же он узнал, что Женя увлекается горными лыжами и подводной охотой, то, как говаривала его двадцатилетняя сестра, просто отпал. Из ресторана они ушли, держась за руки. Ночь провели в квартире Марка. А через две недели Женя перевезла туда свои вещи.

Им было хорошо вместе. Марк ввел ее в свою тусовку, поставил на доску. Женю в компанию приняли сразу. Она была настолько естественной в своем желании помогать людям, что все к ней относились по-доброму. А когда Марк с Женей расстались (произошло это довольно быстро — через четыре месяца, последние полтора из которых он мечтал, чтобы любовница ушла от него), тусовка приняла сторону Бабуси. Даже мужики осуждали своего друга и твердили, что такой изумительной женщины Марк больше не встретит.

Он не спорил. Соглашался: Женя действительно изумительная женщина, но жить с ней только поэтому не хотел. Тем более что на его горизонте появилась Диана...

Девушка была совершенно не во вкусе Марка. Слишком молода, поверхностна и худа. Диана была из модельных. Ростом под сто восемьдесят, весом — от силы пятьдесят пять. Длиннющие ноги, полное отсутствие груди. Походка от бедра. Хищное лицо с выразительными голубыми глазами. Прямые черные волосы. Взгляд надменный, улыбка холодная. Образование — среднее, но как будто она и не училась десять лет в школе. Диана не знала элементарных вещей, но была чертовски смекалиста. А главное, так в себе уверена, что мужчины находили ее сногсшибательной, хотя она была всего лишь привлекательна.

Марк таких женщин не любил. Ему нравились классически красивые, справные, как говаривал его отец, барышни. Непременно с мозгами. И некурящие. Диана же дымила, как паровоз. Ее тонковатый, но красиво очерченный рот невозможно было представить без сигареты. Но все это были мелочи! В конце концов, каждый когда-нибудь влюбляется в человека, являющегося противоположностью собственного идеала. Проблема была в том, что Диана считалась девушкой Ветра.

Сергей привез ее из родного города. Сказал: «Диане жить негде, вот я ее к нам и позвал». Естественно, спали они в одной кровати, но днем и вечером, как правило, были предоставлены сами себе. Диана не пробовала встать на доску, а Ветер все время проводил на ней. И если другие его девушки завороженно следили за тем, как Сергей рассекает морскую гладь, то Диане не было до этого никакого дела. Она любила плескаться в воде, строить замки из песка, загорать, подставляя свое худое тело палящему полуденному солнцу. Марк не мог на нее налюбоваться! А вот Ветер относился к своей девушке более чем спокойно. Даже частенько над ней подтрунивал, а иногда довольно жестоко высмеивал. «Дианка, перестань вилять тем, чего у тебя нет!» — хохотал он, шлепая ее по бедру. Или спрашивал: «Детка, а ты знаешь, кто такой Джугашвили?», кося глазом на портрет Сталина, отпечатанный на ее футболке. Диана флегматично отвечала: «Грузин». Ветер продолжал веселиться и заявлял с хитрой миной: «Диана, да ты умница! Он и правда был грузином... Пять баллов!» Диана фыркала и отворачивалась. То ли принимала «комплимент» за чистую монету, то ли просто не считала нужным обижаться на подколы Ветра.

Марк, в отличие от остальных, склонялся к последнему предположению. Тусовка же считала Диану дурой. Не просто недалекой барышней, а реально тупой особой. И только Марк видел в ней и глубину, и смекалку. Диана это чувствовала и душевно общалась только с ним. С остальными только по случаю, а с Марком любила поболтать. В то же время она с ним заигрывала. Обнимала, чмокала в щеку, шутливо пощипывала за ягодицы, а пару раз попросила намазать ее кремом для загара (загорала она всегда обнаженной). А как-то, когда народу собралось особенно много и была устроена пляжная вечеринка, Диана во время танца так тесно прижалась к нему, что Марк не смог себя сдержать... Почувствовав его эрекцию, девушка не смутилась и не отстранилась. А еще сильнее вжалась в Марка и шепнула: «Я тоже тебя хочу... Искупаемся?»

Он догадывался, чем закончится купание, и страстно об этом мечтал, но не мог себе позволить заняться сексом с девушкой друга. Марк отстранил Диану и покинул танцплощадку. Ушел в свою комнату, а ранним утром уехал со станции.

Вернулся он на «Ветродуйку» только через две недели. Диана встретила его приветливо. Казалось, девушка не помнила о том эпизоде.

Во всяком случае, вела себя так, будто Марк и не отвергал ее недавно. Он решил, что тогда Диана просто обкурилась (та злоупотребляла и табаком, и анашой), вот и запамятовала. Но ошибся. Диана все помнила. Это стало ясно, когда они остались наедине, и девушка спросила:

— Это из-за Ветра?

— О чем ты? — переспросил Марк, хотя понимал, что та имеет в виду.

— Ну, шарахнулся от меня тогда.

Он смутился и ничего не ответил, только плечами пожал.

— Да и вообще, ты себя ведешь со мной уж очень правильно, — продолжила Диана, уставившись на Марка своими пронзительными глазами. — Я же вижу, что нравлюсь тебе, но ты ни одной попытки со мной сблизиться не сделал... Из-за Ветра, да?

И вновь Марк не ответил. Для него было привычным делом отмалчиваться, он давал женщине возможность все решить самой.

— Дурак ты, Марк, — усмехнулась Диана. — Ветру на меня начхать.

— Не может быть... Раз Серега с тобой, то...

— Это ничего не значит. Просто ему лень искать кого-то другого. Для него ж баба всего лишь объект с необходимыми для удовлетворения сексуальных нужд отверстиями, — изрекла девушка со знанием дела, и Марк в очередной раз убедился, что Диана далеко не глупа. — Да и нужду эту он испытывает довольно редко... поскольку так прется от кайтинга, что секс для него не очень и важен.

— Ты к чему ведешь-то?

— Поговори с Ветром. Я уверена, что Сергей пожелает нам совета да любви.

Она оказалась права! Когда Марк, ужасно тушуясь, сообщил другу о том, что ему нравится Диана, Ветер радостно воскликнул:

— Да что ж ты раньше-то молчал, чудило? Я б тебе ее сразу уступил!

Марка покоробило последнее слово. Свои кайты, к примеру, Сергей не давал никому. Даже самым близким друзьям. А вот девушку запросто уступал.

— И что, сильно она тебе нравится? — полюбопытствовал Ветер.

— Очень.

— Извращенец, — хохотнул Сергей. Но тут же посерьезнел и заметил: — Учти, ей жить негде. Так что придется тебе ее в свою квартиру привести.

— Как так — жить негде? Не понимаю. Она что, за «спасибо» работала? Модели вроде отлично зарабатывают... Тем более Диана говорила, что заграничные контракты имела.

— Все имела. И контракты, и гонорары. Как следствие: квартиру, машину, украшения.

— И куда все делось?

— Муж ее все проиграл. Дианку, кстати, тоже.

— Как это? — обалдел Марк.

— Сел играть с серьезными людьми и не смог вовремя остановиться.

— Я не про то! Как можно живого человека... жену... проиграть?

— Вы, евреи, вроде башковитые ребята, но уж больно от жизни оторванные, — покачал головой Ветер. — Или ты один такой отсталый? Проиграть можно что угодно и кого угодно. Жен и любовниц чаще всего на кон ставят. И еще хорошо, что Дианку нормальный мужик выиграл. Не извращенец, не урод, не отморозок. Всего лишь поимел ее и отпустил.

— Всего лишь? — ужаснулся Марк.

— Мог ведь вообще ее в бордель какой-нибудь продать!

— Ужас какой!

— Я ж тебе говорю — муж ее с серьезными людьми играл. Кое-кого из них я знаю. Нормальные ребята, но карточный долг для них — святое. Не отдашь — запросто пришьют.

— Бедная девочка... — еле слышно проговорил Марк. — А родственников у нее нет?

— Сирота вроде.

Марк едва не прослезился. Он был очень сентиментальным и жалостливым. Мог пустить слезу при просмотре фильма «Белорусский вокзал», а на похоронах родственника навзрыд заплакать. Мог подобрать сбитую машиной дворнягу и отвезти к ветеринару, а заблудившуюся маразматичную бабушку вернуть домой. Мог бесплатно починить соседям кран, а замерзшему бомжу отдать свою куртку. Наверное, именно за это его женщины и любили. Потому как внешне Марк казался мужчиной ничем не примечательным.

В отличие от своих рослых друзей, он был невысок. И худ. До того, как заняться кайтингом, Марк сильно комплексовал по данному поводу. Но когда встал на доску, оказалось, что в его «карманности» есть свои плюсы. Например, мускулистый Егор больше чем на пару метров над водой не подпрыгивал, Сергею тоже рост мешал изящно выполнять трюки, а легкий Марк делал в воздухе такие кульбиты, что Ветер начал приставать к нему с предложением стать постоянным участником международных соревнований. По его мнению, друг мог бы стать чемпионом. Даже в свои сорок два года! Да только Марк, в отличие от Ветра, не жил кайтингом — просто им увлекался. Единожды он все же дал себя уговорить и принял участие в каком-то кубке, где занял третье место. Но этого ему хватило. Чтобы стать чемпионом, надо постоянно тренироваться, а у него дом, работа, Диана... Ему, черт побери, сорок два года! Зато он наконец обрел уверенность в себе, которая сделала его счастливым.

До сих пор Марк Штаркман считал, что природа его обделила. Дала только хорошие мозги, а вот на привлекательность поскупилась. Красивыми на его лице можно было считать только влажные карие глаза. Нос, как у многих людей его национальности, был крючковатым, а губы довольно тонкими. Волосы... Волосы доставляли Марку хлопот — выше крыши. Особенно в юности, когда вились мелким бесом, не желая укладываться в приличную прическу. В тридцать лет Марк полысел. Но не как все нормальные мужики, ото лба к затылку, нет. Плешь его имела неправильную форму, и со стороны казалось, что у него стригущий лишай или что-то вроде того. Пришлось некоторые пряди отращивать, чтобы закрывать ими проплешины, и пользоваться лаком. Но Марк сам понимал, что выглядит смешно. Да и времени на прическу уходило море, поэтому как-то утром, когда волосы категорически не желали принимать нормальный вид, он психанул и обрился наголо. И тут оказалось, что без волос ему гораздо лучше. Марк стал выглядеть брутальнее. Внушительнее, что ли...

С новой «прической» он сам себе нравился. А уж женщинам и подавно. Марк стал пользоваться у них еще большим успехом. Хотя и раньше на отсутствие их внимания не мог пожаловаться, что вызывало недоумение его друзей. На их фоне он выглядел заморышем, но дамы частенько отдавали предпочтение именно ему, а не высоченному Ветру, мускулистому Егору, обаяшке Славе.

Как-то, напившись до свинского состояния, друзья сняли штаны и стали мериться пенисами. Все почему-то считали, что у Марка он каких-то невероятных размеров, раз бабы так к нему льнут (Ветер орал, что они это либо чувствуют, либо Кудряш успевает свой агрегат им продемонстрировать), но его мужское достоинство оказалось самого обычного размера. Ничего выдающегося! Женщины тянулись к Марку совсем по другой причине. Они видели его ум, благородство, ироничность. Их привлекали его безупречные манеры и подкупала искренняя заинтересованность собеседницей. Марк слушал женщин с таким вниманием и сочувствием, что они таяли. А когда начинал говорить, то просто растекались. Он владел языком безупречно, знал все обо всем и мог увлечь любую. При этом женщины видели, что перед ними не «вшивый интеллигентик», способный лишь протирать штаны в какой-нибудь загнивающей конторе.

Марк действительно начинал свою трудовую деятельность в исследовательском институте, но сумел вовремя переориентироваться (и переучиться) и занялся маркетингом. Кроме того, он умудрился запатентовать несколько своих особенно удачных разработок, благодаря чему смог купить себе отличную квартиру, прекрасную машину и съездить в кругосветное путешествие, откуда вернулся в полном убеждении, что все женщины прекрасны, но лучше российских не сыскать.

Жаль, ни на одной Марку не захотелось жениться, хотя все его девушки были достойными. Они родили бы ему изумительных детей и стали бы блестящими хранительницами домашнего очага, но что-то останавливало Курдряша от финального шага...

Пока Марк не встретил Диану.

Девушка не ассоциировалась у него ни с материнством, ни с домашним очагом, но на это ему было наплевать. Он любил ее, хотел ее, жалел и только ее позвал замуж.

На счастье, Диана согласилась.

Глава 5

Гнетущее молчание разорвал оглушительный автомобильный гудок.

— Я же вам говорила, что кто-то едет! — выпалила Бабуся, закончив переставлять тарелки. — А вы мне не верили!

— Кого там еще черти принесли? — проворчал Ветер, поднимаясь из-за столика. И заорал: — Кто?

— Свои! — донеслось издалека. — Ветер, куда машину приткнуть? Твоя стоянка занята, а общая на шлагбауме.

— Кто там? — спросила у Сергея Бабуся.

— Не пойму. Но голос вроде знакомый...

— Прикатил Дрозд, — сказал Марк, обладавший самым острым слухом.

— Дрозд? — неприятно удивился Слава. — А этому чего тут надо?

С Дроздом они также были знакомы с института. Все ребята учились на разных курсах, а сдружились благодаря КВНу. Ветер и Кравченко играли в команде, Марк помогал придумывать шутки, а Егор просто являлся ярым болельщиком — его девушка была членом клуба веселых и находчивых. И туда ее привел именно Дрозд. Тот в КВН не играл, но не потому, что не хотел — его не брали. Дрозд был лишен и актерских способностей, и чувства юмора. Зато обладал такой настырностью, что кавээнщики приняли его в свой круг, а иной раз даже выпускали на сцену — постоять в массовке. Дрозд рад был и тому!

Звали его Ваней, но для всех он был Иванушкой. Дрозд был белокур, голубоглаз, румян, высок и напоминал героя русских народных сказок. Особенно его внешность нравилась преподавательницам, и они частенько делали ему поблажки. А вот сокурсницы Иванушку не шибко жаловали. Им парень казался чересчур смазливым и бесхарактерным. И если с первым утверждением можно было согласиться, то со вторым — категорически нет. Характер у Ивана был, но он умело маскировал свою жесткость наивным взглядом и застенчивой улыбкой. А подлость скрывал под показным простодушием. Он так умело всех обманывал, что, когда стали поговаривать: Иванушка «стучит» на приятелей декану (после чего его и прозвали Дроздом, поскольку Дятел в тусовке уже был, но в том случае прозвище пошло от фамилии), многие не поверили. В том числе и Славка, единственный, кто по-настоящему сдружился с Иванушкой. Остальные — Егор, Марк, Сергей — сразу исключили Дрозда из круга своих приятелей. И когда учеба осталась позади, мгновенно о нем забыли.

Напомнил Дрозд о себе спустя много лет. Ветер, частенько бывавший не только на своем сайте, но и на «Одноклассниках», получил от него сообщение. Иванушка набивался Сергею в друзья, а так как это была всего лишь виртуальная дружба, тот Дрозду не отказал. Они стали общаться. Выяснилось, что Ваня, как и Ветер, успел дважды жениться, но оба брака просуществовали всего пять лет. Детей Дрозд ни с одной супругой не завел — не захотел, зато с последней организовал весьма успешный торговый бизнес. А после развода прибрал его к рукам (ну да, рассчитывать на благородство Ивана не приходилось) и теперь считал себя обеспеченным человеком.

В «Ветродуйку» Ветер Иванушку не звал, Дрозд однажды явился без приглашения. Да не с пустыми руками, а с новой моделью кайтборда. Сказал: «Я торгую спортинвентарем, но для кайтинга еще ничего не возил. Посмотри, хорошая ли штука и стоит ли ее закупать. Борд тебе в подарок. Впоследствии возможно сотрудничество».

Ветер доску опробовал и пришел от нее в восторг. Однако в подарок ее не принял, отдал деньги. И от сотрудничества с Дроздом отказался. Думал, Иванушка оставит его в покое, но не тут-то было. Тот наведывался в «Ветродуйку» пусть и не часто, но регулярно. За сезон раза четыре приезжал, то есть раз в месяц. Дрозду давали понять, что ему не рады, но Ваня делал вид, будто ничего не замечает. Не пускать же его на станцию Ветер не мог, поскольку она была открыта для всех желающих. Плати — и катайся сколько влезет. Можешь инвентарь и напрокат взять. Или для своего ячейку арендовать. Еще брать уроки у инструктора или просто нанять помощника. Но сезон открывался с середины мая, а сейчас было только начало месяца, и кайт-станция не работала.

— Ветер, ну ты чего молчишь? — вновь донесся глас Дрозда. — Куда мне припарковаться?

— На чертову задницу, — проворчал Ветер. Но в ответ прокричал совсем другое: — Откати мой мотик. Там места должно хватить.

— Лады!

— Нет, какого черта он приперся? — взбеленился Слава.

Он когда-то здорово пострадал из-за своей доверчивости. Продолжая дружить с Дроздом, Кравченко сам себе рыл яму. Иванушка каким-то образом умудрился испортить жизнь единственному другу (как именно, никто не знал — Славка отмалчивался), за что тот его жестоко побил прямо в фойе института. Дрозд, естественно, тут же понесся в деканат, и мстителя не отчислили только из-за того, что в кавээновской команде его некем было заменить — такого блестящего актера долго пришлось бы искать, а полуфинал был не за горами.

С тех пор Кравченко Дрозда не замечал. То есть демонстративно проходил мимо него, будто тот — колонна. Но бывший друг его не задирал, боялся быть снова побитым. Слава ему и так нос сломал, а Иванушка своей внешностью очень дорожил. К счастью, после института жизнь их больше не сталкивала, и в те дни, когда Ваня бывал в «Ветродуйке», Кравченко там отсутствовал. Да, конечно, знал от Ветра, что Дрозд изредка приезжает, но еще ни разу они не пересеклись...

Ни разу до сегодняшнего дня.

— Слав, не нервничай, ладно? — обратился к нему Егор. — Для Дрозда — как бальзам на раны чье-то неприятие. Так же, как и приятие. Он же из тех, кто считает: главное — вызывать в людях эмоции. Не важно какие! Типа, если вы меня не любите, значит, просто завидуете. Поэтому мы все делаем вид, что он нам — по барабану.

— Вот и зря, — вскипел Слава. — В институте мы Дрозда терпели — ладно, деваться было некуда...

— Он тоже учился в нашем институте? — заинтересовалась Бабуся. — А какой он из себя?

Кравченко отмахнулся от нее и продолжил:

— Но с какой радости, я вас спрашиваю, нам тут терпеть? Надо было гнать взашей! Глядишь, не являлся бы сюда, как будто его здесь ждут.

— Напротив, — возразил Марк, — ездил бы гораздо чаще, чтобы всех позлить. Отказать в посещении станции Ветер не может, на это нет оснований.

— Да я и без оснований могу, — перебил его Сергей. — Я тут хозяин, что хочу, то и ворочу. Просто Дрозд с кайтерами закорешился — ему ж в душу человека влезть раз плюнуть, — и теперь народ его за своего держит. Тем более что он спонсирует некоторые соревнования. И дает многим ребятам возможность подзаработать рекламой.

— Но сейчас-то станция еще не открыта! — взорвался Слава. — И ты, Ветер, смело можешь ему сказать, чтоб валил к такой-то матери!

— Скажу.

— Только не в столь грубой форме, пожалуйста, — попросил деликатный Марк. Штаркман со всеми был сама вежливость. По его мнению, грубо посылать человека некрасиво и унижает прежде всего посылающего. — Надо просто сказать, что мы собрались тесным кругом, в который не хотели бы пускать посторонних.

— Чем он вам так насолил? — спросила Ульяна заинтересованно. Она увидела Дрозда, который шагал от дома к чайхане и на первый взгляд показался ей очень приятным.

— Насолил он прежде всего Славе, — ответил ей Егор. — И мы до сих пор не знаем, чем именно. Но что Дрозд — с дерьмецом, известно всем.

— О, вся компашка в сборе! — воскликнул Иван, подходя. — Даже Славик тут. Сто лет тебя не видел... — Он улыбнулся так открыто, что человек, не знающий двуличность Иванушки, посчитал бы эту улыбку искренней. — Привет, Слава.

— Привет, — едва сдерживая эмоции, буркнул Кравченко. Затем взял бутылку и разлил водку по стаканам. Дрозду предлагать не собирался, но тот сам попросил:

— Мне-то плесни...

— Больше стаканов нет.

— А это что? — Дрозд указал на пакет, брошенный на пол, в нем лежали остатки закуски и не понадобившаяся одноразовая посуда.

Слава молча достал стаканчик, наполнил его до краев и протянул Иванушке.

— Держи! Только я не врубаюсь, как ты после этого за руль сядешь.

— А я сегодня никуда не намерен ехать, — хмыкнул Дрозд.

— Странно... Потому что здесь оставаться тебя никто не просит.

— Но и не выгонит же, — ощерился Иванушка, после чего залпом выпил водку.

— Вот тут ты ошибаешься, — хищно улыбнулся Слава.

Держать себя в руках Кравченко больше не мог. Да и не хотел! Пусть ребята думают что хотят и ведут себя с Дроздом как им вздумается, а он либо выдворит его, либо вспомнит студенчество и снова начистит Иванушке рыло.

— Ветер, может, и не станет, Серега гостеприимный хозяин, а я запросто... — Слава плеснул водки только себе и отсалютовал стаканчиком Дрозду. — Вот сейчас выпью еще пару стопочек и устрою пьяный дебош. С друзьями-то я подшофе добрый, а если под руку кто-то левый попадется, все, тушите свет!

— Не пугай меня, Кравченко, — скривился Дрозд. — Я не тот, кем был в институте. Уже десять лет занимаюсь кик-боксингом, так что неизвестно еще, кто кого: ты меня или я тебя.

— Иван, — повернулся к Дрозду Марк, — мы же взрослые люди, давайте постараемся вести себя цивилизованно.

— Ты это Кравченко скажи, не мне. Я на него не наезжал. Вообще ничего дурного не сделал. А что приехал без предупреждения, так не судите меня строго. У меня грандиозное деловое предложение к Сереже. И он, если согласится на мои условия, выиграет даже больше, чем я.

— А нельзя ли перенести вашу деловую встречу на другой день? Дело в том, что сегодня у нас своего рода закрытое собрание клуба друзей...

— Короче, ты лишний, Ваня, — добавил Егор. — Против тебя мы ничего не имеем, но сегодня хотели бы побыть в тесном кругу.

— С каких пор в него входит писательница Мичурина?

— Это не твое дело.

— Что ж... — Дрозд, поджав губы, помолчал. — Если вы настаиваете...

Он медленно поднялся. Глаза его были устремлены на Ветра.

— Ты, Сережа, надеюсь, понимаешь, что упускаешь шанс выйти на новый уровень? Благодаря мне ты можешь стать царем и богом всех кайтеров.

— Я не тщеславный, Ваня, — криво усмехнулся Ветер.

— Зато ты очень радеешь за свое дело, и если я сделаю предложение не тебе, а кому-то другому, твоя школа из лучшей превратится в самую отстойную.

— Ну, мы еще посмотрим.

— Зачем так рисковать, Сережа? Можно просто поговорить, и тогда...

— Не сегодня, Ваня. В любой другой день я тебя выслушаю.

— Я буду разговаривать с тобой либо сегодня, либо никогда.

Слава видел, как закипает Ветер. Ноздри его раздулись, синие глаза сузились, став похожими на щелки. Еще немного, и Сергей из Ветра превратится в Смерч и сметет Дрозда с ног. Кравченко знал, что друг, если его очень сильно разозлить, может затеять драку. Тут они с ним похожи. А Марк с Егором рукоприкладства не одобряли. Правда, если Марк не дрался прежде всего потому, что был довольно слаб, то Егор обладал недюжинной силой. Но никогда не применял ее в кулачных боях. И из себя не выходил. Даже голоса не повышал ни разу. Слава его не очень понимал, как и Марка. Любил по-дружески, но не понимал. Ветер был ему всех ближе. Поэтому он решил уладить его конфликт с Дроздом. Не столько как зачинщик, сколько как друг. Иванушка, подлая тварь, на самом деле может подгадить Сереге, и Кравченко никогда бы себе не простил, что стал виновником этого...

Глава 6

Слава единственный из друзей не проникся кайт-серфингом. Он наведывался на «Ветродуйку» не за тем, чтоб пронестись по водной глади или воспарить над ней, делая в воздухе кульбиты, а просто встречался с дорогими и близкими ему людьми. И еще знакомился с барышнями, которые прибивались к их тусовке в больших количествах. Или хвастался своими.

В прошлом Кравченко был профессиональным спортсменом, бегуном на короткие дистанции. Когда из спорта пришлось уйти, он дал себе зарок больше не напрягаться. И теперь даже в тренажерный зал не ходил. Счастье, что ему повезло с конституцией, и Славик не растолстел, а только немного потяжелел. Ну, и животик у него обозначился довольно заметный. Но барышни находили его уютным и приятным, постоянно пощипывали, потому он и не думал его сгонять.

В отличие от друзей, Вячеслав Кравченко был женат. Восемнадцать лет назад он взял замуж свою соседку, которую знал с детства. Ольга была младше на три года и влюблена в него чуть ли не с пеленок. Когда Славка пошел в школу, она бежала следом и просила взять ее с собой. Из-за соседа Оленька в четыре года научилась читать и писать — лишь бы сесть с ним за одну парту. Уже тогда она всем заявляла, что выйдет за Славу замуж.

В день, когда Кравченко провожали в армию, пятнадцатилетняя Оля дала клятву ждать его. Девушка, с которой Славка тогда встречался, ее за это чуть не побила. Крикнула: «Без тебя есть кому его ждать!» — и вытолкала за порог. Но, в отличие от Оли, через несколько месяцев нашла себе парня, а Славкина соседка два года вела себя паинькой. Всем говорила, что у нее есть жених, и никаких вольностей не позволяла.

Жители подъезда над Ольгой беззлобно подсмеивались, и только Славина мама воспринимала девочку всерьез. Она постоянно твердила сыну, что лучше жены ему не найти, и советовала к ней присмотреться. Но Славке совсем не нравились малолетки. Тем более пухлые и невзрачные. Его тянуло к стройным, ярким, разбитным. К шаловливым кошечкам. К зажигалкам. К гибким, уверенным в своей неотразимости куколкам. Оля же носила пятидесятый размер, заплетала свои роскошные волосы в косу, вела себя очень рассудительно (если не считать ее безрассудной любви к Славе) и походила на тургеневскую барышню. В общем, Кравченко мать не слушал, и Олю в качестве своей потенциальной девушки, а уж тем более жены не рассматривал.

Отслужив в армии, он восстановился в институте, откуда его отчислили за прогулы, и вернулся в спорт.

Со своей первой и единственной большой любовью Кравченко познакомился на соревнованиях — разминался перед забегом, а Юля сидела на первом ряду трибуны. Она была так хороша собой, что все спортсмены на нее пялились. И Слава не оказался исключением. Только этим не ограничился, а набрался наглости, подбежал к бортику, схватил барышню за руку и выпалил: «Девушка, вашей маме зять не нужен?». Та в ответ только фыркнула (типа, мог бы сказать что-нибудь менее банальное), но посмотрела на парня благосклонно и пальчики свои из его лапищи не сразу вырвала.

На тех соревнованиях Слава занял первое место. А после все же с Юлей познакомился. Она оказалась дочкой одного из тренеров и сама когда-то занималась легкой атлетикой. Юля была старше Славы, ей уже исполнилось двадцать шесть, и она имела маленького сына. С мужем не так давно развелась, работала в детской спортивной школе, жила с ребенком в купленной родителями квартире. Туда она Славу и привела после соревнований. На чай. Но так как сын гостил у бабушки и помешать молодым людям было некому, они, вместо того чтобы дуть кипяток с заваркой, занялись бурным сексом прямо на кухне. А потом в ванной. И в комнате. И даже на лоджии, куда вышли покурить...

Юля, перед тем как проститься со Славой, смущенно проговорила:

— Ты не подумай, что я шлюха... Со мной такое впервые, чтоб в день знакомства...

— Дурочка! — ласково улыбнулся ей Слава. — Я никогда бы о тебе так не подумал. Я же вижу, какая ты.

— Значит, мы еще встретимся? А то знаю я, как вы, мужчины, относитесь к тем, кого затаскиваете в постель на первом свидании.

— Во-первых, еще неизвестно, кто кого... Во-вторых, в постели мы с тобой пока сексом не занимались. А в-третьих... Я тебе сам надоем!

И, расцеловав Юлю, он унесся на занятия — уже наступило утро.

Сразу после учебы Слава вновь примчался к девушке. С цветами и золотым колечком. Юля розы приняла, а вот перстенек отвергла. Сказала — слишком дорогой и символичный подарок. А Славе именно такой и хотелось сделать. Чтобы Юля поняла, что для него она — не мимолетное увлечение, а девушка его мечты.

Слава на самом деле воспринимал ее именно так. И с первого дня знакомства хотел видеть своей женой. Он даже родителям об этом сказал. Мама, узнав, что избранница сына разведенка с ребенком, пришла в ужас. А отец уговаривал не торопить события. Но Слава проигнорировал советы родителей, слушая только свое сердце, и уже через две недели после знакомства сделал Юле предложение.

Девушка с радостью его приняла.

Свадьба Юли и Славы должна была состояться в сентябре. В августе же Кравченко уехал на сборы в спортивный лагерь. Там он дико скучал по своей невесте, звонил ей каждый день, писал письма и раз в неделю ездил в город, чтобы повидаться. За сотни километров ради двух часов общения — больше побыть вместе не получалось, нужно было возвращаться в лагерь.

Когда до окончания сборов оставалось шесть дней, Слава вспомнил, что ровно два месяца назад увидел Юлю на трибуне. Каждый день, проведенный рядом с нею, был похож на чудо, но вдали от любимой Слава загрустил. Он понимал, что совсем скоро Юлю увидит, а уже через три недели станет ее законным мужем, но самоуговоры не помогали. Хотелось увидеть ее именно сегодня, отметить этот маленький праздник...

И Слава сорвался из лагеря, на перекладных добрался до города. В ночном ларьке возле дома купил шампанское, конфеты, Юлиному сынишке его любимых «киндер-сюрпризов» и помчался к ее подъезду. По лестнице не шел и даже не бежал — летел. А сердце от радостного нетерпения бухало так сильно, что казалось, если ступеньки сейчас не кончатся, просто выпрыгнет из груди...

Слава открыл дверь своим ключом, тихонько вошел. К его удивлению, в спальне горел свет. Он-то решил, что все спят, а оказывается...

Поставил сумку с покупками на пол и вошел в комнату. Он думал, что застанет Юлю в кресле у телевизора, но ошибся. Его невеста находилась на лоджии, где занималась сексом с каким-то парнем. Две недокуренные сигареты дымились в пепельнице на подоконнике.

Кравченко хотел уйти. Очень хотел. Сбежать, чтобы ничего не видеть... А еще чтобы не натворить глупостей... Но не смог!

С диким рычанием он ворвался на лоджию, схватил Юлиного любовника за шею и с силой сжал пальцы. Парень взвыл. Его партнерша испуганно обернулась. Она была увлечена процессом и не слышала, что кто-то вошел. Она никак не ожидала Славу увидеть! Знала — жених на сборах, а значит, у нее есть возможность немного расслабиться. Когда замуж выйдет, встречаться с другими парнями станет гораздо сложнее. Да и опасно — вдруг супругу кто донесет? С первым-то мужем именно из-за этого развестись пришлось...

Пока Юля ужасалась тому факту, что Слава оказался не в лагере, а у нее в квартире, сам он успел надавать ее случайному любовнику по морде и вышвырнуть его за дверь. Когда там же оказалась и одежда соперника, Слава вернулся на лоджию, швырнул Юле халат и велел:

— Прикрой срам!

Невеста стыдливо натянула халат.

— Не шлюха, да? — прорычал Слава, из последних сил сдерживаясь.

— Сама не знаю, как это вышло, — залепетала Юля. — Саша был моим парнем когда-то... Мы не виделись три года, он служил на Дальнем Востоке и вот вернулся...

Юля протянула руки, чтобы обнять Славу, но тот шарахнулся от нее, как от чумной. И она заплакала.

— Прости меня, прости! Мне стало его жаль. Он так любит меня! И пришел сделать предложение... А я сказала, что выхожу замуж за другого, которого безумно люблю...

И тут Кравченко не выдержал. Терпение его лопнуло, и Слава залепил пощечину Юле. Та отлетела метра на три и упала. Но он не стал помогать ей подняться. Боялся, что если задержится здесь еще хотя бы на пять минут, то не совладает с собой и изобьет Юлю по-настоящему. Поэтому, не говоря ни слова, выбежал из дома. Ничего не видя из-за выступивших на глазах слез, Кравченко понесся через дорогу.

В десяти метрах был подземный переход, но Славе всегда было лень в него спускаться, и он перебегал улицу поверху. Правда, обычно очень внимательно следил за потоком машин. И делал остановки на полосах, если тот был плотным. Но это обычно! А не в день, когда жизнь рушилась...

Слава не увидел приближающегося грузовика, только услышал, как он оглушительно просигналил, после чего почувствовал страшную боль, а через миг сознание покинуло его.

Очнулся Кравченко в больнице. Рядом с кроватью обнаружил маму и... Олю. От первой узнал, что у него сломаны обе ноги и несколько ребер, что, по сути, ерунда, а вторая сообщила о своем желании быть рядом с ним даже в случае, если Слава останется инвалидом. Тут мама ткнула ее в бок, и Оля замолчала. Но Слава уже понял, что его положение не столь радужно, как его пытались уверить, и стал донимать расспросами родительницу. Той пришлось сообщить сыну, что у него еще травма позвоночника, и врачи пока не знают, сможет ли он ходить.

На счастье, Слава пошел. И пошел довольно скоро, на нем все заживало как на собаке. А вот бегать еще очень долго не мог. Сначала на костылях ковылял, потом — опираясь на палку. В спорт он больше не вернулся. И Юлю не видел, хотя та сделала попытку навестить его в больнице, но Слава не разрешил ее впускать.

Окончательно выздоровев, Кравченко сделал Оле предложение. Та, естественно, его приняла. Спустя месяц они поженились. Через год стали молодыми родителями. Еще через семь лет в их семье появилось второе чадо.

Все годы брака Слава жене изменял. Начал в медовый месяц.

Они поехали в свадебное путешествие в Крым. Супруга спать укладывалась рано, да Оля и не любила шататься по барам и дискотекам и даже просто по набережной, где толкотня, оглушительная музыка, куча пьяных. Слава же не для того на курорт ехал, чтобы вечерами телевизор смотреть, поэтому сразу сказал, что если жена не хочет тусоваться, то может оставаться в номере, а он пойдет развлекаться. Оля попыталась его отговорить, но — бесполезно. Пришлось ей смириться.

Слава вечерами гулял один. Они договорились, что он будет возвращаться в отель не позже полуночи, а во время своих «променадов» не станет напиваться и флиртовать с женщинами. И Кравченко слово держал: являлся всегда ровно в ноль часов и почти трезвый. А то, чем он занимался с отдыхающими барышнями, флиртом назвать было сложно. Он занимался с ними сексом и за время медового месяца сумел соблазнить троих. Причем с одной из этого трио встречался не только вечером, но и днем, когда Оля лежала под навесом, спасаясь от палящего солнца, — якобы ходил к далекому пирсу, чтобы понырять. На самом же деле он забегал к своей землячке, снимавшей дом неподалеку, и занимался с ней быстрым сексом. По возвращении домой они еще полгода встречались — Славе нравился ее неуемный темперамент.

Оля же воспринималась им как удобная во всех отношениях женщина. И, что самое главное, надежная. Другим Кравченко не верил. Тем более тем, к кому его тянуло. Бывало, Слава увлекался, но теперь-то ведь знал: с бабами по-хорошему нельзя, они двуличные твари, годные только для того, чтобы доставлять мужику удовольствие. А еще рожать детей. Для последнего у него была Оля, а для остального — сотни дамочек, более привлекательных и раскованных, нежели жена. Так что, можно сказать, Слава отлично устроился: полноценная семья и бурная сексуальная жизнь вне ее. О чем еще может мечтать мужчина? Разве что о том, чтобы жена не узнала о той самой сексуальной жизни... Или хотя бы делала вид, что пребывает в неведении.

За восемнадцать лет брака Оля ни разу не дала Славе понять, что наслышана о похождениях мужа. «Добрые» люди то и дело сообщали ей о том, что видели Кравченко с барышнями, да и сама она давно перестала быть наивной дурочкой, понимала, почему супруг неделями не прикасается к ней и слишком часто задерживается на работе. Но Ольга держала свои переживания при себе, со временем уяснив для себя главное: Слава — лакомый кусочек для женщин. Ее избранник — чертовски обаятельный, умный, имеющий неплохую работу, сексуальный мужчина, а она — серая мышка, невзрачная, толстая, скучная, и на нее вряд ли кто позарится. Но! Супруг от нее не собирается уходить, потому что его все устраивает. А раз так — зачем портить нервы Славе и себе ненужными разборками? Не дай бог, муж взбрыкнет и натворить глупостей...

Вот так и жили. На удивление друзьям и на радость родителям. Славина мама оказалась права — лучшей жены ему не найти.

Глава 7

Кравченко положил руку на плечо Ветра и легонько сжал, как бы говоря: успокойся, друг, не надо кипятиться. Затем взял два стакана, разлил водку, один поставил перед собой, второй протянул Дрозду.

— Давай выпьем, Ваня. Ты и я. За день согласия и примирения.

— День согласия и примирения седьмого ноября.

— Это общероссийский. А наш с тобой, персональный, так сказать, будет сегодня. Я не хочу портить праздник Марку... — А про себя Слава добавил: «И жизнь Сергея». — Поэтому согласен считать тебя пока если не другом, то хотя бы не врагом. Ты принимаешь мое предложение?

Дрозд, надо отдать ему должное, не стал выкобениваться. Молча кивнул и принял из рук Кравченко стакан. По всей видимости, дело, о котором он столько говорил, было выгодно не столько Ветру, сколько ему самому.

Выпив, Дрозд передернулся.

— Как вы ее пьете? Гадость редкая...

— Водка хорошая, — кинулся на защиту привезенного продукта Марк. — Из дьюти-фри.

— Да я не про качество... — Дрозд схватил со стола яблоко и принялся яростно его грызть. — Я в ней не понимаю ни черта, по мне вся водка одинаково противная.

— Зачем тогда пьешь?

— Ну, не компот же пить... — кивнул он на бутылку вина. — Мужики должны употреблять крепкий алкоголь. На худой конец пиво.

— Кто сие сказал?

— Таково мое мнение. Еще я считаю, что мужчине необходимо питаться мясом, поэтому я его ем, хотя и не люблю.

Слушая его, Кравченко думал о том, что понимает, откуда это в Дрозде. Вячеслав помнил, как в институте Иванушка страдал из-за того, что все считали его немного женственным. И дело было не столько в его смазливой физиономии, сколько в походке и голосе. Дрозд повиливал бедрами, хотя они не выглядели очень широкими, просто чуть полноватыми. А голос у него был таким высоким, что Иванушку по телефону путали с девушкой. Парень и курить начал в надежде на то, что голос огрубеет. И частенько пил ледяное молоко, чтобы простыть и охрипнуть. Раз и навсегда!

Но, как выяснилось, напрасно Ваня подвергал свое здоровье вредным воздействиям. Голос остался прежним. Наверное, поэтому Дрозд старался говорить очень тихо, ибо стоило ему повысить тон, как в нем появлялись визгливые бабьи нотки.

Во внешности Дрозда с годами также больших изменений не произошло. Он по-прежнему походил на сказочного Иванушку, только несколько потрепанного. Хорошо хоть не расплылся, но и мускулистым не стал. Про занятия кик-боксингом Дрозд, возможно, и не врал, однако успеха в нем явно не добился — иначе мышцы вырисовывались бы более отчетливо.

— В холодильнике есть пиво, — сказал Марк. — Если хочешь, сходи за ним.

— А травки нет? — поинтересовался Дрозд.

Марк отрицательно покачал головой.

— Плохо... — вздохнул Иван. — Я бы сейчас затянулся пару разочков.

— Я тоже, — подала голос Диана. — Ветер, у тебя ничего в загашнике не припрятано?

— Нет, — ответил за хозяина станции Славка. — У него зарыто в земельке! Или ты уже откопал, а, Ветер? И куришь в одно жало?

Кравченко рассмеялся. Все присутствующие, кроме Дрозда и Мичуриной, не знавших сути, последовали его примеру.

Намек был на прошлогодний случай. Тогда кто-то притащил с собой на «Ветродуйку» целую пол-литровую банку астраханской анаши, и тусовка вознамерилась ее за раз скурить. Но та, хоть и считается слабой, хорошо всех зацепила, и осталось ее больше половины. Ветер сказал: «Давайте ее закопаем. Вдруг менты нагрянут, а у нас тут чуть ли не наркопритон?» Народ Сергея поддержал и всей ватагой принялся банку с анашой прятать. Когда дело было сделано, они со спокойной душой улеглись спать. Утром же ни один человек не мог вспомнить место, где зарыли траву (никто не догадался поставить над ней ориентир). С тех пор члены клуба нет-нет да принимались искать банку, однако никому не удалось ее отрыть. Или, как вариант, кто-то все же нашел, но не сказал остальным. Хотя последнее маловероятно. Но как тема для шуток напоминание о той банке проходило на «ура».

— Хотите, я позвоню кое-кому, и нам привезут отличной травы? — спросил Дрозд.

— На фиг, неохота сегодня... — поморщился Ветер. — Да и водяры полно. Лучше по старинке нарежемся.

— И то верно! — подхватил Марк, который уже изрядно захмелел. Ему, чтобы «нарезаться», хватало пяти стопок. — Слава, разливай!

Кравченко послушно взялся за бутылку.

Пока он наполнял стаканчики, остальные вспоминали еще какую-то историю и громко гоготали. Дрозд расстегнул молнию на кармане ветровки, из которого раздалось треньканье сотового телефона.

— Извините, — буркнул Ваня, наконец достав его, — я отойду...

И, поднявшись с подушки, зашагал прочь.

— Как думаешь, что за дело у него к тебе? — спросил Слава у Ветра.

— Самому интересно, — ответил Сергей. — Могу предположить, что речь идет о каком-нибудь крупном рекламном контракте.

Слава посмотрел Дрозду в спину и задумчиво сказал:

— Я бы на твоем месте не стал с ним связываться.

— Я и не собираюсь. Но мне интересно,

что Дрозд хочет предложить... — Он взял свой стаканчик и отсалютовал им остальным. — Вот сейчас дернем чуток, и поговорю с ним.

— Еще раз за вас, Марк и Диана! — провозгласил Баринов, последовав примеру Ветра. — Счастья вам!

— Да хватит уж за нас, — отмахнулся Штаркман. — Давайте просто за любовь!

Все, кроме жениха с невестой, скептически хмыкнули. Видно, у каждого была в жизни неудачная история (а то и не одна), после которой в любовь не очень-то верилось. И только Егор хмыкнул не поэтому. Он-то как раз в любовь верил. Но был убежден, что испытать ее можно один лишь раз, и с ним уже такое было...

— За что пьем? — спросил Дрозд, подходя. Он закончил разговор и убрал мобильный обратно в карман.

— За любовь, — ответила ему Бабуся.

— О, это святое! За это выпью... Но больше ни-ни.

— Ты веришь в любовь? — скептически усмехнулся Ветер.

— Конечно. Сам испытал когда-то. Давно, правда...

— Заливаешь!

— Да нет, я серьезно. Жаль, только один раз. Да и взаимной моя любовь не оказалась. Но все равно было, было...

И тут все, кто знал Дрозда с института, поняли, о ком он говорит. Девушку, которая растопила ледяное сердце Иванушки, звали Надеждой. Она училась с ним на одном курсе, была очень артистична, но скромна. Ей хотелось попасть в команду КВН, однако Надя стеснялась предложить свою кандидатуру. Дрозд, безуспешно ухаживающий за ней, решил, что если ей помочь, то она, возможно, станет к нему более благосклонной. И привел ее в команду. Надю, после того как она показала несколько сценок, взяли, и скоро девушка уже считалась одним из самых ярких игроков. Вот только Дрозд так и остался для барышни всего лишь приятелем — Надя с первого курса встречалась с другим парнем и сразу по окончании института вышла за него замуж. Звали парня Егор Баринов.

Дрозд сильно переживал свою любовную неудачу. Но, что интересно, не пытался молодым напакостить. Совершенно искренне Иванушка желал Наде счастья и дорожил ее хорошим к себе отношением. Единственный же подарок девушки — черный кожаный шнурок с серебряным медальончиком в виде Стрельца, знака Зодиака, как нацепил на свое двадцатидвухлетие, так до сих пор и не снимал.

Кравченко очень удивился, заметив его сейчас. Столько лет прошло, а все носит... И, главное, шнурок уже вытерся, серебро потускнело, украшение смотрелось невзрачно и никак не соответствовало ни возрасту, не статусу Дрозда, но он этого будто не замечал. Или уж так сроднился с Надиным подарком, что не представляет на своей шее ничего другого?

— Да, я вам не сказал, — продолжил Иван, выпив и закусив все тем же яблоком. — Сейчас нам травы привезут. Ребята, что мне звонили, находятся тут неподалеку, и у них она всегда есть.

— Я ж сказал — не надо! — проворчал Ветер.

— А Дианочка вот не откажется, ведь она с нами не пьет... Да, Диана?

Невеста Марка кивнула.

— А что за ребята такие, у которых всегда трава при себе имеется? — поинтересовался Сергей.

— Твои единомышленники, кайтеры.

— Из моих?

— Нет, у них своя база есть.

— А... Ты про того недоноска Юргенса? Тогда понятно...

База Юргенса находилась не очень далеко от «Ветродуйки». Всего в нескольких километрах. Построена она была только в прошлом году, но популярностью не пользовалась не поэтому. Просто ее облюбовали совершенно безбашенные люди (под стать хозяину), и те, кто приезжал туда позаниматься, а не накуриться, напиться, подраться, находили их общество неприемлемым. Юргенсу база не приносила никакого дохода, но ему на это было плевать. На строительство и содержание станции деньги ему дал отец, столичный олигарх. Папаша так страшно обрадовался, когда ребенок (Юргенсу было всего двадцать два) увлекся спортом, что готов был отстегивать любые суммы. Тем более они не шли ни в какое сравнение с теми, которые сынуля проигрывал в казино.

— А скоро привезут? — поинтересовалась Диана.

— Через полчасика.

— Хорошо. Тогда мы с Марком пойдем погуляем. Вы не против?

Естественно, никто ничего против не имел. Все понимали — жениху с невестой хочется поворковать.

Будущие супруги вышли из-за стола. Диана обняла Марка за шею, он ее за талию, и влюбленная парочка направилась в сторону моря, которое заходящее солнце раскрасило багряными тонами.

— Красивая пара, — заметила Ульяна. — И гармоничная, несмотря на большую разницу в росте, возрасте и уровне интеллекта.

— Тогда в чем же гармония? — нахмурилась Бабуся.

— В том, что они идеально дополняют друг друга, — ответил за писательницу Егор. — Или даже не так... Друг без друга они не то чтобы никто, но... Трудно объяснить.

— Особенно тебе, Барин, — захохотал Ветер. — Ты ж у нас немногословный! Поэтому дай Мичуриной договорить.

— Егор прав, — кивнула Ульяна. — Они как единица и ноль. По отдельности ноль — пустое место, а единица — самое маленькое число. Вместе же — десятка. Так и Марк с Дианой. Я уверена, что до того, как она стала встречаться с вашим другом, вы воспринимали ее как малолетнюю дурочку. Сейчас же, когда Диана рядом с ним, она будто серьезнее стала, взрослее и умнее. Но это не потому, что девушка набралась ума и взрослости от Марка. Просто он открыл Диане... Диану.

— Как так?

— Помните старое кино «В моей смерти прошу винить Клаву К.»? Там мальчик влюбился в девочку Клаву в детском садике и все детство и юность ей поклонялся. Но девочка выбрала не его, а другого. И сказала отвергнутому юноше: «Ты подарил мне себя, а он подарил мне меня!» Вот так же и Марк сделал...

— Я понимаю, о чем ты говоришь, — подал голос Кравченко. — И с тобой согласен. Но что дала Марку взамен Диана? Как она его изменила? Чему научила? По-моему, Штаркман остался таким, каким был. Даже не помолодел нисколько. Хоть и не поглупел, слава тебе господи...

— Благодаря ей Марк понял, что способен по-настоящему любить, а это дорогого стоит.

— Всего-то? — фыркнул Слава. — Неравнозначный обмен! Он-то, кроме всего прочего, безбедное существование Дианке, бедной сиротке, обеспечил. А то у нее ни жилья, ни денег... Семьи и той нет!

Тут в беседу вмешался Дрозд:

— А ты, Слава, ничего не путаешь?

— О чем ты?

— О безденежье Дианы?

— Не путаю. Ветер привез ее на станцию, потому что ей жить было негде и квартиру снять не на что.

— Странно...

— Ты знаешь ее, что ли?

— Наслышан о ней, скажем так.

— Ну-ка, ну-ка... — Ветер подался вперед. Он решил, что Дрозд сейчас начнет наводить поклеп на невесту Марка, и приготовился поймать его на лжи.

— У нее муж был, да? И он играл? — уточнил Иван.

— Правильно.

— Обычно ему везло, но однажды он продулся вчистую...

— Да, все ушло, в том числе и квартира. — А про себя Ветер добавил: «И Диана», но вслух этого не сказал.

— А что было дальше, ты знаешь? С мужем Дианы?

— Умер он вроде.

— Был убит, точнее. Сразу после того, как продал квартиру (договоренность у них была такая: отдать долг деньгами, а не недвижимостью).

— И что?

— А то, что денег тот, кому он проиграл, так и не получил. Исчезли они... — Дрозд криво усмехнулся. — Как и Диана.

— Ты на что намекаешь?

— Многие считают, что именно она заказала мужа и забрала деньги.

— Да брось! Я о таком не слышал!

— Иначе не привез бы ее сюда? — проницательно усмехнулся Дрозд. — Она всех вас обманула. Включая того мужика, который так и не получил долг. Ведь Диана и с ним позажигала, да? Но не потому, что муж ее проиграл, эту байку она сама придумала, просто ей нужно было усыпить его бдительность.

— Какой же ты, Дрозд, балабол... — досадливо протянул Ветер. — Выдумываешь всякую хрень... И главное — зачем? Все равно тебе никто не поверит...

— Я ничего не выдумал! Диана та еще штучка... — Иван посмотрел на два темных силуэта, слившихся в единое целое на фоне закатного неба. — И, кстати сказать, она не сирота. Первая из моих жен была дальней родственницей ее матери и отлично знала всю их семью...

Глава 8

Диана и вправду не была сиротой. Ее мать до сих пор здравствовала, причем находилась еще в том возрасте, который далек от пожилого. Ей исполнилось всего сорок!

Лариса, так звали матушку Дианы, родила дочь в семнадцать. От кого, она и сама толком не знала, но была уверена, что отцом ее чада был кто-то из устроителей первой в их городе выставки элитных автомобилей. Лариса принимала в ней участие в качестве модели. Она посещала школу манекенщиц и грезила о мировой карьере, и когда ее и еще пятерых девочек пригласили поработать на выставке, Лариса была на седьмом небе от счастья. Во-первых, покрасоваться на фоне дорогущих машин мечтала каждая, во-вторых, это могло стать стартом головокружительной карьеры, а в-третьих, с деньгами в их семье было туго, а ей обещали прилично заплатить.

Лариса была очень красивой смуглянкой с аппетитными формами. На фоне остальных моделей — худых, светловолосых, белокожих (в моде тогда были белокурые голубоглазые красотки) — она сильно выделялась и казалась старше ровесниц из-за своих спелых прелестей и проницательного взгляда огромных карих глаз. Нет ничего удивительного, что именно Ларису поставили рядом с самым роскошным авто — с красным «Феррари», а затем пригласили на банкет.

Девушка раньше практически не пила, но, работая на выставке, она так перенервничала, что сейчас решила для расслабления принять пару фужеров шампанского. Вино ей подносил очень солидный дяденька, имени которого она не помнила, но знала: тот — большая городская шишка. Ожидать от такого серьезного и важного мужчины гадости, а тем более подлости Лариса никак не могла. Поэтому, когда перед глазами вдруг все стало расплываться, она решила, что на нее так подействовал алкоголь. Дядечка, заметив состояние девушки, любезно предложил проводить ее в один из кабинетов, где есть диван. Лариса согласно кивнула.

Что было дальше, она не помнила. Разве только то, что в кабинет вслед за ними вошли еще трое мужчин, которые помогали Ларисе улечься на диван. Потом вроде бы кто-то разул ее и как-то уж очень жарко гладил ноги, и у нее от этих прикосновений все трепетало внутри...

Очнулась Лариса в машине. Она была одета, рядом с ней на сиденье лежали ее сумочка и бутылка с минералкой (тот, кто оставил воду, будто знал, что девушке ужасно захочется пить). Автомобиль вел безмолвный водитель. Он только спросил адрес, а когда подкатил к ее дому, бросил: «Приехали».

Лариса поднялась в квартиру, приняла ванну, легла в постель. Ее подташнивало, но в целом самочувствие было нормальным. Она так и не вспомнила, что произошло с ней в кабинете. Решила, что просто отключилась, и ее, спящую, перенесли в машину, когда вечеринка закончилась.

Дальнейшая жизнь текла более-менее спокойно. Лариса окончила модельную школу, стала получать заказы на работу. За границу и даже в столицу ее не приглашали, но в городе девушка пользовалась популярностью. В общем, жаловаться на судьбу было грех. Вот только в последнее время Лариса стала неважно себя чувствовать. Видимо, сказывалось переутомление и недосыпание — работать в основном приходилось в ночных клубах на показах нижнего белья и купальников. А вот почему начала поправляться, Лариса понять не могла. Вроде ела мало, но талия стала заплывать, а грудь прямо-таки вываливалась из бюстгальтера. Решив, что ее гормональная система дала сбой (месячные всегда приходили нерегулярно, но сейчас их целых три месяца не было...), девушка решила пройти медосмотр.

Терапевт, который осматривал ее первым, сразу спросил: «Может, вы беременны?» Лариса рассмеялась в ответ: «Только если от святого духа!» Секса у нее не было больше полугода, с тех пор, как она рассталась со своим парнем. Но терапевт все же направил девушку к гинекологу. Тот вынес вердикт: «Беременность не менее двенадцати недель». А затем спросил: «Ребенка оставлять будете? Если нет, то аборт только с разрешения родителей, поскольку вам всего семнадцать».

Лариса попросила время на раздумье. Матери о своей беременности она сообщать не собиралась. Та воспитывала ее одна, не баловала, держала в строгости. И в модельный бизнес не хотела пускать, орала, что во всех этих школах манекенщиц готовят не моделей, а проституток, а она не для того дочь рожала и тянула из последних сил, чтоб ее в бордель продали. Но Ларисе все же удалось матушку уговорить. Этому поспособствовал тот факт, что директор модельной школы оказался ее одноклассником. Но мать все равно не расслаблялась и каждодневно предостерегала дочь от необдуманных поступков и грозилась отречься от нее, если девушка все же совершит что-нибудь такое, неприличное... разве могла Лариса ей признаться?

Но и ребенок девушке был не нужен. Поэтому она попыталась от него избавиться при помощи народных средств: пила йод и пижму, сидела в горячей ванне, поднимала тяжести... Когда это не помогло, нашла медсестру, которая делала уколы, вызывающие спазмы. Так многие избавлялись от беременности. Многие, но не Лариса!

Матери она сообщила о своей беременности, когда срок подходил к четырем месяцам. Та сразу потащила дочь к врачу, но аборт делать было уже поздно. Тогда матушка приняла решение: об интересном положении Ларисы никому не сообщать, ребенка она будет рожать в другом городе и сразу от него откажется. Дочь поплакала, но согласилась.

Младенец появился на свет на два месяца раньше срока. И был таким крохотным, что

Лариса боялась его трогать — думала, рассыплется от ее прикосновения. Когда ребенок немного окреп, его всучили роженице и велели кормить. И хоть мать строго-настрого запретила это делать (чтоб легче потом было отказаться от ребенка), девушка поднесла малышку к груди...

Едва крохотное существо припало к ней, Лариса поняла, что не отдаст свою девочку чужим людям, а оставит ее себе.

Из роддома всех женщин забирали либо мужья, либо родственники, и только Ларису никто не встречал. Мать, узнав о решении дочери, уехала домой, бросив перед тем фразу о том, что с ребенком она ее на порог не пустит. Если такая взрослая стала, что готова принимать самостоятельные решения, то теперь и жить должна не у матери под крылышком, а отдельно. И поднимать свое чадо без ее помощи.

Лара стала жить у бабушки, не такой черствой, как ее мать. Она очень помогла внучке, особенно морально. Когда Лариса попросила старушку пустить их с крошкой Дианой на пару ночей, пока они не снимут квартиру, та решительно заявила:

— Никак съемных квартир! У меня места полно: аж две комнаты, в одной я буду, в другой вы.

— Но ребенок ведь плакать ночами будет... Вдруг мы тебя потревожим?

— Ничего, я все равно бессонницей страдаю. А по телевизору ночами смотреть нечего, так что с вами мне веселее станет.

— Бабуль, спасибо тебе! — чуть не расплакалась Лариса.

До сих пор она не была близка со своей бабушкой, та больше деток погибшего сына привечала, отчего дочь злилась и редко отпускала к ней Лару. Говорила: бабка тебя не любит, так какого рожна ее навещать? И вот что оказалось! Именно бабушка, которая вроде бы не любила внучку, по словам матери, протянула руку помощи.

— Да было бы за что, — проворчала старушка. — Ты ж внучка моя, родная кровиночка. Неужто я тебя выгоню? — И заметив, как дрогнуло лицо Ларисы, добавила: — А на мать свою обиды не держи. Несчастная она женщина, вот и злобствует. Вечно ей казалось, что ее не любят, не ценят, не замечают. Все-то она боялась от других отстать! И тебя-то родила только потому, что ее брат отцом стал. Как же — она старшая, а все бездетная, а тот в свои двадцать пять уже при семье...

Старушка махнула рукой и больше об этом разговора не заводила. И Лариса была ей очень благодарна. О матери ей вспоминать не хотелось — чтобы обиды на нее не держать. А то стоило подумать, что она от дочки и внучки отказалась, так все закипало внутри, а молоко совсем как водица становилось.

Когда Диане исполнилось полгода, Ларисе выпал крупный шанс. Ей предложили работу в столице. Красота ее после родов только расцвела: формы стали аппетитнее, лицо женственнее, и редактор первого в России эротического журнала, увидев фотографии провинциальной модели, захотел снять ее для разворота. И заплатить обещал прилично. Лариса оставила Диану с бабушкой, а сама рванула в столицу.

Съемки прошли более чем удачно. А когда журнал вышел, на Ларису посыпались новые предложения. Только все от московских заказчиков, так что нужно было либо отказываться от половины, либо переезжать в столицу.

— Езжай, Лара, — велела бабушка. — Денег заработаешь, квартиру купишь, а потом Диану к себе заберешь. Пока же я с ней нянькаться буду.

— А не тяжело тебе будет?

— Я, может, и немолодая уже, но и не древняя старуха, справлюсь. Ты только почаще приезжай, чтоб дочка от тебя не отвыкла.

Лариса заверила бабушку в том, что будет каждую неделю их навещать, и первое время слово держала. Но чем больше появлялось заказов, тем меньше времени оставалось на себя и семью. Тем более что дорога до родного города только в одну сторону занимала больше суток, получалось, что из рабочего графика выпадало сразу три дня. И Лариса стала наведываться на родину раз в месяц.

Диана маму узнавала, но первое ее слово было «баба».

Девочке исполнилось полтора года, когда Ларисе невероятно повезло — ей предложили годовой контракт с итальянской косметической фирмой. Он сулил такие огромные деньги, что на них можно было купить неплохую квартиру в Москве. Лариса решила принять предложение и уехать на год в Италию, чтобы потом всю оставшуюся жизнь не расставаться с дочкой. К моменту ее возвращения той исполнится три года. Лариса перевезет ее в Москву, отдаст в садик или наймет няню. Она с радостью взяла бы в столицу и бабушку, но та не желала покидать родной город. Ведь там у нее оставалось еще два внука.

В общем, все было решено, и Лариса уехала. Бабушка писала ей письма, отправляла фотографии дочери, Диана калякала для мамы рисунки, а когда та звонила, кричала в трубку: «Я тия лубю! Пиижай скаее!»

Но Лариса не приехала. Осталась в Италии, найдя себе там мужа. Его звали Роберто. Молодой, красивый, обеспеченный — Лариса влюбилась в него до безумия. Он тоже проникся к ней трепетным чувством. И позвал замуж. Только поставил два условия: жена останется в Италии и не рожает детей в течение ближайших пяти лет. О том, что у Ларисы уже есть дочь, Роберто не знал. Еще на первом свидании он сообщил ей, что с разведенками, а тем более с мамочками дел не имеет. «Мне нужна девушка для создания семьи, — вещал черноглазый и черноволосый красавец. — Но как я могу взять в жены ту, от которой уже кто-то отказался? Значит, не такое она сокровище, раз не смогла ужиться с мужчиной. Правильно?» Лариса кивала, хотя считала его мнение ошибочным. А Роберто продолжал: «Чужие же дети мне просто-напросто не нужны. Я все равно не смогу их полюбить, как своих...»

Если бы Лариса не полюбила так сильно Роберто, она не отреклась бы от дочери. Но ради своего итальянского принца была готова буквально на все, а тут всего-то и требовалось, что оставить Диану на попечение бабушки. Ведь не в детдом ее отдала, а родному человеку доверила. Тем более не навсегда. Лариса была уверена, что сможет переубедить Роберто и когда-нибудь заберет дочурку к себе в Италию. И вот тогда они заживут...

Глава 9

Стемнело. Ветер зажег расставленные по полкам свечи. Слава разлил вино. Егор подрезал колбасы и сыра. Все молчали, переваривая слова Дрозда. Те, кто знал его с института (а в данный момент присутствовали только они — девушки убежали в дом, чтобы разогреть мясо), думали о том, что верить ему нельзя, но в глубине души каждый допускал — Иванушка на сей раз может оказаться прав. Диана на самом деле производила впечатление «той еще штучки», и теперь друзья размышляли, стоит ли рассказать Марку, о чем поведал им Дрозд.

— О, кажется, едут! — воскликнул он, вскакивая на ноги. — Слышите, мотор рычит?

Где-то вдали и вправду рычал мотор мотоцикла, и Ветер сказал:

— Иди, встречай. Но сюда не води!

Дрозд кивнул и потрусил к символическим воротам. Их Ветру подарил один из членов клуба. Он был мастером-краснодеревщиком и сделал ворота сам. Широкие, высокие, резные, с мощными опорами, к которым были приделаны держатели для древков флагов.

Перед приездом друзей Ветер сунул в них эти самые флаги, а также воткнул парочку в песок, и теперь они придавали воротам еще более внушительный вид.

— Врет, как вы думаете? — спросил Слава, когда Дрозд скрылся из виду.

— Да.

— Нет.

Первым ответил Сергей, вторым Егор.

— Про сиротство не знаю, — продолжил Ветер. — Но что касается проигрыша, уверен: Диана говорила правду.

— А мне ее история сразу показалась надуманной, — заметил Егор. — Если бы Диана стала ставкой в игре, то до сих пор бы отрабатывала. А вышло, что ее поимели и отпустили.

— Да это еще ладно! — отмахнулся Кравченко. — Придумала девица сказочку, чтобы драматизму своей жизни придать, ничего страшного. Но вот если она на самом деле мужа заказала, то дело уже совсем другое...

— Вот в это даже я не верю, — покачал головой Егор. — Не потому, что считаю Диану не способной на такое дело. Просто она, как и любой из нас, не стала бы рисковать шкурой ради не самых больших денег. Ветер же говорил, что ее серьезному человеку муж проиграл, и, если б тот Диану заподозрил, конец бы ей пришел...

— Так, чтоб не заподозрил, она бедной сироткой и прикинулась, — не согласился Слава. — Типа, жить мне негде и не на что, приютите несчастную... Потом удачно Марк подвернулся. Теперь они поженятся, и Диана смело сможет свои денежки потратить, так как все решат, что супруг ей их отстегнул — Штаркман у нас мужик не бедный...

— Тихо! — шикнул на него Ветер. — Они идут...

Кравченко обернулся и увидел Марка с Дианой. На сей раз они не обнимались, а шли на расстоянии друг от друга, и по их хмурым лицам можно было понять — влюбленные повздорили.

— А где все? — спросила Диана, подойдя и схватив со стола пачку сигарет.

— К Дрозду друганы приехали. А девушки в доме...

— Я тоже писать хочу.

— Вообще-то они еду греть пошли, — усмехнулся Ветер.

— Не могли же они вам сказать, что ссать хотят. Они ж благородные барышни, не чета мне...

Диана прикурила и, с наслаждением затянувшись, двинулась в сторону дома.

— Ну и что вы не поделили? — поинтересовался у Марка Слава.

Тот досадливо отмахнулся, мол, не хочу об этом. И предложил:

— Давай лучше накатим! Пока гулял, протрезвел.

Он и вправду казался абсолютно трезвым, хотя обычно после четырех стопок его развозило.

— А вон и девочки! — вскричал Марк и приветственно замахал руками. — Ульяна, Женя, торопитесь, мы собираемся пить!

Девушки приблизились. Одна несла тарелки с мясом и пловом, а вторая «тазик» салата.

— Я решила, что закуски мало, — сообщила Бабуся, водружая «тазик» в центр стола, — и быстренько еще построгала.

— Да тут жрачки на целую роту солдат!

— Не скажи... — Женя разложила сыр с колбасой кругами по тарелке — Егор, порезав, просто сложил их горкой. — Там к Ивану друзья приехали, наверняка травы привезли. А вы, как покурите, жрете, словно рота солдат.

— Я курить не стану, — нахохлился Марк.

— Почему?

— Буду хороший пример Диане подавать. А то она, на мой взгляд, злоупотребляет куревом: и обычным, и кайфовым. Она же будущая мать, нельзя так! Себя беречь надо...

— Не думаю, что на Диану твой пример подействует, — заметил Слава.

— Но попробовать стоит.

Кравченко пожал плечами.

— Давайте за хорошие примеры? — предложила тост Мичурина.

— И за то, чтоб им следовать, — подхватил Марк.

Все выпили.

— Дрозд идет, — сказал Слава, закусывая. Салат оказался вкуснейшим. Бабуся удивительно хорошо готовила. И вообще была замечательной женщиной. К тому же красавицей. Если сравнивать ее с Дианой, то у той было единственное преимущество: молодость. В остальном же она проигрывала Женьке по всем статьям. И почему Марк женится именно на ней? Сам Слава взял бы в жены именно Бабусю, а Диану просто затащил бы в постель.

Она, кстати, тоже показалась вдали, о чем Кравченко не преминул сообщить:

— Марк, твоя идет. И, судя по тому, что у нее в руках сумочка с ее любимой трубкой, вряд ли Диана сегодня откажется от курева...

— А вот и я! — сказал Дрозд, лучезарно всем улыбнувшись. — Трава приехала!

— И не только трава, как я посмотрю, — заметил Ветер, ткнув пальцем в кайтборд, который Иванушка держал под мышкой.

— Да, ребята новую доску опробовали, вот вернули.

— Она не новая — прошлогодняя, — поправил Сергей.

Он видел такую доску в каталоге, вышедшем осенью, и ему не понравился рисунок: а именно раскинувшая черные крылья летучая мышь с вампирскими красными глазами и огромными клыками. «Такой борд только для какого-нибудь гота-экстремала подойдет, — подумал он тогда. — А уважающий себя кайтер выберет нечто более традиционное: доску с четким геометрическим рисунком или просто с буквами...»

— Да, борд не из последней коллекции, — согласился Дрозд. — Но один умелец кое-что в нем доделал, сказал, он маневреннее стал, хоть и тяжелее. Я и попросил парней проверить, врет он али нет.

— И что проверка показала?

— Все тип-топ, не соврал. — Дрозд отставил доску и вытащил из кармана спичечный коробок. — На сколько человек забивать?

— Я буду водку, — отозвался Ветер.

— Я тоже, — присоединился к нему Марк.

— А я вообще не любитель дури, — хмыкнул Слава.

— И я, — подала голос Бабуся. — Более того, я категорически против. И мне ужасно не нравится, что вы ее курите. Друзья мои, это же наркотик! Пусть легкий, но все же.

— Святоша... — пропела Диана, и Женя замолкла.

— Барин, а ты будешь? — спросил Дрозд у Егора.

Тот согласно кивнул.

— А вы, госпожа Мичурина? Или тоже не любительница?

— Я ни разу не пробовала, — растерянно протянула Ульяна.

— Так самое время попробовать! Трава отличная. Веселящая, не как та, что прибивает... — Он подмигнул Ульяне. — Так что, забивать на вас?

Мичурина нерешительно кивнула.

— Ульяна, зачем тебе? Не надо! — дернула ее за руку Бабуся.

— Как зачем? — встрял Слава. — Чтоб на себе испытать, что такое легкий кайф. Чтоб знала, о чем писать.

— Ульяна пишет любовные романы, а не чернуху всякую.

— Я решила попробовать себя в новом жанре, — поправила Ульяна, — и приключенческий роман написать. А лучше детектив. Но не знаю, получится ли...

— А почему нет? — гоготнул Слава. — Сейчас все, кому не лень, их пишут. Особенно бабы. А еще считается, что мужики кровожаднее!

— Для того чтобы писать детективы, необязательно быть кровожадным, — не согласилась с ним Бабуся. — Ты что же, думаешь, Набоков был педофилом, раз написал «Лолиту»?

— Когда писал — да. А как иначе?

— Дурак ты, Кравченко!

— Да нет, Слава в некотором роде прав, — заступилась за него Ульяна. — Главное — верить в то, о чем пишешь. Когда я верила в любовь, у меня получались замечательные дамские романы. Сейчас же...

— То есть сейчас вы в нее не верите? — уточнил Егор. Он еще не пил с Ульяной на брудершафт, поэтому обращался к ней на «вы».

— Сейчас — нет.

— Поэтому решили сменить жанр?

— И поэтому тоже, — не стала вдаваться в подробности Ульяна. — Я попробовала написать детективный рассказ. Не получилось! Во-первых, я даже в воображении не могу убить. Во-вторых, если у меня это и выйдет, я найду герою оправдание. А абсолютных злодеев, как в комиксах, создавать не хочется, в них я также не верю...

— А их и не бывает, абсолютных злодеев, — заметила Бабуся. — Даже в комиксах. У всех есть какие-то положительные стороны. И слабости.

— Кстати, о слабостях! — подхватил Слава. — Вчера какой-то документальный фильмец смотрел по телику, так там рассказывали, что многие убийцы оставляют на память вещи своих жертв. Кто заколочки, кто амулеты или нательные крестики, кто сумочки. А сексуальные маньяки коллекционируют более интимные вещицы, типа трусов или колготок. И хранят все дома. Вот чудики, это ж улики!

— Так ведь они маньяки, что с них взять... — хмыкнул Ветер.

— Не только. Среди вполне нормальных убийц (если так можно сказать о людях подобного сорта) находится немало желающих оставить сувенир. Показывали одного душегуба. Он знакомился в Интернете с девушками, втирался к ним в доверие, дожидался приглашения в гости, а когда оказывался в квартире, душил своих «невест» и выносил из дома ценности. Но неизменно прихватывал чашечку, из которой пил с жертвой чай. На память.

— Мотай на ус, Мичурина, — ткнул Ульяну в бок Ветер.

— Имеешь в виду, что я могу использовать это в книге?

— Нет, он хочет тебя предостеречь от интернет-знакомств, — улыбнулся Штаркман. — Не все пользователи вашего сайта такие душки, как Кравченко. Среди них и бандиты попадаются.

Ульяна хотела что-то возразить, но тут прервала свое молчание Диана:

— Может, хватит болтать, а? — недовольно поморщившись, заявила девушка. — Мы курить хотели!

— Диана, я же тебя просил... — начал было Марк.

Но невеста не дала ему договорить, холодно обронив:

— Нечего мной командовать, я тебе еще не жена. Да и когда стану, не позволю. Нужна послушная, на ней вон женись. — Диана указала подбородком на Бабусю. — Думаю, она тебе не откажет!

— Дура ты... — досадливо протянул Марк. Затем схватил полную бутылку водки, встал и зашагал к морю.

Ветер поднялся следом, прихватил со стола стаканчики и связку бананов.

— Меня подожди, горячий финский парень! — крикнул он.

— Я с вами, — встрепенулся Слава. — А эти пусть тут курят!

— Далеко не уходите, я присоединюсь чуть позже, — бросил Барин.

— Нет уж, сиди тут, девушек развлекай, а нам накуренные не нужны. У нас свой, пьяный, базар будет.

— Вы там только сильно не надирайтесь! — предостерег Дрозд. — Нам с Ветром еще поговорить надо.

— Через полчасика вернемся, — заверил его Сергей.

И они со Славой поспешили догонять Марка.

— А я в дом пойду, — сказала Бабуся. — Полежу немного. Тоже через полчасика вернусь.

И ушла, не слушая просьб Ульяны остаться.

— Вот и славно, — промурлыкала Диана, когда Бабуся скрылась.

— Ты Марка к ней ревнуешь, или мне только кажется? — спросил Егор.

— Ха! Очень надо! Уж к кому, к кому, но не к Бабусе... Она слишком безупречна, чтобы в нее влюбиться. А вам ведь, мужикам, иной раз и в грязи валяться охота.

Женя, хоть и отошла на приличное расстояние, все слышала. И мысленно с Дианой согласилась.

Глава 10

Кто бы знал, как Бабуся страдала от своей безупречности и как хотела от нее избавиться! Она даже на курсы стерв ходила, но, пройдя двухмесячное обучение и сдав экзамен, так стервой и не стала. Видимо, во всем была виновата наследственность!

Женина бабушка была удивительной женщиной. Доброй и терпеливой. Всю жизнь она прощала своему любимому его грехи и тридцать лет ждала, когда он разведется с женой и женится на ней. Но тот так и не исполнил мечту этой святой женщины, к тому же родившей ему дочь: овдовев, взял замуж не ее, а другую, молодую. А Женина бабушка его и за это простила. И помогала ему поднимать на ноги их с новой женой сына.

Дочь она воспитала по своему образу и подобию. И Женина мама, Полина, выросла такой же мягкой, понимающей, всепрощающей. На ней ездили все, кому не лень, особенно муж. В отличие от своей матери, Полина вышла замуж. Вроде бы за хорошего парня: работящего, в меру пьющего, хозяйственного. Но тот очень быстро изменился. Поняв, что все домашние дела можно взвалить на супругу, стал ленивым и гневливым. Не приготовила еду вовремя — скандал. Рубашка мятая — проповедь. Ведро мусором переполнено — головомойка. Полина покорно сносила мужнино недовольство, старалась не злить его по пустякам, но тот с годами становился все требовательнее. А что хуже всего, пить начал без меры и работу бросил. Но и такого, вечно пьяного и безработного, Полина терпела. И угождала ему во всем. А когда папашку, выпившего какой-то гадости, парализовало, мать Жени превратилась в идеальную сиделку. Не только с ложки его кормила, обмывала, но и водочку в рот вливала, а также сигаретку подносила, чтоб муж насладился курением.

Женю это очень злило. Она была уверена, что никогда не будет вести себя с мужчиной так же, как мама. Но жизнь показала обратное.

Впервые Женя влюбилась в тринадцать лет. В своего соседа по парте, двоечника и хулигана. Она была примерной девочкой, отличницей, вот к ней и подсаживали неуспевающих и непослушных, чтобы подтянула и положительно повлияла. А Женя вместо этого влюбилась! Да так, что не только давала соседу списывать, но и решала за него контрольные. И даже несколько раз брала его вину на себя. Разве она могла поступить иначе, если без ее помощи парень остался бы на второй год или, того хуже, был бы поставлен на учет в детской комнате милиции? Последнее могло случиться после того, как мальчик устроил пожар у мусорных баков, из-за чего рядом стоящие гаражи чуть не сгорели, но Женя заявила, что это сделала она, и ее лишь поругали на общешкольном собрании.

После восьмого класса ее избранник, увы, ушел из школы, поступил в ПТУ. И больше Женя его не видела, хотя надеялась, что мальчик будет хоть изредка вспоминать о ней и навещать. Все ж на такие жертвы ради него шла!

Вторая любовь настигла Женю уже в институте. На сей раз предмет ее чувств был прямой противоположностью первому. Скромный, тихий отличник. Но как пел! Женя млела, слушая, как юноша исполняет романсы под гитару. Впоследствии, когда они стали встречаться, девушка эту гитару и таскала за своим «трубадуром». А парень, благодаря таланту, а больше Жене, пропагандировавшей его, стал очень популярным в институтской среде и уже через полгода нашел себе новую пассию: первую леди вуза.

По окончании института Евгения пошла работать в НИИ. Там ей сразу приглянулся один непризнанный гений. Звали его так же, как и ее, то есть Евгением. Он был чертовски умен, но неуживчив. Конфликтный характер мешал молодому человеку расти по службе, и его тезка женского пола взвалила на себя обязательство помочь ему в этом. В чем и преуспела. Но, как водится, мужчина ее усердия не оценил и убежал к другой. Вернее, улетел, окрыленный успехом.

Устав наступать на одни и те же грабли, Женя решила сменить тактику. То есть вести себя как недоступная принцесса. И пусть ее добиваются, ее холят и лелеют, а не она кого-то. И, как ни странно, такой настрой помог.

Мужчины сразу к ней потянулись, а один даже сделал предложение. Женя не была в него влюблена, поэтому сразу согласилась (если бы за любимого пошла, превратилась бы в копию матушки).

Свадьбу сыграли скромную. Жить стали на съемной квартире. Молодая супруга, правда, сразу поняла, что долго семейная жизнь не продлится, но очень надеялась забеременеть и родить. Становиться, как бабка, матерью-одиночкой или тащить ярмо замужней женщины-мученицы ей не хотелось. А вот если б Женя обзавелась ребеночком и развелась, то стала бы единственной в роду счастливой женщиной...

Но забеременеть не получалось! Женя, решив, что у нее проблемы со здоровьем, отправилась к врачу. А тот заверил — с вами, барышня, все нормально, приводите мужа, его проверим. Супруг же категорически не желал обследоваться, и это стало решающей причиной развода — через полтора года Женя вновь стала свободной женщиной.

Три года прошли без романов. Как-то не попадался никто достойный. Но стоило ей увлечься горнолыжным спортом, как состоялось новое романтическое знакомство. Того, кто вскружил Жене голову, звали Эдиком. Он был необыкновенно хорош собой, особенно когда покорял горные склоны. Статный, смуглый, черноволосый, Эдик рассекал на сноуборде по самым опасным склонам, рождая в душах девушек томление. Женя не стала исключением. Она влюбилась в красавца-армянина с таким пылом, что сама проявила инициативу к знакомству. Эдик в ответ растаял, и между ним и Женей завязался роман.

Сначала было здорово! Эдик работал инструктором, Женя приезжала на базу раз в неделю. Каждое свидание было похоже на сказку! Евгения уже думала о свадьбе, когда выяснилось, что ее избранник женат и имеет троих (троих!) детей. После этого она его оставила. Хотя Эдик искренне недоумевал, почему. Им же хорошо вместе, так отчего бы просто не встречаться? «Я с женатыми не встречаюсь!» — возмутилась Женя. «Ну и дура, — заметил Эдик. — Тогда жди своего принца. Только учти, время бежит, и холостяка найти будет все сложнее...»

Женя учла, но своим принципам изменять не хотела. Ей нужен был только холостяк.

И она встретила его спустя год. На той же базе. Сидела как-то в холле, листала журнал. Неожиданно рядом с ней на диванчик опустился высокий мужчина с двумя чашками кофе.

— Это вам, — сказал, протягивая одну из них.

— Спасибо, я не хочу, — буркнула Женя.

Лицо мужчины было ей знакомо. Раньше она видела его не на базе, а в городе, только не могла вспомнить, где именно. Возможно, тот покупал путевку в агентстве, в котором Женя работала. Или ходил в тот же тренажерный зал, что и она. Мужчина был приятен внешне, модно одет, ухожен и в принципе Жене понравился, но она решила проигнорировать его заигрывания, поскольку надеяться на то, что он не женат, ей не позволял здравый смысл.

— Да перестаньте, я же вижу, что вы зябко ежитесь. Горячий кофе вас согреет.

И Женя решила: нет ничего плохого в том, что она выпьет со знакомым незнакомцем кофе и поболтает. Они мило беседовали в течение часа (выяснили, что учились в одном институте, когда-то жили на соседних улицах и имели одного лечащего врача, так что пересекаться могли десятки раз), но когда мужчина пригласил ее поужинать, Евгения резко отказалась.

— Это вас ни к чему не обяжет, — успокоил ее он.

— Я понимаю, но... Мы взрослые люди, и я догадываюсь, на что вы рассчитываете после ужина.

— Вы о сексе? Что ж, не стану скрывать, я не отказался бы провести ночь с такой привлекательной женщиной, как вы, но это совсем необязательно. Если вы не захотите, ничего не будет. Я не озабочен, знаете ли...

— Тогда что вас толкает на измену?

— На какую еще измену?

— Вашей супруге. Или вы не считаете необременительный секс изменой?

— Вы правы, не считаю... — кивнул мужчина. И с улыбкой добавил: — Возможно, потому, что у меня нет супруги.

— Зачем вы врете?

Он молча полез в нагрудный карман куртки, достал паспорт, раскрыл его на том месте, где ставят печати о заключении и расторжении брака, и дал Жене посмотреть.

— Теперь, когда вы убедились, что я разведен, вы со мной поужинаете?

Женя сконфуженно улыбнулась и кивнула.

Ужин удался на славу! И поели вкусно, и чудесного вина выпили, и поговорили, и потанцевали. Кавалер вел себя безупречно: аккуратно ел, не вливал в себя алкоголь стаканами, а медленно потягивал, беседу вел так, что было интересно слушать и говорить, прекрасно танцевал. И весь вечер он за Женей ухаживал — и стульчик подвигал, и ручку подавал, и пальтишко снять-надеть помогал. Женю именно джентльменские манеры нового знакомого и очаровали больше всего (про себя она стала называть его Лордом, потому что, на ее взгляд, собственное простое русское имя ему не очень шло), а еще разожгли в ней интерес: как же он, такой культурный и ненавязчивый, ее к себе в номер будет заманивать или к ней напрашиваться?

Оказалось, так же, как и остальные. Сначала поцелуй, якобы на прощанье, потом объятия, многообещающие ласки, жаркий шепот: «К тебе или ко мне?»

Женя решила, что лучше заняться сексом в ее номере, чтобы можно было выпроводить кавалера сразу после любовного акта (непродолжительного, как ей представлялось). А то вдруг он храпит? Или одеяло на себя тянет? Она с мужчинами отвыкла спать.

Но Лорд ее удивил. Во-первых, он оказался отличным любовником, и сексом они занимались два часа, а во-вторых, просить его покинуть номер не пришлось. Мужчина ушел сам. Но Женя этому совсем не порадовалась.

Утром она возвращалась домой. И Лорд знал о ее отъезде, но не пришел проводить.

Что, по мнению Евгении, означало одно — она стала партнершей на одну ночь, никаких более серьезных отношений с ней не планировалось. Это ее расстроило. Лорд ей очень понравился, и она хотела бы иметь такого мужчину рядом. К тому же он не женат. И детей не имеет. А значит — идеальный кандидат для создания семьи.

Да, жаль, что он не пришел ее проводить. Возможно, проспал? Или время перепутал, мужчины ведь такие рассеянные. Хорошо хоть номер ее телефона сразу забил в свой сотовый. Значит, позвонит.

Но Лорд не звонил. День, два, три. Через неделю Женя заставила себя не ждать больше звонка и выкинуть Лорда из головы. Многочисленные любовные разочарования научили ее не терзаться из-за мужчин, не оправдавших надежд. По молодости лет она изводила себя самоедством (вечно считала, что сама все портит), но с годами стала мудрее. И поняла наконец, что она-то как раз делает все, чтобы сохранить отношения, но ее все равно бросают. Потому что не любят. А так хотелось, чтобы кто-нибудь искренне ее полюбил!

Лорд позвонил через месяц, когда Женя уже и думать о нем забыла. Она его голоса не узнала, а когда поняла, с кем говорит, особой радости не испытала и беседовала довольно сухо. Но все изменилось, когда Лорд сообщил, что лежит в больнице. Оказывается, в то утро, когда Женя его ждала, он отправился покататься на лыжах, упал и сломал ногу. Кость неправильно срослась, и теперь Лорду ее сломали уже врачи, добиваясь того, чтобы нога стала нормальной, а не кривой.

Женя сразу забыла про все обиды и помчалась своего Лорда навещать.

Когда того выписали, она не перестала его опекать. Ведь ему трудно ходить с палочкой, и за рулем сидеть тоже... Поэтому Женя везде его возила, бегала за продуктами, готовила, убирала. И Лорд однажды сказал: «Переезжай ко мне, милая, будем жить вместе!» Женя, естественно, его предложение с радостью приняла.

Они неплохо жили первое время. Но когда Евгения намекала любимому, что хочет стать законной женой, у Лорда сразу портилось настроение, и он становился невыносимым. Мог нагрубить, накричать, раскритиковать. Или перестать разговаривать. Но Женя терпела. Она была уверена: Лорд ее любит и рано или поздно сделает предложение.

Когда Женя узнала, что беременна, она обрадовалась несказанно. Во-первых, ей уже пора было стать матерью, а во-вторых, ребенок мог заставить Лорда узаконить отношения. Переполненная надеждами и мечтами, Женя сообщила любимому радостную новость...

Любимый, услышав ее, скривился.

— Я же просил тебя пить противозачаточные таблетки, — сухо заметил он. — И ты уверяла меня, что принимаешь их.

— Я принимала.

— Так почему же тогда говоришь, что беременна?

— Пару дней не пила, забыла...

— Так и знал, что нельзя на вас, баб, надеяться. Что ж, придется идти на операцию.

— Какую операцию?

— После которой мужчина детей иметь не может!

— Ты что, не хочешь детей?

— А я разве тебе об этом не говорил?

— Говорил, но...

— Но ты решила, что, когда я узнаю о твоей беременности, пойму, каким был дураком, и возрадуюсь?

— Но ведь дети — это прекрасно! Неужели ты...

— Помнишь, как говаривал герой одного советского фильма: «Дети цветы жизни, но пусть они растут в чужом огороде»?

— Без них не может быть настоящей семьи!

— В твоем понимании — да. Поэтому я не видел тебя своей будущей женой.

— Что ж... раз так... — Женя не могла говорить, ее душили слезы.

— Ты меня любишь? — спросил вдруг Лорд.

— Ты же знаешь, что да!

— И хочешь быть со мной?

— Конечно.

— Тогда сделай аборт.

— Ни за что! — выкрикнула Женя и, зарыдав, убежала.

В квартиру Лорда она вернулась только на следующий день, выбрав момент, когда мужчина был на работе. Собрала вещи и ушла, не оставив записки. Вечером Лорд позвонил и спросил, не передумала ли она. Женя швырнула трубку.

Спустя две недели Лорд объявился лично. Приехал к ней домой и сказал:

— Нам нужно серьезно поговорить.

— Если об аборте, то ты зря притащился. Я его делать не буду.

— Ты сначала послушай, а потом решай.

— Ну, начинай...

— Думаешь, почему я настроен категорически против детей?

— Из эгоизма?

— Нет, Женя, причина гораздо глубже... И драматичнее. — Лорд заерзал на стуле, хотя тот был очень удобным. — Мне нельзя иметь детей. У меня плохая наследственность.

— Папа выпивал или мама? — Женя никогда не видела родителей Лорда. — Ничего, у нас у всех родители принимают...

— Женя, мой отец не только алкоголик, но и шизофреник. А еще преступник. Пятнадцать лет он сидел (вернее, лежал в психушке) за изнасилование и убийство, но сейчас, слава богу, умер...

— Что-о?

— Да, Женя, такие вот дела. И ты первая, кому я это рассказываю.

— Зачем же твоя мать родила тебя... от такого?

— Что он психически болен, мама узнала слишком поздно. Когда встречались, у него ремиссия была. Тихий, спокойный, ласковый и непьющий мужчина производил хорошее впечатление. Мама даже хотела выйти за него замуж. Но вдруг ее избранник куда-то пропал. Она решила, что тот просто бросил ее.

— Когда же твоя мама узнала, что отец ее будущего ребенка серьезно болен?

— Да когда уже подошло время рожать! В городе двух женщин изнасиловали и убили, но преступника быстро нашли, осудили и отправили в дурдом, признав его невменяемым... Мама узнала в нем мужчину, от которого забеременела.

— Какой ужас!

— Да, настоящий ужас. Мать многие годы боялась, как бы я не пошел в отца. Все детство и юность я наблюдался у психиатра, пока тот не сказал маме: «Можете облегченно вздохнуть, вашему сыну болезнь не передалась. Но это не значит, что ваши внуки родятся здоровыми».

— Когда ты узнал об этом?

— Мама рассказала мне за неделю до свадьбы. Предупредила. Я, конечно, был в шоке, но смирился. А вот супруга моя так же, как и ты, семью без детей полноценной не считала. И развелась со мной.

— А что, если и твоего ребенка болезнь минует, как тебя? — с надеждой спросила Женя.

— Один шанс на... Возможно, не на миллион, но даже если на тысячу... Женя, ты готова рисковать? Ради чего? Ты еще молодая, сможешь забеременеть от мужчины с нормальной наследственностью.

— Но я уже забеременела! От тебя!

— Аборты, к счастью, в нашей стране разрешены. И довольно безопасны. Особенно мини. После него ты еще пятерых родить сможешь.

— Хорошо, я сделаю аборт, — сдалась Женя.

И сделала! Вот только забеременеть после него не смогла — гинеколог допустил врачебную ошибку, и Женя стала бесплодной.

Глава 11

Ульяна кашляла уже минут десять. Как начала, едва сделав затяжку, так и не могла остановиться.

— Ты, случаем, не хохлушка? — хихикала Диана, глядя на страдания Ульяны.

— Нет, а что?

— Жабнула так жадно, будто у тебя сейчас отнимут.

— Что я сделала? — не поняла Мичурина.

— Ну, затянулась...

— А... Так я ж не знаю, как надо... — Кашель помешал ей договорить.

— Попейте! — Егор потянул Ульяне стаканчик с соком. — Трава крепкая, надо поаккуратнее.

Ульяна благодарно кивнула и залпом выпила сок. Стало получше. Но горло все еще саднило.

— И как ощущения? — полюбопытствовала Диана, попыхивая сигареткой — она сунула ее в рот сразу после трубки.

— Да никак!

— Странно... — Диана зажмурилась, как сытая кошка. — А мне хорошо-о-о...

— С первого раза никого не цепляет, — заметил Дрозд. И почему-то засмеялся.

Остальные, что еще более странно, последовали его примеру. И уже через пару секунд все трое громко ржали, запрокинув головы.

Ульяна отошла от веселящейся компании и уселась прямо на песок. Море плескалось в двадцати сантиметрах от ее ступней. Звездное небо, казалось, раскинулось почти на том же расстоянии от макушки. Ульяна даже руку вытянула, чтобы его коснуться, но почему-то не достала. Наверное, оно немного поднялось, чтоб не придавить Ульяну.

«О чем это я? — хохотнула она мысленно. — Небо приподнялось? Чтобы не придавить меня? Шизофрения и мания величия в одном флаконе!»

И Ульяна засмеялась уже в голос.

— Как вы себя чувствуете? — раздалось прямо над ее ухом.

— Хорошо, — ответила она, не оборачиваясь. Узнала голос Егора.

— Рад... Но вы бы лучше встали с песка, холодно. Или подстелили что-нибудь под попу...

— А почему на «вы»? Не такая уж я и старая.

— При чем тут возраст? Я не «тычу» и двадцатилетним... — Егор опустился рядом с Ульяной на корточки. — Вот когда выпьем с вами на брудершафт, тогда и перейдем на «ты»...

— Что за ерунду вы придумали? Зачем нужны эти глупые ритуалы?

— Не знаю, — хмыкнул он. — Может, потому что с ними жить интереснее?

— Ну да, понятно... Лишний повод поцеловать малознакомую женщину.

— Какая вы проницательная! — расхохотался Егор.

— Не понимаю, почему вы еще здесь?

— А где мне быть?

— Бежать за шампанским!

Баринов хрюкнул, видимо, чтобы сдержать смех, поднялся на ноги и зашагал к дому. Ульяна обернулась и посмотрела ему вслед. Егор красиво шел. Уверенно, пружинисто, его фигурой можно было залюбоваться.

Из четырех друзей, если объективно оценивать, самым привлекательным был Ветер. Высоченный, под два метра ростом, ладно сложенный, с густыми черными волосами, лишь у висков посеребренными сединой, он сразу привлекал к себе внимание. Глаза — синие, нос — прямой, подбородок — волевой. В общем, мужчина с рекламы бальзама для бритья или одеколона под условным названием «Экстремал». Либо «Покоритель шторма» или «Оседлавший волну».

Славу Кравченко Ульяна также находила весьма привлекательным. Хотя тот был немного обрюзгшим: с животиком и четко наметившимся вторым подбородком. Но его классически правильные черты и, главное, невероятное обаяние компенсировали это. Улыбка и лучистый взгляд Кравченко завораживали. А если прибавить еще и умение Вячеслава сострить в нужный момент или отвесить комплимент, то было понятно, почему он пользуется таким невероятным успехом у женщин. Причем Ульяна сразу поняла: мужчина когда-то пережил сильную психологическую травму, после чего изменился до неузнаваемости.

Его цинизм был явно приобретенным. И это, пожалуй, больше всего притягивало к Славе женщин. Каждая наверняка думала: да, он страдал и очерствел, но я смогу растопить его сердце...

Марк был полной противоположностью Славе. Он производил впечатление искреннего добряка, человека удивительной души. Ульяна даже не думала, что такие люди еще сохранились в наше время. Но, возможно, Марку просто повезло, и судьба не возила его мордой по асфальту, вот он и остался таким цельным. А с другой стороны, может, именно за цельность и доброту судьба его миловала?

Внешне Марк Ульяне тоже понравился. Мелковат, конечно, и чересчур хрупок, но лицо приятное. Как говаривали во времена ее студенчества — «обезображенное» интеллектом.

Последний из дружеской четверки, Егор, вызвал поначалу у Ульяны острое неприятие. Его кличка — Барин — показалась очень ему подходящей. Самодовольный, важный, если не сказать — напыщенный. Говорит мало, больше слушает, причем с таким отстраненным видом, будто он — даже не барин, а царь-император, к которому подданные на поклон пришли. По мнению Ульяны, Егора не делала краше даже его великолепная фигура и весьма привлекательный сочный рот. «У мужика явная мания величия, — подумалось ей. — Даже странно, что остальные этого не замечают».

Остальные на самом деле не замечали. Друзья очень душевно к Барину относились. Особенно Ветер. Обнимал за мощные плечи, отводил в сторонку и что-то долго рассказывал, тогда как Егор, слушая, лишь иногда головой кивал. Так же он реагировал на вопросы, не требующие пространного ответа. Будто ему слов жалко.

Ульяне такое поведение не нравилось. С теми, кто на ее вопросы отвечал жестами, она старалась больше не заговаривать. Вдруг ее посчитают навязчивой? Прослыть таковой Ульяна всю жизнь боялась...

— Ну и почему вы решили искать себя в другом жанре? — услышала Ульяна над ухом и вздрогнула. Она так глубоко погрузилась в свои думы, что забыла, где находится. — Напугал? — спросил Егор. — Извините...

И опустился на песок рядом с ней. Только сначала одеяло постелил и заставил Ульяну пересесть на него.

— Так почему? — переспросил он, открывая шампанское. — Я у вас еще днем спрашивал, но вы ушли от ответа...

— Вдохновение покинуло, — отделалась общей фразой Ульяна. Она не привыкла выворачивать душу перед посторонними.

— А, вспомнил! Вы разуверились в любви, да?

— Да, — подтвердила она.

— Это вы зря... Любовь не выдумка ваших коллег. Она существует.

— Только доказательств почему-то не находится...

— А вы в бога верите?

— Да.

— Без доказательств ведь? — хмыкнул

Егор. — Вот и в любовь так же верить надо... Безоглядно.

Вести спор на эту тему Ульяна не желала и потому спросила:

— Когда же мы наконец будем пить на брудершафт?

— Сейчас, сейчас... А то я все не могу набраться храбрости вас поцеловать.

Ульяна удивленно воззрилась на Егора. Он серьезно? Или шутит? Но по лицу Барина абсолютно ничего невозможно было прочитать. А в глаза Ульяне он не смотрел — взгляд его был устремлен на пробку.

— Ура! — воскликнул он, когда та вылетела, а из горлышка бутылки начала фонтанировать пена. — Обычно у меня так красиво не получается...

Он разлил шампанское по стаканчикам, один протянул Ульяне, второй себе взял.

— Ну что, госпожа Мичурина? За знакомство?

— За знакомство!

Они переплели руки, выпили. Когда стаканы опустели, Егор потянулся к Ульяне губами, и она... Она не чмокнула его, а поцеловала по-настоящему. Смачно, взасос...

«Зачем я это делаю? — пронеслось в ее голове. — Ведь не в моих же правилах самой лезть к понравившемуся мужчине... Да и не нравится он мне совсем! Или нравится? Че-ерт...»

И все, больше Ульяна не думала, а отдалась поцелую... Но тут до ее слуха донесся пьяный ор:

— Барин! Барин, ты где там?

Кричал Марк. Егор оторвался от губ Ульяны, но из объятий ее не выпустил.

— Чего орешь, Кудряш? Тут я, — отозвался он.

— Пошли бухать!

— А тебе не достаточно?

— Еще чего выдумал!

Из темноты вынырнул Штаркман, которого за обе руки поддерживали Ветер и Кравченко.

— Простите, что помешали, — церемонно извинился Слава. — Мы сейчас уйдем.

— Нет, не уйдем! — закапризничал Марк. — Мы будем пить водку! С Барином! А то с вами я уже... вон сколько... а с ним...

Дальше связно говорить Марк не смог, поэтому замолчал. Но от своей затеи выпить с Егором не отказался. Продолжал звать его с собой жестами.

— Барин, придется тебе оторваться от барышни, — вздохнул Ветер. — Кудряш ведь не отстанет...

— Барышня не против, — сказала Ульяна. Она была немного смущена, поэтому ей даже хотелось оказаться в одиночестве.

Егор сжал ее руку и поднялся.

— Ну пошли, гусар, — обратился он к Марку, — выпьем с тобой по стопочке... А потом на боковую.

— А я с Дроздом пока почирикаю, — бросил Ветер. — Егор, держи Кудряша, я потопал!

Затем хозяин станции передал друга с рук на руки и ушел. Следом за ними скрылась «могучая троица».

Ульяна, оставшись одна, некоторое время неподвижно сидела, прислушиваясь к себе. Но, поняв, что ожидаемых угрызений совести не испытывает, рассмеялась. «Подумаешь, ну поцеловала... — фыркнула она мысленно. — Не переспала же! А с другой стороны, если б и переспала, что такого? Я женщина свободная, могу хоть каждый день партнеров менять...»

И снова засмеялась. Настроение и до поцелуя было превосходное, а после стало вообще невероятно приподнятым. Ульяна ощутила в себе неведомый доселе кураж. Хотелось сделать что-то из ряда вон выходящее, нетипичное для себя. Например, искупаться голой. Никогда раньше такого не делала. Стеснялась своей фигуры: вдруг кто увидит, как она купается, и подумает: «Фу, корова...» В утягивающем живот и поддерживающем грудь купальнике Ульяна чуствовала себя увереннее. Но сейчас ей было на все наплевать! Пусть видят ее складочки, растяжечки и целлюлит. Плевать!

Ульяна выпила полбутылки шампанского, стянула с себя кардиган, сарафан и белье и, не обращая внимания на холод, побежала к морю. Вода показалась ледяной, но Ульяна все же нырнула. Коль решила купаться голой, нечего отступать. Подумаешь — пятнадцать градусов, на Крещение она не в такую забиралась...

Поплавав немного (много не получилось — ноги стало сводить), Ульяна выбралась на берег. Там сразу оделась и завернулась в одеяло, но согреться не могла. И решила, что надо выпить. Она проследовала к чайхане, где расположились три друга и присоединившаяся к ним Бабуся. Ульяна уселась рядом с ней и стала греться. Выпила одну стопку, вторую... Только после третьей ощутила приятное тепло. Но вместе с ним неприятную тяжесть в желудке. «Лишь бы не стошнило!» — подумалось Ульяне.

Чтобы не опозориться при людях, она встала и пошла в дом. В ванной умылась холодной водой. Это помогло. Тошнота прошла, но опьянение осталось. Ульяну качало, перед глазами все плыло. Пойти, что ли, прилечь? Она поднялась в комнату, где переодевалась. Но стоило ей опуститься на кровать, как тошнота вернулась, а голова закружилась с такой скоростью, будто Ульяна сидела на карусели, у которой заклинило механизм регулировки и остановки.

Вскочив, она подбежала к окну, распахнула его и стала жадно вдыхать воздух. Когда стало полегче, отошла, но не легла, а спустилась в кухню, чтобы попить. Взяв сок, уселась на подоконник и посмотрела на улицу. На глаза ей тут же попался Дрозд. Он почему-то лежал на песке. Правда, недолго. Через пару секунд поднялся на ноги, схватил кайтборд и побрел к воротам. Ульяна смотрела ему вслед и размышляла о том, что неприязнь ребят к этому человеку передалась и ей. Если сначала Иван показался ей приятным мужчиной, то теперь она находила его противнейшим типом. «Такого, будь он героем моего роман, и убить не жалко!» — подумалось ей. Едва мысль промелькнула в сознании, Ульяна начала фантазировать, как бы могла это сделать. «Стрельнуть ему в спину вот сейчас, — думала она, — прямо из окна. С того места, где сижу... Хотя нет, не пойдет! Упустишь момент, и попасть будет трудно. Вот Дрозд уже скрылся за воротами, теперь его не достанешь...»

Ульяна спрыгнула с подоконника и прошла к другому окну, из которого открывался вид получше. «Подкрасться и пырнуть ножом? — бежали криминальные фантазии дальше. — Взять его на кухонном столе, а потом выкинуть в море...» Ульяна повернулась, нашла взглядом большущий нож и кивнула: такой точно подойдет.

— Писательница, ты чего колобродишь? — услышала она голос Дианы. Та вошла в кухню, чтобы взять из холодильника бутылку воды.

Ульяна испуганно, будто девушка могла прочесть ее мысли, вжала голову в плечи и выскочила на террасу. Там она нашла лучшую точку обзора и продолжала наблюдение за Дроздом. С террасы его было видно гораздо хуже, но то, что он сидит на доске, Ульяна смогла рассмотреть. «Подкрасться и ударить по голове! — нашла она еще один способ умерщвления. — Но бить надо сильно и чем-то очень тяжелым, чтоб наверняка... Хотя можно потом, когда Дрозд потеряет сознание, завершить начатое...»

Затем мысли ее стали путаться. Ульяна ощутила непреодолимое желание погрузиться в сон и опустилась на диванчик. На нем валялись спортивные журналы и еще какая-то дребедень. Ульяна бесцеремонно скинула все на пол, свернулась калачиком и закрыла глаза. «А вообще все это так банально, — подумалось ей вдруг. — Пистолет, нож, удар по голове... Уж если убивать, то красиво...»

На этом мысль оборвалась. Ульяна провалилась в сон. И почти сразу увидела резные ворота, воткнутые в песок флаги «Ветродуйки» и беззащитный затылок человека, которого, будь он героем ее романа, не жалко было бы убить...

Часть II

«Похмелье». Некоторое время спустя...

Глава 1

Егор проснулся от женского крика. Он был таким испуганным, а главное, громким, что Баринов вскочил и ошарашенно завертел головой. Ему показалось, что кричат прямо у него над ухом. Но в комнате он был один. Да и тишина стояла почти абсолютная. Неужто приснилось?

Шумно выдохнув, Егор опустил голову на подушку. От резкого движения в висках заломило, и Баринов застонал. Ну, зачем, зачем было вчера так нажираться? Что мешало ему остановиться на том стаканчике шампанского, который он выпил на брудершафт с Мичуриной? Так нет же, надо было с Марком стопарь опрокинуть, потом со Славкой и еще вина с пробудившейся после недолгого сна Бабусей...

Егор плохо помнил, как добрался до кровати. Но, что характерно, разделся, перед тем как лечь. И, судя по белым, пахнущим мятой пятнам на груди и пальцах, даже зубы почистил...

Благостную тишину опять разорвал надрывный крик.

Значит, не приснилось. Егор спрыгнул с кровати, быстро натянул на себя спортивные штаны и выбежал из комнаты. В коридоре он столкнулся с заспанным Ветром.

— Кто там орет? — хрипло воскликнул Сергей и почесал заросшую черной щетиной щеку.

— Понятия не имею, — ответил Егор.

— Баба вроде...

— А может, Дрозд? У него голос такой же высокий.

— Фигли ему тут делать? Я его вчера выгнал!

Ветер первым покинул дом. Егор за ним. Кто кричал, стало ясно сразу, как только друзья оказались на улице.

— Вон писательница стоит возле ворот, — заметил Сергей. — Как пить дать, она блажила.

— Ульяна! — позвал Мичурину Егор. — Ульяна, это ты кричала?

Мичурина резко обернулась. Ее руки были прижаты к лицу, будто она старалась задушить очередной крик.

— Что случилось? — поинтересовался Баринов.

Ульяна переместила руки от рта к вискам. Сжала их и выкрикнула:

— Он мертв!

— Она про кого? — насупившись, спросил у Егора Ветер. Затем тот же самый вопрос адресовал Ульяне: — Ты про кого?

Но Мичурина ничего не ответила. Одной рукой продолжая тереть висок, второй Ульяна указала куда-то в сторону и вниз.

— В неадеквате барышня, — пробурчал Ветер и устремился к Мичуриной. — Ну что тут у нас?

Егор, шедший позади, увидел «что у нас» на секунду позже Ветра. Поэтому испуганный возглас друга воспринял неверно. Решил, что тот споткнулся обо что-то и чуть не упал. Но стоило Егору взглянуть через плечо Сергея, как ему стало ясно, в чем дело.

— Это Дрозд? — спросил он, рассматривая лежащее на спине тело. Зачем спросил, сам не понял. То, что перед ним именно Дрозд, было ясно сразу.

— Кто ж его так? — выдохнул Ветер.

Говоря «так» он имел в виду то, что живот Дрозда оказался пробит древком знамени их станции. Полотнище с фирменной символикой крепилось к металлическому штырю, который втыкался в песок. Чтоб он лучше входил, нижний кончик был хорошо заострен. Вот его-то и вогнали в тело Дрозда! Да с такой силой, что знамя «Ветродуйки» стояло устойчиво и очень, очень ровно.

Ветер подошел к мертвому Иванушке и коснулся его шеи.

— Холодный совсем, — заметил он. — Видимо, с ночи тут лежит...

Егор слышал все, что говорит Ветер, но смотрел на Ульяну. Ее поведение было ему непонятно. В том, что девушка испугалась, наткнувшись на труп, ничего удивительного нет, но уже пора бы успокоиться. Однако Мичурина продолжала вести себя крайне странно — все терла и терла виски, будто хотела проделать в своей черепной коробке дыру, и не отрывала взгляда от мертвого Дрозда...

— Ульяна! — позвал ее Ветер. — Ульяна, слышишь меня?

Не сразу, секунд через двадцать, та утвердительно кивнула.

— Ты только что его нашла?

— Да...

— Расскажи все.

— Нечего рассказывать. Я проснулась, голова болит, а таблетки под рукой нет. Решила взять в аптечке Жениной машины, вышла из дома, увидела, что ворота не закрыты... — Она наконец убрала руки от лица и обхватила себя за предплечья, точно ей было холодно. Взгляд от Дрозда наконец оторвала. — А тут он!

— Надо ментов вызывать, — вздохнул Егор.

— Да без тебя знаю... — досадливо протянул Ветер. Затем яростно пнул валяющийся возле ноги спичечный коробок. — Черт возьми, ну почему?

— Почему убили?

— Почему именно тут? У меня, блин, на станции?

— Не совсем у тебя... Формально труп находится за ее пределами.

— Боюсь, менты не будут такими формалистами...

Егор хотел спросить у Ветра, почему он ночью прогнал Дрозда со станции, но тут услышал за спиной возглас:

— Кто из вас орал? Ты, что ли, Ульяна?

Обернулись все, но первым Бабусе (вопрос задала именно она, однако на пороге дома уже показались и Марк с Дианой) ответил Ветер:

— Трупец у нас, Женя. Так что разворачивайся и топай обратно.

Но Бабуся, как и все женщины, очень любопытная, не послушалась.

— Какой еще трупец? Ты чего мелешь? — Женя вытянула шею, чтобы посмотреть, что такое лежит возле ворот. Когда поняла, ахнула и попятилась.

Ветер тоже начал движение назад. А вот Ульяна не шевелилась. Тогда Егор подошел к ней, взял за руку.

— Ульяна, пошли, — сказал он, потянув ее к себе.

— Скажи мне... — зашептала она, — женщина смогла бы... вот так...

— Что?

— Проткнуть человека штырем? Ведь тут столько силы надо...

— Никакой особой силы не потребовалось. Живот же проткнули, а не грудную клетку.

— То есть даже женщина могла... — И Мичурина зажмурилась.

Егор удивленно воззрился на нее. Ульяна вчера произвела на него впечатление весьма сдержанной барышни, а тут, как выразился Ветер, явный неадекват.

— Дрозда сначала стукнули по голове. Видишь, из-под затылка кровь натекла? То есть он не мог сопротивляться, когда над ним заносили штырь...

— Хватит! — сипло выдохнула Ульяна. — Не надо больше мне ничего говорить!

И, зажав рот рукой, как будто сдерживая рвоту, убежала.

— Впечатлительная какая... — растерянно протянул Егор.

— Писательница, что ты хочешь, творческая личность... — откликнулся Ветер. Тут он обратил внимание на Бабусю, которая все пятилась, хотя уже могла бы развернуться и идти нормально. — Хотя бабы, наверное, все такие. Независимо от рода занятий и прочей лабуды.

Но уже через десяток секунд он готов был взять свои слова обратно. А все из-за Дианы, которая никого не послушалась и подошла посмотреть.

— И правда трупец, — хмыкнула она. — А я уж решила, что ты, Ветер, над нами издеваешься. — Диана обернулась и крикнула жениху: — Марк, Дрозда порешили! Да как! Хочешь посмотреть?

Марк покачал головой. Из-за его спины показалась голова Славы.

— Вы чего разоралисъ, черти? Башка и так трещит, а тут еще вы...

Он отодвинул Марка и спустился по ступенькам вниз. Кравченко был в одних трусах, и все очень хорошо видели огромный синяк на его животе.

— Где это тебя так угораздило? — спросил Марк, указав на кровоподтек.

— А черт его знает... — Слава задумчиво глянул на свое пузо. Похоже, он на самом деле не помнил, когда и при каких обстоятельствах у него образовался синяк. — Вчера, наверное, налетел на что-нибудь... Ни черта не помню, что было. А ты, Марк?

Штаркман страдальчески сморщился.

— Слав, Дрозда убили! — сказал Ветер, подойдя к Кравченко.

— Чего? — со смешком откликнулся тот.

— Того! — рыкнул Сергей в ответ. — Что слышал!

— Как убили? — криво улыбнулся Вячеслав. Похоже, смысл сказанного до него еще не дошел.

— Да не тупи ты, Кравец! Иди сам посмотри как. — И Ветер ткнул большим пальцем себе за спину.

Слава сделал несколько шагов. Пока он шел, на его губах блуждала все та же кривая улыбка, но как только Кравченко увидел Дрозда, гримаса сползла с его лица.

— Кошмар какой! — прошептал он. — Даже Дрозду я никогда не пожелал бы такой смерти...

— Я тоже, — бросил Ветер. — Но мне его совсем не жалко!

Тут его окликнул Егор:

— По какому телефону ментов вызывать?

— Да погоди ты!

Ветер взбежал на крыльцо и махнул всем рукой, чтобы заходили в дом.

Когда народ собрался в кухне, Сергей достал из холодильника водку, налил в чайную чашку граммов сто пятьдесят и залпом выпил. Поморщившись, спросил:

— Будет еще кто?

Кивнули все, за исключением Дианы. Даже Бабуся, презирающая водку, решила выпить. Сергей молча разлил алкоголь по чашкам.

— Закусить что-нибудь дай, — попросила Женя.

Ветер открыл холодильник, нашел на одной из полок коробочку плавленого сыра и банан. Прочие продукты так и лежали на столе в чайхане — вчера никто не удосужился их убрать.

Бабуся взяла банан. Остальные разобрали сыр.

— За упокой, что ли? — спросил Егор.

— Да иди ты на фиг, Барин! — отмахнулся от него Ветер, наливший себе повторно. — Мне начхать, упокоится Дрозд с миром или будет в аду гореть! Давай просто похмелимся... А заодно успокоимся.

Он отсалютовал друзьям чашкой и выпил водку. Все последовали его примеру. А вот Диана сбегала за своей трубочкой и собралась набить ее оставшейся с вечера анашой.

— Ты чего делаешь? — возмутился Марк.

— Собираюсь покурить. А что?

— А то, что совсем скоро сюда менты заявятся! А ты будешь обкуренная!

— Плевать.

— Диана, убери немедленно свою трубку, а траву отдай мне!

— Зачем?

— Выкину ее в море.

— Еще чего выдумал...

— Марк прав! — воскликнул Ветер. — Нам надо немедленно избавиться от всего противозаконного. Траву в море! Бычки туда же! Если у кого-то есть незарегистрированное оружие, пусть спрячет.

— Не о том говорим, — покачал головой Слава. — Трава и бычки — мелочовка. Главное — убийство. И все мы совсем скоро станем подозреваемыми.

— Да это понятно, — тяжко вздохнул Ветер.

— Серег, не перебивай! Я к чему веду? Все мы вчера надрались...

— Не все, — напомнила Диана.

— Хорошо, некоторые из нас накурились, — невесело хмыкнул он. — Короче, все были хороши. Многие не помнят, как уснули (я, например, точно). Но давайте почешем репы и постараемся восстановить картину вчерашнего вечера. Хотя бы для того, чтобы давать одинаковые показания.

— Лично я ничего восстановить не могу, — пробурчал Марк. — Нажрался, вы меня в дом втащили, бросили на кровать, и я уснул. Все!

— Мы тебя втащили, потом вернулись в чайхану и еще выпили. После нескольких стопок я почувствовал, что мне хватит, и пошел спать. Барин вроде ушел за мной следом... — Сергей глянул на Егора. — Да, Барин?

— Да, — подтвердил тот. — Хотя не сразу, сначала Ульяну поискал... Но не нашел.

— Я спала... Наверное... — ответила Мичурина с запинкой.

— Тебя и в доме не было.

— Да? Ну тогда не знаю... Я плохо помню, что делала.

— Все плохо помнят, но ментам говорить что-то надо...

— Так и скажем, напились и спать завалились, — сказал Марк. — А проснулись утром от крика Ульяны.

— А Дрозд где все это время был? — спросил Слава у Ветра. — С тобой базарил?

— Наш разговор продлился минут пятнадцать, — ответил Сергей. — А закончился тем, что я взял Дрозда за шкирку и вышвырнул на хрен из своего дома.

— Вот как? — Марк присвистнул. — С чего ж ты так раздухарился?

— Дрозд ему что-то непристойное предложил, — ответила за Ветра Диана.

— В смысле?

— Ну, не секс, конечно, — хихикнула девушка. — Я слышала, как Ветер проорал: «Пошел ты на хрен со своими предложениями!» А потом смотрю, Ваня летит...

— Прямо летит?

— Ага. Невысоко, конечно, как курица, но все же. С крыльца слетел, на песок шлепнулся. Потом поднялся и давай по сторонам озираться, не видел ли кто его позора. Меня он не заметил, потому что я в доме была — сидела у окна, курила.

— И что дальше было?

— Ветер выкинул ему его доску и рявкнул: «Проваливай отсюда!» Дрозд молча подобрал борд и вышел за ворота.

— А машину оставил? — уточнил Слава.

— Да.

— Нельзя ему было за руль, он же выпил и покурил.

— И что? Гаишников тут сроду не наблюдалось...

— Дрозд же в каком-то смысле правильный был, — вклинился Ветер. — Никогда не нарушал.

— Да он просто ездить не умел! — заметил Марк. — Даже трезвый. Есть люди, которым это не дано. Вот Дрозд — из их числа.

— И на чем же он собирался добираться до города? Пешком?

Диана пожала плечами. Но через пару секунд ответила:

— Пока я курила, Дрозд сидел возле ворот на доске. Потом телефон достал и кому-то позвонил. Наверное, друзьям своим, чтоб за ним приехали.

— А ты долго курила?

— Нет. Минут десять. Но Дрозд все сидел. Потом я спустилась в кухню, попила воды, тебя проведала... Когда вернулась в спальню, подошла к окну, чтобы закрыть его, и увидела Иванушку. Он все сидел.

— От базы Юргенса езды сюда пятнадцать-двадцать минут, — прикинул Ветер. — Да еще собраться надо было...

— Уж не знаю, сколько они добирались, я спать легла. Но слышала рев мотора.

— Я, кстати, тоже, — встрепенулась Бабуся. — Только спросонья решила, что самолет низко пролетел... Вот дура, какие тут самолеты?

— Выходит, Дрозда убили ребята Юргенса, — сделал вывод Марк.

— Необязательно, — задумчиво протянул Егор. — Они могли приехать, когда он был уже мертв. Увидели труп, развернулись и умчались прочь.

— Тогда получается, что убийца — один из нас.

— И я даже знаю кто! — воскликнула Диана.

Все взгляды сразу устремились на нее. Девушка спокойно встретила каждый, после чего заявила:

— Это Барин.

Егор, не изменив своему спокойствию, заинтересованно спросил:

— Почему именно я?

— Ты — дворецкий.

— Не понял.

— Ты что, никогда классических детективов не читал? В них подозреваются все члены семьи, а убийцей оказывается дворецкий.

— Диана, я поражен! — не сдержал смешка Ветер. — Ты, оказывается, не только умеешь читать, но иногда даже пользуешься почерпнутыми знаниями!

— Не груби ей, пожалуйста, — заступился за невесту Марк. — А ты, Диана, не болтай ерунды. Мы не в детективе...

— Так, я не понял, — перебил его Слава. — Почему Егор — дворецкий?

— Он единственный, кто вне подозрений.

— Да? А я, значит, под подозрением?

— Ты — в первую очередь. Потом Ветер. Ну а дальше все мы.

— И ты?

— Конечно.

— А тебе за что его убивать?

— За то, что слухи про меня распространял, будто я своего мужа заказала. По той же причине его смерти мог желать Марк.

— А Бабуся по какой? Она же Дрозда вчера впервые увидела.

— Тут ты ошибаешься. Они давние знакомые.

— Хорошо, возможно, Бабуся сталкивалась с ним, когда училась в вузе, но...

— Гораздо позже, милый мой, гораздо позже! И сталкивались они голенькими. На кроватке. Намек ясен?

— Правда? — удивленно воззрился на Женю Кравченко.

— Да, — тихо ответила она. — У нас были отношения когда-то... Но вот откуда об этом знает Диана, ума не приложу.

— Птичка на хвостике принесла, — тоном вредной маленькой девочки проговорила Диана. — Так что, друзья, если кто Дрозда и убил, то именно Баринов.

— Учись, Мичурина, — подал голос Ветер. — А лучше в соавторы ее возьми. Вдвоем с Дианкой вы детектив сварганите на раз-два.

— Вообще-то Диана не совсем права, — кашлянув, проговорила Ульяна. — Дворецкий, скорей уж, я. Потому что я совершенно точно не была с ним знакома до вчерашнего вечера, и мне не за что желать ему смерти.

— А ты его и без желания могла замочить. У тебя же кризис творческий. Любовные истории не пишутся, но и детективы не выходят, потому что ты, типа, не кровожадная. Но трава многие блоки снимает! Покурив, ты подумала: «Черт возьми, а что, если...» И кокнула Дрозда!

Ульяна на слова Дианы прореагировала странно. Вместо того чтобы осадить девушку или просто фыркнуть в знак того, что считает сказанное ею глупостью, Мичурина побледнела, губы ее затряслись, и она, развернувшись, выбежала из кухни.

— Это что было? — удивилась Диана. — Знак согласия? Но я вообще-то несерьезно говорила...

— А ты в следующий раз думай, прежде чем говорить, — недовольно молвил Марк. — Люди все разные и по-разному реагируют на твои бредовые заявления!

— Не такие уж они и бредовые... Писательница вчера была сама не своя. Я видела, как она за Дроздом следила.

— Что она делала?

— Следила! И что-то себе под нос бормотала.

— Когда это было?

— А вот сразу после того, как его Ветер выгнал. Я спустилась в кухню, смотрю, писательница не спит — шатается по дому. И все к окнам подходит и выглядывает. Причем к тем, из которых ворота видны...

— Не верю я в такие преступления, — решительно заявил Слава. — Как и в те, что совершаются во имя любви или из мести... Это только для книжонок всяких годится. А в жизни что ни делается — из-за денег.

— Точно! — вскричал вдруг Ветер и ринулся вон из дома.

— Ты куда? — крикнул ему вдогонку Егор.

Но Ветер не ответил.

— Ребята, давайте уже ментов вызывать, а? — предложил Марк. — Солнце припекает, и Дрозд скоро начнет нагреваться, что затруднит правильность установления времени смерти.

— Вызывай, — кивнул Егор. — А мы пойдем бычки выкидывать. Я в чайхану, а вы тут...

И первым двинулся на выход. Но дом покинуть не успел, столкнулся с Ветром.

— Все точно! — выпалил Сергей. — Из-за денег!

— Я не врубаюсь... — протянул Егор.

— Доски нет! Исчезла!

— И что?

— В ней алмазы были!

— Чего-чего?

— Блин, Барин, долго объяснять!

— А ты коротенько. Не волнуйся, я пойму.

— Ладно, подожди, ментов вызову, потом...

— Марк вызовет. — И Егор увлек Сергея на улицу.

Они дошли до чайханы. Баринов начал выбирать из пепельницы бычки «Беломора» (молодежь для курения анаши пользуется пипетками, но они предпочитали по старинке, заменяя табак травкой), а Ветер гремел бутылками.

— Будешь? — спросил он у Баринова, найдя одну с остатками водки.

— Нет, мне еще за руль вечером.

— Оставайся, а?

— Не могу — работа. — Егор собрал бычки в кулак, швырнул их в море, после чего обратился к Ветру, опрокинувшему в себя порцию водки. — Так что ты там про доску Дрозда говорил?

— Нет ее! Умыкнули! И это значит, что убили его из-за денег.

— Я пока ничего не понял...

— Думаешь, что он мне предложил?

— Не рекламный контракт, как ты прогнозировал?

— Нет, друг мой. Дрозд хотел сделать меня и моих ребят контрабандистами.

— Каким же образом?

— Доска, которую ему привезли парни Юргенса, действительно была «доведена до ума» одним умельцем.

— То есть?

— Под падсами[1] были сделаны небольшие углубления, куда можно кое-что спрятать...

— Как в чемодане с двойным дном?

— Типа того. Уложить в то «дно» можно немного, но алмазы ведь килограммами и не перевозят. Одна горсть потянет на кругленькую сумму.

— То есть Дрозд собирался с твоей помощью транспортировать алмазы в другие страны?

— Ну да. Я же постоянно на соревнования езжу. Когда один, когда с ребятами из клуба. Вот в конце мая в Турцию собираемся. Как раз туда Дрозд и предлагал мне взять эту доску.

— Но Юргенс тоже участвует в соревнованиях! Почему он не сделал предложение ему?

— Не хотел связываться потому что! Дрозд не дурак, чтобы товар на сотни тысяч бакинских рублей доверить вечно обкуренным малолеткам. Возможно, он сначала хотел, раз дал ему обкатать доску, но передумал...

— То есть он дал им борд, начиненный алмазами?

— Нет, «контейнер» был заполнен обыч-

---

[1] Падсы — резиновые накладки под стопой, обычно приклеенные к доске, над ними петли, куда вставляются ноги.

ными камнями. Алмазы он сунул туда, когда завел разговор со мной. Для наглядности, видимо...

Ветер хотел еще что-то добавить, но увидел, как к чайхане приближается Ульяна, и воскликнул:

— Ну что, писательница, успокоилась?

— Да, — ответила Ульяна. — То есть не совсем... — Мичурина подошла к мужчинам, нервно убрав растрепавшиеся волосы за уши, выпалила: — Может, правда это я?

— Что — ты?

— Ну, Ивана убила.

— Да ты Дианку больше слушай!

— Диана ни при чем... Я и сама... В общем, мне снилось... что я убивала. А когда проснулась, оказалось... — И Ульяна замолчала, больше не в силах говорить.

— Егор, ты выслушай барышню, хорошо, — кисло улыбнулся Баринову Ветер, — а я пойду, что ли, Дрозда простынкой прикрою. А то ведь мухи налетят...

— Ага, ладно. Только забери вон... — Егор указал на тарелку с остатками плова, остальные приготовленные Бабусей закуски были вчера съедены. — Выкинуть надо. А еще колбасу. Протухла, наверное.

Ветер, собрав испорченный провиант, ушел. Егор подался к Ульяне, взял ее за руку и притянул к себе.

— Сядь...

Ульяна послушно опустилась рядом с ним.

— Ну и что ты там напридумывала?

— Я видела это все!

— Что — все?

— Как ему в живот втыкали стержень! И не кто-то — а я!

— Во сне?

— Да я уже и не знаю, снилось мне все или взаправду было.

— Раз не знаешь, молчи. Потому что, если ты озвучишь свои мысли в присутствии ментов, можешь попасть под подозрение.

— И что мне говорить на допросе?

— Мы все будем говорить одно и то же: напились, завалились спать, а Дрозд ушел за ворота. И не потому, что его Ветер прогнал, просто решил съездить к своим друзьям с соседней станции. Он вызвал их по мобильному (звонок отследят, и это подтвердится) и стал ждать, когда приедут. Что было дальше, никто из нас не знает!

— А когда тут будет милиция?

— Не скоро. От города ехать полчаса, не меньше.

— И что делать до их приезда?

— Да что хочешь. Я лично катнусь. Ветер отличный!

И, похлопав Ульяну по плечу, Баринов направился к станции, где оставил свое снаряжение. Ему очень хотелось показать всем, а особенно Мичуриной, что ему не о чем беспокоиться.

Глава 2

Слава взял бутылку водки и вышел с ней на улицу. Пить не хотелось, но как еще успокоиться? Дома он обычно принимал настойку пиона, но у Ветра ее не было (Кравченко проверял), и пришлось бороться со стрессом излюбленным способом большинства российских мужчин. Налив себе граммов сто, Вячеслав выпил. После чего прошел несколько метров к морю и сел на песок.

Чуть в сторонке готовил свой кайт Баринов. Непробиваемый Егор к смерти Дрозда отнесся с полным равнодушием и теперь вел себя как ни в чем не бывало.

Славу же пробивала нервная дрожь! Он очень боялся, что его заподозрят в убийстве. И тогда...

— Теперь ты можешь сказать, из-за чего вы в институте подрались? — услышал он над своим ухом.

Вздрогнув, Кравченко обернулся. За спиной стояли Марк и Сергей.

— Выпьете со мной? — спросил Слава.

— Нет, не могу больше, — ответил первый.

— А я просто воздержусь, — сказал второй. — Иначе не смогу связно показания давать...

Кудряш с Ветром опустились рядом со Славой. Марк достал из кармана пакет семечек и стал их грызть. Сергей просто откинулся назад, заложив руки под голову, и устремил взгляд в небо.

Вячеслав налил себе водки, выпил. Вкус ее показался ему отвратительным, и он решил, что тоже больше пить не может.

— Так ты расскажешь? — спросил Марк.

Слава некоторое время молчал, хмуро глядя перед собой, но, когда заговорил, Марку стало ясно, что он решил приоткрыть завесу тайны.

— Дрозд был очень завистливым человеком, — издалека начал Кравченко. — Я знал об этом, потому что дружил с ним. Постоянно слышал от него — везет Пашке (Федьке, Кольке, Саньке): у него родители богатые (дядя — ректор, сестра — за границей, невеста — с приданым). Везет Егору Баринову: его, дурака, такая баба любит. Везет Марку: у него память феноменальная, учить ничего не надо. Везет Ветру: к нему деньги так и липнут. Но чаще я слышал другое: везет тебе, Славка, все тебе на халяву достается — и внешность что надо, и умный, и спортсмен, и артист, и бабам нравишься. И дальше в том же духе. А что я разрываюсь, чтобы и по учебе не отставать, и тренировки и репетиции не пропускать, он как будто не замечал. Мне бы тогда понять, что нельзя с такими дружить, но — глупый был. Ванькина зависть меня не только забавляла, но и в собственных глазах возвышала. Я сам себе крутым казался... — Слава поморщился. — В общем, завидовал он мне. Особенно мне! Думаю, из-за КВНа. Дрозд же так мечтал блистать в команде, а блистал там я...

— Да это понятно, — перебил нетерпеливый Ветер. — Дальше-то что?

— Помните историю с моей несостоявшейся женитьбой?

— Такое разве забудешь... Ты после нее отходил года полтора. Невеста твоя, Алла, кажется...

— Юля.

— Юля тебе изменила, да? Когда ты на сборах был?

— Да. И подсунул ей того парня именно Дрозд.

— Как так?

— Я, естественно, об этом узнал с опозданием. Совершенно случайно. Я из больницы выписался, с клюкой ходил и как-то забрел в одну пивнушку. Режим соблюдать уже не надо было, а отвлечься необходимо, вот я и позволял себе пару кружек в день. Вот сижу, пивко попиваю, смотрю — рожа знакомая! Хоть я лицо Юлиного любовника видел мельком, оно как-то в память врезалось...

— И ты подошел, чтоб разобраться?

— Не, я сначала водки выпил. И только потом...

— Ну и?

— Ну и вывел его во двор... поговорить... Только парень струхнул, драться со мной не стал. Зато все выболтал! Оказывается, никакой он не старый Юлин друг (она-то уверяла, что был когда-то ее парнем и явился к ней свататься). Познакомились на дискотеке, она оставила свой телефон. Потом позвала в гости. Он пришел. Юля ему отдалась...

— А при чем тут Дрозд?

— А ему, оказывается, было известно, что Юля на передок слаба. Город у нас большой, но не настолько, чтобы жители ничего друг о друге не знали. Большая деревня то есть! Дрозд всегда любил сплетни собирать, вот и прознал про Юлю. С мужем-то она развелась не из-за его патологической ревности, а потому что не раз ее с другими застукивал, а когда надоело ему жениных любовников с лестницы спускать, подал на развод. Юля не сильно убивалась из-за этого, но все же немного огорчилась. Ей нравилось быть замужней. И помощник в доме есть, и статус у нее другой, и отец до нее не докапывается. Поэтому так обрадовалась, когда я ее под венец позвал. Дрозд, обо всем этом узнав, чуть от счастья не опи́сался. И, главное, рассказывать мне ничего не собирался. Ему интереснее было помалкивать и представлять, как на моей голове рога пробиваются. Но, видимо, быстро ему простое кино надоело, захотелось спецэффектов.

— Это как?

— То, что Юля бывшему изменяла напропалую, Дрозда в скором времени перестало забавлять, ему захотелось убедиться, что и у меня уже рожки проклевываются. Но никаких слухов до него не доходило. Тогда он решил Юлю подтолкнуть. Зная, что она без ума от спортивных, нагловатых парней, Дрозд подговорил одного из таких подкатиться к Юле. Да еще информацией его снабдил, гаденыш! Что ей нравится из литературы, кулинарии, кинематографа, какое вино она предпочитает, над какими шутками смеется, от каких поцелуев млеет... Я ж, дурак, все ему рассказывал!

— Ну тогда понятно, — вздохнул Ветер. — Охмурил засланный казачок твою Юляшу на раз-два.

— И ничего удивительного в том нет, — заметил Марк. — Если целенаправленно соблазнять женщину, устоит лишь одна из тысячи.

— Да ни одна не устоит! — фыркнул Ветер с присущим ему цинизмом.

— Тут мы похожи, — встал на защиту слабой половины человечества Марк. — Мужчина тоже не проявит стойкости, но женщину будут мучить угрызения совести, а нашего брата ни фига. Тем мы и различаемся.

— Бабы подлее, — покачал головой Слава. — У нас хоть мозг выключается, нас это оправдывает, а они отдают себе отчет в каждом своем поступке, и все равно...

Кравченко хотел продолжить, но Сергей жестом попросил его помолчать. Когда Слава закрыл рот, Ветер осторожно начал:

— Кстати, Марк, я хотел кое о чем тебя спросить...

— Спрашивай.

— А ты не в курсе, откуда Диана знает, что Дрозд про нее слухи распространял?

— От меня.

— А ты откуда?

— Я ему сказал, — ответил Слава. — И знаешь, как он отреагировал? Совсем не удивился. Оказалось, Марк все знал. И о том, что Диана никакая не сиротка, и о том, что кое-кто считает ее причастной к смерти супруга.

— Диана ничего от меня не скрывает, — пояснил Марк. — Когда она переехала ко мне, то первым делом рассказала историю своей жизни. Я не просил, сама захотела. Сказала: «Ты должен знать, какая я на самом деле».

— И какая же она?

— Несчастная, — грустно вздохнул Штаркман. Затем поспешил добавить: — Была. Надеюсь, что я изменил не только ее жизнь, но и отношение Дианы к ней.

— По мне, так она все та же.

— А ты ее, настоящую, и не знал никогда.

— Так мне и незачем. Главное, чтобы ты знал и был уверен в своей будущей жене.

— Я уверен в ней на сто один процент.

— Это хорошо... — протянул Слава, но в его голосе проскользнула нотка сомнения. — А можно полюбопытствовать, что уж такого нехорошего в Дианиной жизни произошло, что сделало ее несчастной?

— Мать ее бросила. Да не один раз, а три.

— В смысле?

— Первый раз ради карьеры скинула на бабку и уехала жить сначала в столицу, затем в Италию. Второй — из-за мужика. Выскочила замуж за макаронника, скрыв от него факт наличия дочери. Ну а последний раз просто потому, что не хотела брать ее проблемы на себя. У Дианы, она тогда работала в Италии, начались сложности с агентством, и ее попросили из общежития. Снимать свое жилье было не на что, и Диана обратилась за помощью к матери — больше не к кому было. Но та не пустила ее на порог... — Марк тяжело вздохнул. — После этого она стала всем говорить, что сирота.

— И как же Диана выкрутилась?

— Пошла работать в казино барменшей, там и с мужем будущим познакомилась. Думала, он серьезный бизнесмен, а оказалось — игрок. Сначала он ее засыпал подарками, потом все их проиграл.

— Значит, ты не сомневаешься в том, что Диана не имеет отношения к смерти бывшего мужа?

— Нет. Он покончил с собой.

— Серьезно?

— Упал с крыши многоэтажки. Да, у милиции были сомнения насчет того, сам ли он оттуда шагнул, но никаких доказательств, что ему помогли, не обнаружилось.

— Зачем он это сделал?

— Продал квартиру и собирался отдать долг, но тут его позвали перекинуться в покер. Мужик не смог устоять и сел играть, надеясь сорвать банк. Что было дальше, я думаю, вы и сами представляете...

— Продулся вчистую?

— Совершенно верно. И когда понял, что натворил, решил покончить с собой.

— Что ж... Теперь понятно.

— Так что, ребята, ни в чем моя Диана не виновата. Разве только в том, что выбрала не того мужчину. Но сердцу ведь не прикажешь!

— Уж кому это и знать, как не тебе, — не сдержался Ветер.

Он категорически не понимал Марка. По его разумению, Диана была не только глупа и язвительна, худа и насквозь прокурена, она еще и холодна в постели, а на таких женщин у него с юности была аллергия.

— Вон, кстати, твоя любовь! — Сергей кивнул в сторону Дианы, которая вышла на крыльцо, держа в одной руке сигарету, в другой бутылку воды. За все время, что девушка пробыла в «Ветродуйке», Сергей ни разу не видел ее с чем-то вкусненьким или хотя бы съедобным. Похоже, Диана не ела вообще, только пила воду и курила.

Марк обернулся и, увидев невесту, помахал ей. Лицо у него при этом так просияло, что Ветер подумал: «Да и ладно, что прокуренная дура! Главное, Марку нравится. Вот только не знаю, всю правду она ему рассказала или обманула так же легко, как когда-то меня...»

Глава 3

Диана смотрела на Марка и его друзей и понимала, что они говорят о ней. Что ж, ради бога, пусть перемывают ей кости, волноваться не о чем. История, которую она рассказала Марку о своей жизни, звучит очень убедительно, а самое главное — проверить, является ли она правдой, невозможно.

...Бабушка умерла, когда ее правнучке Диане исполнилось девять. Лариса на похороны не приехала. У нее родились мальчики-двойняшки, и она не смогла оставить их на няню. Но денег прислала. Правда, немного: Роберто не шибко супругу баловал. А еще впервые за долгие годы Лариса позвонила матери и попросила взять девочку к себе. Та, как ни странно, не отказала. Хотя, собственно, понятно, почему: она вышла на пенсию, и ей было скучно и одиноко. Никого не проконтролируешь, никому свое мнение не навяжешь, никого не уличишь в неправильном поступке. Да, есть соседи, попутчики в транспорте, люди из очереди, с которыми можно «зацепиться языком», но те ведь не особенно ее слушают, а порой и посылают далеко и надолго.

Диана переехала к своей бабушке. И быстро поняла, что попала в ад.

Жесткий контроль над ней был установлен сразу. На все требовалось разрешение бабушки. Девочка не могла ничего сделать без спросу, даже попить молока. Не говоря уж о прогулках или поездках в гости к двоюродным брату с сестрой. Диана, отлученная от привычного круга общения, стала нелюдимой. И по учебе съехала, хотя бабка ежедневно проверяла у внучки уроки.

А стоило Диане войти в пору ранней юности, стало еще хуже. Бабка так боялась, что внучка по примеру своей матери «принесет в подоле», что никуда ее не пускала. Не только вечером, но и днем. Встречала из школы, доводила до дома и караулила. Если самой нужно было выйти, запирала Диану в квартире. Естественно, девушке это не нравилось, и, чтобы вырваться из-под бабкиного диктата, она решила поступить после девятого класса в техникум в соседнем городе, планируя поселиться в общежитии. Но не тут-то было! Бабка (выглядела она как самая настоящая старуха, злость иссушила ее и обезобразила лицо) спрятала аттестат и не дала внучке денег на дорогу, хотя Лариса исправно перечисляла ей средства на содержание дочери.

Диана сделала вид, что смирилась, но сама начала разрабатывать план побега. Было понятно, что без денег ей — никуда. Просто сбежать из дома, чтобы бродяжничать, девушке не хотелось. Значит, надо найти способ заработка, и тогда можно хоть на что-то рассчитывать. Но раздавать рекламу у супермаркетов или мыть подъезды, как делали многие ее ровесники, Диана не могла. Бабка не позволила бы! Девушке нужна была такая работа, чтобы на зарплату можно было снять жилье и не умереть с голоду. Естественно, ничего, кроме модельного бизнеса, Диане в голову не приходило. Там, она точно знала, зарабатывали неплохо. И имелись перспективы. То есть для того, чтобы добиться успеха, не обязательно годами учиться. И что еще немаловажно — бабка проклинала модельный бизнес. А Диане хотелось не только вырваться из-под ее опеки, но еще и насолить вредной старухе!

Улучив момент, когда та отправилась к врачу и сказала, что не сможет встретить ее после занятий, Диана устремилась в школу манекенщиц. В рекламе было сказано, что особенно одаренных будут обучать бесплатно, и она была уверена в успехе. Рост у нее отличный. Ноги длинные. Лицо притягательное. Волосы — густые, отливающие синевой. Да и о генах забывать не стоит! Мать моделью была, а значит, и у нее к этому делу талант имеется...

Диана во многом оказалась права. И талант у нее был, и рост оказался подходящий, и волосы ее произвели впечатление на проводившего кастинг агента. Вот только вес его не устроил. «Милочка, что ж вы себя распустили? — покачал он головой, измерив ей талию и бедра. — Нельзя так! Нужно обязательно похудеть, иначе не видать вам подиума как своих ушей... На пять килограммов, как минимум. А лучше на семь!»

Диана была в шоке. Она считала себя очень стройной, а оказывается, у нее семь кило лишнего веса. Глядя на мамины фотографии, девушка отмечала, что выглядит почти как она, только грудь у нее нулевая, а у Ларисы был полный третий номер. В остальном же — один в один. Даже у Дианы попа не такая рельефная. Но маму худеть не заставляли, а ее — да. Неужто с того времени, как та работала, изменились стандарты красоты?

«Красоты — нет, — ответил на ее недоуменный вопрос агент. — А вот модельные стандарты очень. Твоя мать (я, кстати, ее помню) начинала в период, когда в моде были модели типа Клаудии Шиффер и Синди Кроуфорд, то есть с формами. Сейчас же нужны худышки. А с такой задницей, как у тебя, только для «Плейбоя» да «Максима» сниматься, но туда не пробьешься... Да и маленькая ты еще для этого! А вот для подиума — самое то. Только похудей!»

И Диана истово принялась худеть. Было трудно. Но не потому, что ей постоянно хотелось есть, просто бабка не давала голодать. Она накладывала внучке тарелку картошки с подливой или макарон с котлетой и заставляла все съедать. Отговорки, типа не хочу, не люблю, тошнит, не помогали. Старуха считала, что растущему организму нужна пища, причем калорийная, и не слушала никаких возражений.

Диана быстро проглатывала еду, а потом, закрывшись в туалете, совала два пальца в рот и вызывала у себя рвоту. Этот варварский прием помог тем не менее за месяц избавиться от четырех лишних килограммов. Оставалось еще три, и Диана нисколько не сомневалась, что ей удастся их сбросить. Она вновь отправилась в школу. И на сей раз ее взяли, только обязали за месяц еще скинуть вес, иначе грозились отчислить.

Для тех девушек, кто приехал в школу из близлежащих поселков, агентство (школа была открыта при нем) снимало большую квартиру, где модели жили по пять человек в комнате. Это было похоже на общежитие на каком-нибудь БАМе или другой советской стройке. То есть один туалет не на троих-четверых, а на тридцать человек. Но Диана рада была поселиться и в таком общежитии. Лучше там, чем с бабкой, думала она.

Естественно, ушла из дома девушка не по своей воле. Вернее, инициатива исходила не от нее. Диана просто поставила старуху перед фактом. Сказала: «Бабушка, меня приняли в школу моделей». Та сразу встала на дыбы. И заявила, что если внучка не откажется от карьеры «проститутки», то может выметаться из квартиры. Вот Диана и ушла.

В общежитии жить было сложно, а временами невыносимо. Почти так же, как с бабкой. И проблемы, с которыми столкнулась Диана, оказались похожими (не считая бытовых). Старуха никуда внучку не пускала и заставляла жрать, и тут — то же самое! Выйдешь из дома вечером — доложат в агентство, что не соблюдала режим. Не покушаешь — начнут подкалывать. Типа, при нас не ешь, значит, ночами под подушкой сало лопаешь, так что давай, трапезничай, чтобы мы видели. Но и это еще не все! Вещи девушки могли испортить, косметику выкинуть, а телефон прошерстить...

Но ужаснее всего было то, что товарки

оказались худее ее. Диана практически ничего не ела, а все равно оставалась самой упитанной. В итоге ей стало казаться, что она толстеет даже от куска сыра. От половинки яйца. От листика салата...

И Диана перед сном начала наведываться в туалет, чтобы снова сунуть два пальца в рот.

Наконец благодаря проверенному способу Диана достигла требуемого веса. Но она так боялась снова набрать килограммы, что искусственно вызванная рвота стала вечной ее привычкой.

После положенных шести месяцев учебы агентство заключило с ней контракт на три года. Диана оказалась одной из пяти выпускниц, принятых на постоянную работу (остальных заставили «отбить» затраты — выяснилось, что учили их и обеспечивали жильем совсем не даром). Девушек переселили из той кошмарной общаги в другую, менее кошмарную: теперь они жили не впятером в комнате, а всего лишь втроем.

Первый заказ, который Диана получила, был очень малооплачиваемым. Да еще агентство свои проценты удержало. В итоге получила начинающая модель гонорар, эквивалентный стоимости новых фирменных джинсов. Последующие были чуть выше, но не намного. В общем, Диана влачила жалкое существование, пока в их город не приехал известный итальянский фотограф в поисках свежих лиц. Звали его Мануэль. Был он немолод, бисексуален, скандален и вызывающе красив. Последнее оказалось не особенно важно, так как модели готовы были переспать даже с образиной, лишь бы получить контракт, а Диана как увидела Мануэля, так и впала в ступор. Подобных мужчин ей еще встречать не приходилось! Просто красивых — да, в их агентстве все мальчики были как на подбор. Но вот порочно-сексуальных, завораживающе бесстыдных, чувственных, неповторимых — никогда! Все в лице и фигуре Мануэля вызывало мысль о сексе. И сочные губы, и окруженные морщинками черные глаза, и щетина. И длинные пальцы. И рельефные грудные мышцы. И крепкие ягодицы. И пах... О, да! Он так и притягивал взгляд Дианы. Узкие джинсы столь плотно обтягивали Мануэля, что угадывались все детали анатомии мужчины.

В общем, Диана влюбилась в заморского фотографа с первого взгляда. И это заставило ее вести себя по-дурацки. Тогда как остальные модели, явившиеся на кастинг, вовсю с Мануэлем флиртовали, строили ему глазки, многообещающе его касались, сыпали комплиментами на плохом английском, Диана стояла как изваяние, с каменным лицом и застывшим взглядом.

Кто бы мог подумать, что своей непохожестью на остальных девиц она Мануэля и привлечет! Именно ее он захотел сфотографировать по окончании кастинга. Другим, самым красивым и игривым, велел ждать звонка, а Диане через агента передали, что Мануэль желает сделать несколько ее снимков.

Фотосессия удалась. Диана преодолела свою скованность, и кадры получились прекрасные. Главное же, Мануэль пригласил Диану с ним поужинать. Она, естественно, согласилась, и вечер они провели в его номере. Ели, пили шампанское, целовались. Мануэль готов был перейти к более активным действиям (да и девушка была не против), но Диане вдруг стало плохо. Как потом оказалось — от алкоголя. Мануэль перепугался и отправил ее домой. Девственности он ее лишил гораздо позже, уже в Италии, когда ей исполнилось восемнадцать. Туда Диана отправилась спустя два месяца, чтобы сделать карьеру и... повстречаться наконец с мамой.

В Италии ей невероятно понравилось. Мягкий климат, изумительная природа и архитектура, люди улыбчивые, открытые. А главное — Мануэль рядом!

Диану поселили в общежитии для моделей, но она нечасто там ночевала. Все свободное от кастингов время девушка проводила с Мануэлем. Девственности он Диану лишил в первую же ночь и несказанно удивился тому, что стал у нее первым. Это не помешало итальянцу взяться за развращение юной русской любовницы, а скорее даже подхлестнуло. Сам он был испорчен до такой степени, что пол и количество партнеров, с которыми Мануэль готов был заниматься сексом, давно не имели для него значения. В юности он промышлял проституцией, и не только из-за денег. Ему нравилось и мужчинам отдаваться, и женщин брать, и забавляться с людьми неопределенного пола, иначе говоря, с трансвеститами. Однажды, когда он стоял на панели, его заметил один солидный господин. И тот после двух часов секс-марафона предложил Мануэлю попробовать себя в качестве модели. Парень, не раздумывая, согласился и уехал из своего портового городка в вечный город Рим.

Там удача не сразу улыбнулась Мануэлю. Пришлось скакать по койкам, чтобы получить хоть какую-то работу. Но спустя год ему повезло. Один очень известный фотограф искал красивого парня для сессии и требовал от него не только фотогеничности, но и полного отсутствия стыдливости, ибо собирался снимать обнаженку. Многие, узнав об этом, отказывались, а Мануэль не просто явился на кастинг, но и разделся догола сразу, как только вошел в кабинет, где сидел маэстро. Тот взял его, даже не заглянув в портфолио!

Юный манекенщик и пожилой фотограф быстро нашли общий язык. И не только в работе. Маэстро влюбился в Мануэля и перевез его из комнатенки в полуподвале в свой особняк. Именно он научил его азам своей профессии, что впоследствии очень Мануэлю пригодилось. Когда мэтр скоропостижно скончался, Мануэль начал фотографировать и понял, что нашел занятие по душе. Чтобы стоять за камерой, не надо самоистязаться в спортзале, спать положенные восемь часов, не пить, а можно позволять себе все, что хочешь, и при этом прилично зарабатывать. Ведь гонораров модели на привычную жизнь ему не хватало.

До Дианы Мануэль открыл много моделей. Не столько миру, сколько себе. Он спал почти со всеми, кого снимал, но редко с кем заводил длительные отношения. Диана попала в число последних. С ней фотограф регулярно встречался: водил ее в рестораны, на прогулки, рауты. Диану он представлял друзьям, а впоследствии с ними же и делил. Мануэль пристрастил любовницу к легким наркотикам, увидев, как они ее раскрепощают: после нескольких затяжек травы или таблетки с синтетическим наркотиком Диана теряла всякий стыд и становилась совершенно послушной. Если Мануэль говорил ей: «Мой приятель хочет тебя, иди отдайся ему, а я посмотрю!», — она беспрекословно повиновалась, хотя не испытывала желания это делать. Она вообще могла бы не заниматься сексом, он ей не нравился. Но раз Мануэль просит, зачем ему отказывать?

Их отношения продлились полгода. Диана ощущала себя вполне счастливой. Да, когда она не бывала под кайфом, ее обуревал стыд при воспоминании об оргиях, в которых доводилось участвовать. Но стоило ей снова покурить, как он притуплялся. «В нашей среде это норма! — успокаивала она себя. — Да и не только в нашей... Все занимаются сексом, а уж как — личное дело каждого!»

Но дальше стало хуже. А все из-за того, что у Мануэля начались проблемы с работой. Все меньше он получал хороших заказов, все чаще вынужден был хвататься за неинтересные предложения. И вот когда у него появился шанс заполучить престижнейший контракт, фотограф сделал все, чтобы не упустить его. Для этого понадобилось участие Дианы. Тот, от кого зависела судьба Мануэля, положил на нее глаз и попросил «одолжить» ее. Мануэль согласился.

А вот Диана на сей раз согласилась не сразу. Ей уже опротивел образ жизни, который она по воле любимого вела, и спать с незнакомым мужиком, да еще в отсутствие Мануэля, девушке не хотелось категорически. Однако пара косяков и великий дар убеждения, коим обладал ее избранник, сделали свое дело. Диана отправилась на свидание.

О том, что ей предстоит, Мануэль наверняка не знал, но догадывался. Человек, которому он одолжил свою девушку, слыл любителем оргий с применением плеток и наручников. Но сам в них непосредственного участия не принимал, так как был по-мужски слаб, любил больше посматривать. Мануэль решил, что нет ничего страшного в том, что Диану поимеют и отшлепают. Может, ей даже понравится?

Но он не угадал. Диане совсем не понравилось. Тем более что ее не шлепали, а серьезно истязали, распинали на дыбе и лили на нее воск. Ей было больно и страшно. Не помогли даже наркотики. Тогда Диана попросила дать ей чего-нибудь выпить. Приняв залпом полстакана коньяка (специально крепкий напиток выбрала, чтоб уж наверняка), она стала ждать, когда начнется приступ. Ждать пришлось недолго — уже через три минуты девушка начала биться в судорогах, закатив глаза, а через четыре потеряла сознание.

Очнулась она быстро, но окончательно пришла в себя только на следующий день. И сразу попала под горячую руку Мануэля.

— Как ты могла? — заорал любимый, увидев, что Диана проснулась. — Ведь знаешь, что тебе нельзя пить, и специально...

Девушка залепетала в ответ:

— Я не могла больше терпеть. Ты не представляешь, что со мной там вытворяли...

— Представляю, — отмахнулся он. — Сам пару раз принимал в подобных оргиях участие. Там причиняют терпимую боль! И, между прочим, многим это нравится...

— А мне нет!

— Эгоистка! Неужели ты не понимаешь, что из-за тебя я могу не получить заказ? Большой босс недоволен тобой, ты все испортила!

— Прости, милый, но я...

— Если он возьмет для работы другого, я тебя больше знать не хочу! Поняла?

Диана ему не поверила. Им ведь так хорошо вместе! Она безумно его любит, ухаживает за ним, выполняет все его капризы... Разве Мануэль может ее бросить?

Но он смог. Когда заказ уплыл от него, Мануэль перестал общаться с Дианой. Не звонил и не брал трубку, когда она хотела с ним связаться. Если девушка приходила к нему домой, не открывал ей дверь. А однажды, когда она перехватила его возле дверей любимого им ресторана, посмотрел на нее так, будто впервые видит. И после через общих знакомых передал Диане, чтобы та его больше не преследовала, все равно дело бесполезное — они больше никогда не будут вместе.

Диана очень сильно переживала разрыв. Мануэль был ее первой любовью, и забыть его у нее не получалось. Спасала работа. Диану в последнее время часто приглашали на показы (она уже приобрела известность как манекенщица), не за горами была Миланская неделя моды, и девушку ангажировали сразу несколько именитых дизайнеров.

Но оказалось, зря Диана туда собиралась. За неделю до Миланского праздника моды в Нью-Йорке одна из манекенщиц умерла во время показа. Просто упала на подиуме и скончалась. Как оказалось, от истощения. Журналисты в тот же день подняли волну протеста против анорексии и стали призывать дизайнеров пропагандировать здоровую красоту. Те в угоду общественному мнению решили вывести на подиум толстушек и просто худых (а не болезненно худых) моделей. Таким же манекенщицам, какой стала Диана, в работе было отказано.

Жить стало не на что. Общежитие ведь нужно оплачивать — агентство удерживало часть гонорара, а если нет заказов, чем платить? В итоге Диану выселили.

Идти было некуда, только к матери, которую Диана так до сих пор и не видела. Сразу по приезде в Италию она позвонила ей и сообщила, что можно встретиться хоть сейчас. Но Лариса совсем не обрадовалась и от встречи отказалась. Сказала, что завтра со всей семьей уезжает отдыхать, а сегодня надо вещи собирать. И предложила встретиться попозже. Но попозже тоже не вышло. У мамы постоянно находились неотложные дела! Да и Диане как-то не до нее стало из-за Мануэля и работы. Но сейчас у нее не было ни того, ни другого, зато требовалась помощь, и Диана отправилась к матери домой (адрес у нее имелся).

Ей открыла полная женщина. Чернокудрая, с густыми усами. Эдакая карикатурная итальянская матрона. Диана поздоровалась с ней и попросила позвать сеньору Джордини. Толстуха удивленно вскинула густые брови и спросила, зачем ей та понадобилась. В это время из-за спины итальянки вынырнул симпатичный мальчишка и что-то затараторил, обращаясь к женщине «мама». И тут Диана поняла, что перед ней ее родительница.

— Мама? — удивленно протянула она. — Это ты?

Узнать в расплывшейся неухоженной бабе красотку, которая была запечатлена на фотографиях, имеющихся у Дианы, не смог бы никто.

— Диана? — испугалась Лариса. — Что тебе тут нужно?

— Я к тебе приехала! Нельзя?

Лариса, что было видно по ее лицу, хотела в очередной раз наплести что-нибудь, лишь бы не пускать дочь в дом, но тут в дверях показался импозантный мужчина. Он был хорош собой и ухожен, как все бабники. В том, что он относится к категории именно таких мужчин, можно было судить по взгляду, брошенному на Диану.

— Дорогая, кто эта милая девушка? — спросил он у жены.

— Это... это... — Лариса умоляюще посмотрела на дочь.

— Я дочь кузена Лары, Диана, — представилась гостья. — Я модель, работаю в Италии, вот и решила навестить тетю.

— Милости просим! — заискрил доброжелательностью Роберто и распахнул перед гостьей дверь.

Потом они ужинали всей семьей. Диане очень понравились ее братья, шебутные и веселые, Роберто показался ей приятным мужчиной, а вот мать разочаровала. Она была похожа на заполошную курицу. Кудахтала, суетилась, везде лезла, хотя все прекрасно справлялись без нее. Домашние к ней относились снисходительно. Дети, конечно, ее любили, мать все же, а вот муж, пожалуй, только терпел. Зато с Дианы глаз не спускал. А когда узнал, что той негде жить, предложил остановиться у них.

— Роберто, ты с ума сошел? — вскричала Лариса. — У нас и так мало места!

— Лара, у нас есть гостевая комната, и сейчас она пустует. Твоя очаровательная родственница может спать там.

Так у Дианы появились кров и семья. Хотя родными она воспринимала больше братьев, с которыми быстро подружилась, чем мать и отчима. Лариса вечно к ней придиралась и открыто заявляла, что Диане тут не место (она страшно ревновала к ней мужа), а Роберто постоянно хватал ее за грудь и лез под юбку. Обычно Диана стойко держала оборону, но как-то пришла домой под легким кайфом и позволила отчиму не только забраться в трусики, но и снять их с себя...

В этот момент неожиданно вернулась от стоматолога Лариса (а должна была прийти только через полчаса) и увидела, как ее супруг овладевает ее бесстыдно раскинувшей ноги дочкой. Естественно, Диана сразу же была изгнана из дома, и больше мать знать ее не желала.

— Ты теперь сирота! — орала она по-русски вслед Диане. — Поняла, малолетняя потаскушка? Сирота! Если у тебя спросят, так и говори: у меня нет ни матери, ни отца.

Диана обернулась, послала мать на три известные буквы и добавила:

— Да я всегда сиротой и была! Пошла ты, старая жирная курица, знать тебя не хочу... — А затем перешла на итальянский и крикнула маячившему у окна Роберто: — Никакая она мне не тетка! Она моя мать, слышишь? Мать! И она меня нагуляла неизвестно от кого в семнадцать лет!

После этого, ощутив явное облегчение, Диана подхватила свои сумки и зашагала прочь от дома той, кого впредь даже про себя не называла мамой.

Почти месяц после этого Диана ночевала где придется. Обычно у мужчин, с которыми знакомилась на дискотеках. Но долго так не могло продолжаться, и Диана начала искать работу. Ничего стоящего не подворачивалось, но однажды совершенно случайно она попала в казино (пришла с одним из любовников-однодневок) и узнала, что туда требуются крупье. Диана решила попытать счастья. Она умела виртуозно перемешивать и сдавать карты, а также знала все правила игр — ее научил Мануэль. Он любил покер и рулетку и частенько посещал как легальные казино, так и подпольные игорные дома. А иногда устраивал покерные турниры у себя дома. В этом случае в роли сдающего выступала Диана.

Когда она продемонстрировала свои способности управляющему казино, тот сразу взял ее на работу. Зарплата у крупье была не очень высокая, но Диана надеялась на чаевые и «халтурку». Девушка планировала не только получать «бакшиш» от выигравших (по традиции сорвавший банк кидал пару фишек крупье), но и зарабатывать ловкостью своих рук. Тоже Мануэль научил! Начиная проигрывать, он делал любовнице знаки, и Диана незаметно вытаскивала из рукава именно ту карту, которая была необходима Мануэлю. «Найду себе подельника, — думала она сейчас азартно, — и начну обдуривать казино...»

Но оказалось, Диана зря на это рассчитывала. В игорных залах повсюду были установлены камеры, к тому же всех крупье, перед тем, как те должны были выйти к столам, обыскивали. Да и с поиском подельника пока не шло — Диана никому не доверяла. А разве можно идти на дело с человеком, от которого ждешь подвоха?

В общем, работала она честно. До тех пор, пока судьба не столкнула ее с Пашей. С Пашей Буре. Нет, нет, не со знаменитым хоккеистом, а с его тезкой, получившим прозвище Буре за внешнее сходство с «русской ракетой».

Мускулистый блондин с голубыми глазами зашел в казино под утро, когда до окончания смены Дианы оставалось двадцать минут. Девушка едва держалась на ногах от усталости и нестерпимо хотела курить. Завидев Пашу, она подумала: «Только не за мой стол, только не за мой!» Но мужчина направился именно к нему. «Вот козел!» — едва слышно выругалась она, растягивая губы в дежурной улыбке. Диана приняла блондина за норвежца и очень удивилась, услышав от него следующее:

— С клиентами, барышня, нельзя обращаться так грубо!

— Простите, — пролепетала Диана.

— Считайте, что я ничего не слышал, — улыбнулся он. — И начнем, пожалуй...

Паша тогда выиграл какую-то мелочь, но все равно оставил ей на «чай». Диана поблагодарила его усталой улыбкой, после чего пошла переодеваться.

А когда вышла из казино, прямо у дверей столкнулась с Пашей.

— Еще раз здравствуй, красавица, — поприветствовал он Диану и приложился губами к ее руке. — Я тебя поджидаю.

— Зачем?

— Чтоб домой проводить. А то вдруг кто обидит!

Диана была так измотана, что спорить не стала, а только молча кивнула, как бы говоря: проводи, раз хочешь. И направилась к автобусной остановке.

— А где ты живешь? — поинтересовался он.

— Далеко. Ехать сорок минут, потом еще пешком...

— Ого!

— Что, желание меня провожать пропало? — хмыкнула девушка.

— Ага! — ответил мужчина, нисколько не

смутившись. — Зато появилось другое: пригласить тебя к себе. Я здесь в десяти минутах ходьбы живу. Пошли, а?

И Диана пошла. Ей было не привыкать ночевать у случайных знакомцев, а тут все же соотечественник и живет рядом...

Они сразу поладили. Паша оказался очень легким человеком. Веселым, контактным, добродушным. Даже в подпитии (а выпить он любил) оставался неконфликтным. И, в отличие от Мануэля, к сексу относился очень спокойно. Есть баба — и ладно, а нет — и не надо. Диана с Пашей душой и телом отдыхала. Но не любила его. Как и Буре ее. Им просто было хорошо вместе. Так хорошо, что, когда Паша спросил: «А ты бы пошла за меня замуж?», Диана ответила: «Да». Но поженились они уже на родине, после того как заработали в Италии денег на безбедное житье в России. И удалось им это благодаря покеру.

Буре был профессиональным игроком. Диана имела ловкие руки. И оба они мечтали сорвать большой куш. Поэтому готовы были пойти на риск. «Как ты знаешь, самая высокая и редкая игровая комбинация в покере, — говорил Диане Паша, — это флэш рояль. Она выпадает один раз на семьдесят тысяч игр и сулит огромный выигрыш. Если нам с тобой удастся сделать так, что на руках у меня окажется нужный набор карт, мы заработаем миллион!»

И они попытались. Но не вышло. Камера засекла, как Диана пытается подтасовать карты, и ее с позором выгнали с работы. Хорошо еще, что в полицию не заявили. Пришлось уезхать из Рима и искать счастья в небольших городках. В провинциальных казино ставки были не так высоки, зато контроль над работниками велся не столь жесткий, и Паше с Дианой удавалось зарабатывать неплохие деньги. Но в скором времени у Дианы закончилась рабочая виза, а Пашу занесли в «черный список» (перестали пускать в казино), и молодые люди решили вернуться в Россию. Там их никто не знал.

Глава 4

Ульяна наблюдала за стоящей по колено в воде Женей и восхищалась ею. Это было ей свойственно: искренне восхищаться чьей-то красотой, а не завидовать ей. Бабуся, по мнению Ульяны, была просто эталоном женской привлекательности. Правильное лицо, густые волосы, а фигура такая изящная, что хоть статую с нее лепи. Или для «Плейбоя» фотографируй. Грудь большая, бедра крутые, а талия тонкая и живота совсем нет. Не то что у нее...

Ульяна прекрасно слышала слова Ветра о том, что она старая, толстая и рыжая, и мысленно с ним согласилась. Да, она себя ощущала именно такой! Но если быть объективной, то неоспоримо только последнее: волосы Ульяны были медно-рыжими. Кстати, в юности она из-за этого страдала. Ей хотелось стать брюнеткой. Она даже просила у мамы разрешения перекраситься, но та не позволила. С возрастом Ульяна полюбила цвет своих кудрей, а вот их структура ей не нравилась. Мечталось о прямых и тяжелых волосах, собственные же вились и напоминали ржавые пружинки. Ульяна их постоянно заплетала в фигурную косу, чтобы не раздражали. А вот что делать с телесами своими, она не знала. Вернее, знала: вес надо сбрасывать. Но не получалось.

Когда Ульяна встречалась со своим последним избранником и последней же, а главное, самой большой своей любовью, она почти ничего не ела, чтобы похудеть, считая, что толстая женщина не может составить гармоничную пару такому блестящему мужчине. И ей удалось сбросить целых семь килограммов! Правда, радикально это на ее фигуре не отразилось, но все же Ульяна чувствовала себя немного увереннее. Однако стоило ей со своим кавалером расстаться, как килограммы вернулись, да еще и с плюсом, хотя девушка попрежнему ничего не ела — аппетита не было. Сказалось, видимо, изменение образа жизни. Раньше она то по квартире носилась, наводя порядок и чистоту к приходу любимого, то в магазин летала, то готовила, то выискивала в торговых центрах красивое нижнее белье. Да и сексом много занималась. Еще с собакой гуляла, которую потом пришлось отдать приятельнице, ведь псина внимания требовала, а Ульяне было не до нее. Целыми днями она валялась на диване и грустила да сидела за компьютером, вымучивая очередной роман, новую историю любви...

И Ульяна снова стала толстой. Это ее расстраивало сильнее всего остального. Даже больше того, что любовные романы уже не пишутся. А все потому, что Ульяна уверена — творческий кризис пройдет, а вот жир с ее боков никуда не денется. Уж такая у нее конституция. С детства она была упитанной, да и оба родителя в теле. Только им это не мешало быть счастливыми. Мичурины вообще не считали внешность чем-то значимым. По их мнению, главное в жизни — найти достойное применение своим талантам и не уронить чести семьи.

Семья у Ульяны такая, которую просто интеллигентной не назовешь. Ее мама с папой выходцы из таких именитых родов, что, если б не революция, Ульяна считалась бы очень завидной невестой. Пращуры ее были сплошь дворяне, да не какие-нибудь бездумные повесы и кокетки, а образованные мужи и серьезные матроны. Чтобы не уронить честь семьи, Ульяне пришлось окончить вуз, затем аспирантуру и заняться преподавательской деятельностью. Это считалось достойным. А вот работать в ресторане, по мнению родителей, нет. Потому Ульяна и не стала поваром. Хотя очень мечтала. В детстве она представляла себя в длинном фартуке и поварском колпаке, стоящей возле плиты, на которой что-то шкворчит и пышет паром. И как только ее стали подпускать к конфоркам и духовке, принялась готовить. Постоянно выдумывала какие-то блюда и кормила ими родителей. Те охотно пробовали, но, когда дочь заявила, что собирается поступать в кулинарный техникум, устроили Ульяне разнос. Никаких техникумов, а тем более — кулинарных! Только государственный университет, в котором учились все Мичурины, и приличная работа по его окончании.

Ульяна была послушной девочкой и не пошла наперекор родителям. Сделала так, как велели: забросив мечты о работе шеф-поваром, поступила в университет на юридический факультет. Решила: окончу, покажу маме с папой диплом и займусь тем, чем хочу. Но не тут-то было! Родители не позволили дочери загубить свою жизнь (формулировка была именно такой) и велели Ульяне поступать в аспирантуру. А то ишь, в милиции она работать собралась, ненормальная!

Когда Ульяне исполнилось двадцать пять лет, мама решила, что дочь пора выдавать замуж. Естественно, не за парня, с которым та встречалась втихаря от родителей. Разведенный инженер, проживающий вместе с матерью, не мог составить достойную партию дочери. К тому же он платил алименты на сына, и его отец был алкоголиком. В спешном порядке Ульяне нашли жениха (пока глупостей со своим разведенным инженером не натворила) — парня из очень хорошей семьи, образованного, прекрасно зарабатывающего, непьющего, здорового... И, что немаловажно, симпатичного.

Молодые люди, как ни странно, друг другу понравились. Ульяна, не страдавшая излишним романтизмом (вернее, искусно его в себе подавлявшая), прекрасно понимала, что в шалаше рая даже с милым не построишь, а ей хотелось иметь крепкую семью и такой же достаток. С парнем, предложенным родителями в качестве будущего мужа, она могла на это рассчитывать. Потому и вышла за него замуж.

Свадьба была роскошной (родители — и те и другие — постарались), а вот первая брачная ночь Ульяну разочаровала. До того секса у молодых не было, и новобрачная очень рассчитывала на бурю страсти. Но жених повел себя очень холодно. Чмокнул Ульяну в щеку, пожаловался на усталость и быстро уснул. На следующую ночь он, правда, этого не повторил. Поцеловал ее в губы и совершил половой акт, но длился он полторы минуты и не принес Ульяне никаких положительных эмоций. Она хотела об этом поговорить с супругом, но тот сразу по окончании повернулся на бок и засопел. И даже, по примеру многих мужчин, не спросил: «Тебе было хорошо, детка?» Похоже, ему было все равно...

Так продолжалось довольно долгое время, пока Ульяна, измучившись от собственной неудовлетворенности, не сообщила мужу, что такой секс ее не устраивает, в надежде, что они вместе найдут выход. Журналы почитают, фильмы посмотрят, к доктору сходят, если надо. Но супругу, как оказалось, было на потребности Ульяны начихать. Он сказал: «Для меня секс маловажен. Но если тебе его не хватает, я не против, чтобы ты нашла партнера на стороне».

Ульяна ему не поверила. Она считала противоестественным, что муж дает добро на измену жены, и решила: ее вторая половинка просто проявляет благородство. Поэтому терпела (хотя могла бы бегать к своему инженеру), надеясь рано или поздно разбудить в нем страсть. Ульяна покупала эротическое белье, духи с феромонами, диски с порнофильмами, устраивала для мужа сеансы эротического массажа и стриптиза. Иногда, садясь в машину, специально делала это так, чтоб супруг видел: на ней чулки, но нет трусиков. Все было бесполезно, страсти в нем она так и не разожгла. Но и совсем без секса супруг ее не оставлял. Два-три раза в месяц муж изъявлял желание. Причем не надевал презерватива, даже когда Ульяна просила (не всегда она отправлялась в постель трезвой — неудовлетворенность и скуку заглушала с помощью алкоголя). Муж очень хотел иметь детей и надеялся стать отцом в ближайшее время. А вот Ульяна планировала стать матерью чуть позже. Нет, сначала она тоже была не против рождения ребенка и не предохранялась, но, когда поняла, что в ее супружеской жизни все не так гладко, как ей бы хотелось, втайне от своей второй половины стала принимать таблетки. «Надо сначала проверить, уживемся ли, — решила Ульяна, — а потом уж детей рожать».

В остальном молодые супруги неплохо ладили. Жили отдельно, в купленной тещей и тестем квартире, где Ульяна была хозяйкой. Муж давал ей карт-бланш во всем, что касалось готовки и устройства быта. А еще он ее не напрягал. Свежего борща на обед не требовал, рубашки гладил сам и не заставлял сидеть с ним возле телевизора, когда показывали футбол.

Так почему же Ульяна чувствовала себя несчастной?

Молодые супруги отметили первую годовщину свадьбы, когда между ними пробежала черная кошка — из-за того, что Ульяна все не беременела. Муж стал заводить разговоры о том, что ей надо бы сходить к врачу, провериться, потому что сам он совершенно здоров, и если зачатие не происходит, дело в жене. Ульяна сначала просто отмалчивалась, потом принялась огрызаться, а как-то раз в лоб спросила: «Почему ты так хочешь ребенка? Мы еще молоды, успеем им обзавестись. Неужто тебе так отвратителен секс со мной? Похоже, ты им занимаешься только затем, чтобы я залетела!»

Супруг ничего не ответил. Но Ульяна по его глазам поняла, что попала в точку. «Просто муж меня не любит, — решила она. — Для него я удачная партия, только и всего. Возможно, так же, как я, надеялся проникнуться чувством к той, с кем заключил брак, но не получилось...»

Грустно было это осознавать, но Ульяна не стала распускать нюни. Родители ей давно твердили, что в браке главное не любовь, а общность интересов и взаимное уважение. Сами они друг к другу страстью никогда не пылали, но хорошо ладили и готовились отпраздновать жемчужную свадьбу.

Ульяна перестала пить таблетки и скоро почувствовала первый признак беременности — тошноту. О чем сообщила мужу. Тот так обрадовался, что презентовал Ульяне кольцо с красивым камнем, не став дожидаться подтверждения ее предположения. После чего уехал в командировку.

О том, что супруг ездит в другие города не

по работе, а по личным нуждам, Ульяна узнала случайно. Он выходил с домашнего компьютера в Интернет и однажды не закрыл окно — торопился на поезд. Так она выяснила, что ее муж — завсегдатай сайта секс-знакомств. Но самым ужасным было не это, а то, что искал он себе на нем не любовниц, а любовников.

Ульяна пересмотрела всю мужнину переписку и пришла в неописуемый ужас. Оказалось, что ее избранник готов на все ради секса с мужчиной. Даже платить за акт «любви» и ехать в другой город! То, что он назвал служебной командировкой в столицу, оказалось секс-вояжем к гей-парочке. Что они собирались проделывать с ее супругом, Ульяна так и не узнала — дочитать до конца их сообщение не смогла, ее затошнило.

А вот из переписки с другим адресатом (мужчиной взрослым, имеющим семью, но неспособным отказаться от своего пристрастия к молодым людям) узнала, что муж на ней женился только для того, чтобы заиметь наследника. А еще, чтобы отец с матерью отстали. «Старики» так замучили тридцатилетнего отпрыска требованиями обзавестись наконец семьей, что, когда родители нашли ему невесту, он не стал сопротивляться женитьбе. Тем более что баба ему понравилась. Понятно, что не как объект любви и страсти, а как человек. Умная, интересная, не истеричка, а главное — не повернутая на всяких романтических бреднях и довольно холодная внешне (бури, бушующие в душе Ульяны, не вырывались наружу, и тут тоже спасибо родителям — научили ее всегда держать себя в руках). С такой, как ему показалось, будет легко ужиться. В сексуальном плане тоже. Истинная леди не станет опускаться до того, чтобы требовать секса, а ему только того и надо.

Когда супруг вернулся из «командировки», Ульяна огорошила его известием, что она подала на развод. Он сразу встал на дыбы: с чего вдруг, какая вожжа ей под хвост попала? Ульяна ответила честно. Муж сначала, брызгая слюной, обругал ее за то, что сунула нос, куда не следует, а потом вдруг успокоился и даже повеселел. «Хорошо, что ты все узнала, — сказал он. — Я так устал скрывать от всех свои пристрастия...» Ульяна заверила супруга, что никому о них не расскажет, но жить с ним не будет. «Почему? — искренне удивился тот. — Мы же с тобой так хорошо ладим! И родители наши счастливы. А личную жизнь каждый может иметь свою. Ты подумай, как здорово, когда у супругов нет друг от друга тайн. Если ты сообщишь мне, что будешь ночевать у друга, я слова против не скажу. Даже с ребенком посижу... Кстати, ты сделала тест?» И тут Ульяна добила мужа: «Ребенка не будет. Мои подозрения не подтвердились. Я не беременна, просто гастрит обострился. И вообще, рожать от тебя я не буду!»

Они в тот день еще долго спорили, но мужу не удалось внушить Ульяне мысль о том, что это нормально, когда у жены есть любовники и у мужа тоже, но оба супруга искренне хорошо друг к другу относятся и любят своих детей...

Разведи их с первого раза, поскольку никаких материальных претензий супруги друг к другу не имели. Ульяна, естественно, имела крупный разговор с родителями. Рассказать им о том, что человек, которого те ей подыскали, имеет нетрадиционную сексуальную ориентацию, она не могла — обещала бывшему мужу. Единственный аргумент, который дочь смогла привести: не сошлись характерами. Мама с папой едва живьем ее не съели! Но Ульяна как-то вдруг осмелела и очень четко дала им понять: больше командовать собой не позволит. Родители решили, что дочка не в себе после развода, и на некоторое время оставили ее в покое.

Ульяна, окрыленная свободой (в родимый дом она не вернулась — сняла квартиру), завела отношения с молодым парнем, студентом пятого курса. Устав в браке жить без секса, она, что называется, дорвалась, буквально из постели не вылезала. Но за пару месяцев насытилась и поняла: ей нужно что-то другое. Возможно, любовь?

В ранней юности Ульяна часто влюблялась. То в одноклассников, то в ребят, занимавшихся в одной с ней цирковой студии. У нее здорово получалось крутить сальто на трапеции, и ее даже готовили к выступлениям, но когда родители узнали, что их дочурка в циркачки подалась, строго-настрого запретили ей тренировки. Пришлось из студии уйти. И с самым веселым клоуном распрощаться. А Ульяне он так нравился! Можно сказать, она была в него влюблена. Парень был удивительно обаятельный и рыжий-рыжий, как апельсин. Ему даже парик не приходилось натягивать и рисовать конопушки. Ульяна смотрела, как он смешит публику или жонглирует, и не могла сдержать умильной улыбки. И еще мечтательных вздохов: она очень хотела, чтобы рыжий клоун пригласил ее на свидание. Но девушка выглядела такой неприступной, что он так и не решился. А Ульяна, даже когда перестала ходить в студию, этого очень ждала. И продолжала мечтать об «апельсиновом» парне.

Вообще в жизни Ульяны пустые мечты и неразделенная влюбленность стали привычным явлением. Иной раз она увлекалась совершенно незнакомыми людьми. Бывало, увидит в транспорте симпатичного молодого человека и несколько дней только о нем и думает. Разведенный инженер был как раз из их числа. Ульяна повстречала его по пути на работу. Шла к университету, а ей навстречу попался мужчина. Не красавец, одет скромно, но что-то ее в нем зацепило. Ульяна весь день о нем грезила и по своей всегдашней привычке фантазировала. Вот завтра она опять пойдет на работу, а тут он... Они встретятся взглядом, и незнакомец скажет ей что-нибудь такое, что заставит ее остановиться (сцена воображаемого знакомства немного напоминала ту, что описал Булгаков в «Мастере и Маргарите»). Они познакомятся и больше не будут расставаться...

Естественно, на следующий день Ульяна объекта своих грез не встретила. Как и через день. Целую неделю он ей на глаза не попадался, потом она вновь его увидела. Только мужчина вновь прошел мимо. И так продолжалось в течение месяца. Однако Ульянин избранник все же решился заговорить. Чему немало поспособствовало то, что в тот день он оказался нетрезв (было Восьмое марта, и все поздравляли женщин-коллег). В общем, они познакомились. Не так, как в «Мастере и Маргарите», а скорее как в кино «Где находится нофелет?», но для Ульяны это было не важно, главное — мечта сбылась.

Молодые люди стали встречаться, но эйфорию испытывали только первое время. Потом началась проза жизни. Ульяна хотела, чтобы ей дарили цветы и милые сердцу пустяки (мелочь, а приятно), срывались из дома или с работы, ради встречи с ней, брали на себя часть ее проблем или хотя бы делали вид, что ее проблемы кого-то заботят, кроме нее. Ее же любимому хотелось одного — чтобы его понимали. То есть не требовали лишних трат на цветы и всякую ерунду, не заставляли менять свои планы, не обижались, когда он не может приехать и починить текущий кран. Кстати, на это сантехники есть!

И таким образом развивались все отношения Ульяны. Она слишком многого ждала от мужчин... Хотя, казалось бы, ничего запредельного не требовала: ни бриллиантовых диадем, ни серенад под балконом, ни клятв в вечной любви, ни обещания отдать свою почку, если понадобится... Но в любом случае никто ей не давал желаемого.

Пережив несколько неудачных романов, Ульяна впала в депрессию. Годы уходили, а она так и не познала настоящей любви. Не встретила такого мужчину, чтобы с ним было радостно и говорить, и молчать, чтобы сердца их в унисон бились, а без него мир был пуст, и чтоб ждать его появления, как глотка воздуха под водой...

Ульяну так переполняли мечты, что она попыталась писать любовные истории. Сначала коротенькие, потом все длиннее и длиннее, пока из-под ее пера (она писала от руки) не вышел полноценный роман. Ульяна отправила его в стол и принялась за второй. Писала-то ведь не для того, чтобы прославиться, — даже и не думала, что ее излитые на бумаге фантазии будут кому-то интересны, кроме нее, просто эмоциям требовался выплеск. А как еще их излить, если ни рисовать, ни лепить, ни сочинять музыку не умеешь? Только словами!

Когда романов в столе скопилось больше десятка, Ульяна решила отвезти некоторые из них в издательства. Она как раз поехала в столицу по работе и прихватила с собой три рукописи. На грандиозный успех не надеялась, просто хотела, чтобы кто-то оценил ее труд. И его оценили! Не сразу, конечно (в одном месте ее рукопись просто-напросто потеряли). Но спустя полгода, когда Ульяна уже и думать забыла о том, что когда-то бывала в московских издательствах, из одного ей позвонили. Редактор сказал, что ее роман произвел на него впечатление, и просил прислать еще несколько. Ульяна отправила ему все, что имела. И через неделю с ней снова связались. Редактор, на сей раз главный, сообщил, что издательство готово заключить с ней контракт. Особенно ему понравилось, что произведения Ульяны Мичуриной были не шаблонными, как и ее герои. В классических любовных романах они, как правило, оказывались сногсшибательно прекрасными: женщины роскошными самками с длинными ногами и пышной грудью, а мужчины брутальными, мускулистыми и сексуальными. Первые невинными, вторые искушенными. И искушенные, если не сказать, пресыщенные, естественно, теряли голову от невинных и вели их под венец. А как иначе, если барышни столь прекрасны? В произведениях же Ульяны Мичуриной каждая женщина могла увидеть себя. Ее героини были самыми обычными: какая-то страдала лишним весом или близорукостью, была мала ростом либо, наоборот, слишком высока, кто-то ни разу не имел серьезных отношений, а кто-то дважды разводился, некоторые были докторами наук, другие только окончили среднюю школу. Но на каждую женщину находился свой «принц»!

Ульяна заключила контракт с издательством, и уже через полгода ее книги появились на полках книжных магазинов. Как ни странно, романы сразу стали пользоваться популярностью, и молодая писательница поняла, что может зарабатывать на жизнь литературным трудом, что несказанно порадовало ее. Ульяне всегда хотелось работать дома, чтобы вставать, когда вздумается, ездить отдыхать, когда есть желание, начинать трудовой день, когда появляется вдохновение... И ни от кого не зависеть!

Ульяна уволилась с работы и посвятила себя литературе. Родители, конечно же, пришли в ужас. Но не только оттого, что их дочь променяла достойное занятие на сомнительное.

Когда она преподавала, ей шел стаж, и зарплата была стабильной. А что теперь? Официальный статус — безработная, с гонорарами обмануть могут. К тому же разве это почетно — писать ЛЮБОВНЫЕ РОМАНЫ (да еще подписываться своей фамилией, а не псевдонимом)? Разве престижно работать в столь низкопробном жанре на потребу изнывающих от скуки разведенок? Ульяна очень оскорбилась. Заявив, что низкопробных жанров не бывает, а есть лишь такие писатели. Напомнив, что сама является скучающей разведенкой, она велела родителям не вмешиваться в ее жизнь. «Либо вы принимаете меня такой, какая я есть, либо мы перестаем общаться, — отрезала дочь. — Да, мне будет тяжело, потому что вы — моя семья, и я люблю вас, но больше не позволю вам собой командовать. Хочу жить так, как хочу я, а не вы... И точка!»

Родители, как ни странно, смирились. Или просто сделали вид. Однако давление на Ульяну прекратилось, и она в кои-то веки почувствовала себя свободной.

Год Ульяна жила как в раю. Ее даже не очень угнетало одиночество. В нем тоже был свой плюс, ведь ей никто не мешал творить. Самой себе она напоминала героиню давнишнего голливудского фильма «Роман с камнем» — неустроенную, немного забитую писательницу, живущую полной жизнью не в реале, а в воображении и, как следствие, на страницах своих книг. Но это не очень ее расстраивало. Тем более всегда была надежда на то, что и на ее горизонте появится обаятельный авантюрист с внешностью Майкла Дугласа, который положит конец рутине и покажет ей новый, полный страсти и приключений мир.

За год Ульяна умудрилась написать четыре новых романа и войти в пятерку самых продаваемых авторов. Вдохновение не покидало ее ни на день. Она изливала на бумаге свои мечты о любви до тех пор, пока... Пока не полюбила по-настоящему!

Случилось это неожиданно. Ульяна завела себе пса (породы шпиц: рыжего, маленького и лохматого), с которым дважды в день гуляла. И вот как-то вечером она сидела на лавке возле подъезда, и тут к нему подкатила шикарная машина, из которой буквально вывалился какой-то мужчина.

— Девушка! — хрипло прокричал он. — У вас, случайно, водички нет?

У Ульяны водичка была. Она всегда, отправляясь на прогулку с псом, брала с собой бутылочку минералки (в последнее время Ульяна опять стала набирать вес — сказалась перемена образа жизни, и, чтобы сбить аппетит, она много пила). Ульяна протянула ее незнакомцу, отметив про себя, что тот чертовски привлекателен. Высок, строен, русоволос, голубоглаз, а на подбородке ямочка. Но это еще не все. Одет он был не в джинсы и куртку, а в костюм и белоснежную рубашку. И машина у него была не какая-нибудь, а «Бентли». Такие мужчины обычно обращали на Ульяну внимание только в том случае, если им что-то от нее было нужно. Поэтому она ни на что не надеялась, когда протягивала красавцу бутылку. Но незнакомец, сделав несколько жадных глотков и отдышавшись, воскликнул:

— Вы спасли меня, прекрасная леди, спасибо!

То есть не просто поблагодарил, а отвесил комплимент.

— Не за что, — хмыкнула Ульяна. — А вы что же, от жажды умирали?

— Хуже! Таблетку в рот закинул, но проглотить не смог — в горле застряла. Чуть не задохнулся! Хорошо, что вы мне попались... — Он лучезарно улыбнулся. — Кстати, меня Юрой зовут. А вас?

— Меня Ульяной.

Дом, в котором она снимала квартиру, был не престижным. Более того, в нем в больших количествах обитали личности весьма сомнительные. Ульяна давно могла поменять место жительства, но ей нравился район, и квартирку она обжила, вот и оставалась здесь. Но таким принцам, как Юра, в их дворе делать было нечего. Да, иногда заезжали к ним люди на хороших машинах, но чтоб вот на таком чуде британского автопрома — никогда!

— А вы тут какими судьбами? — полюбопытствовала Ульяна.

— Я к старому другу приехал, он через дом живет. В армии когда-то вместе служили, но судьба развела... — Юра показал Ульяне пакет из супермаркета. — Друг попивает, и чтобы он не умер с голоду, я привожу ему продукты. Еще за квартиру плачу, чтоб его не выселили, ну и так просто проведываю. А недавно он сильно простыл. Так хорошо, что я навестить его решил — вовремя в больницу доставил...

— Какой вы молодец!

— Да ладно вам, любой на моем месте поступил бы так же. Дружба — это святое!

После чего они распрощались, и Юра забрался в салон своего роскошного авто. Но перед тем как скрыться, спросил у Ульяны номер телефона. Та продиктовала. И уже на следующий день Юра позвонил!

На свидание он пригласил ее не в ресторан, клуб или кино. А повез в лес. Велел ничего не бояться и обещал сюрприз. Сюрпризом оказались невероятно огромные ландыши, росшие на живописнейшей поляне. Ульяна с Юрой собирали их до заката, а потом, когда стемнело, жгли костер и жарили сосиски. «Я так устал от пафоса богатой жизни, — с некоторой грустью говорил он. — Меня тошнит от гламура, а особенно — от гламурных телок. Им известно только слово «дай». Причем забота и любовь не в цене. Им нужны меха, бриллианты и машины. Да, я могу все это им дать, и давал, но мне неинтересно все это. Хочется искренности чувств и естественности. Знала бы ты, как я мечтаю, чтобы девушка, красивая от природы, а не искусственная, с накладными волосами, ногтями и грудями, стала моей. И не за что-то, а по любви...»

Ульяна, слушая его, млела. Ведь она видела, как Юра смотрит на нее. И понимала: говоря о природной женской красоте, он думает о ней.

В то первое свидание они даже не целовались. Юра вел себя как истинный джентльмен, и Ульяну это восторгало. Ведь он, в отличие от ее бывшего супруга, не домогался ее не потому, что не хотел. Наоборот, совершенно определенно хотел — она почувствовала его желание во время танца под луной, но сдерживал себя. Ему нужен был не быстрый секс, а серьезные отношения.

Через неделю они снова встретились, и на сей раз Юра не сдержался. Накинулся на Ульяну с такой страстью, что она не устояла и отдалась ему прямо в «Бентли» (они снова поехали любоваться природой). После более чем удовлетворительного акта любви, Юра отвез Ульяну домой. Но уехал не сразу, сначала написал мелками на асфальте «Ты самая лучшая!». После чего позвонил Ульяне и велел выглянуть в окно. Прочитав надпись, она счастливо рассмеялась, а про себя подумала: «Нет, это ты самый лучший! И всем киношным героям до тебя, как до Луны...» Послала ему воздушный поцелуй и отправилась в кровать.

Но уснуть долго не получалось — большое счастье столь же способствует бессоннице, как и горе. Ульяна вспоминала каждое мгновение, проведенное с Юрой, смаковала, как самый изысканный десерт. А еще мечтала. Мечтала о том, как они поженятся, заведут детей и заживут так же здорово, как герои ее книг...

В общем, Ульяна полюбила. Да так, что резко поглупела, и книга, которую она писала тогда, получилась совершенно идиотской: излишне сентиментальной, пустой, шаблонной. Редактор, прочитав ее, пришел в ужас и велел срочно переделать. Но Ульяне было не до работы — Юра пригласил ее отдохнуть у моря. Да не у какого-нибудь Карибского, Средиземного или Красного, а у родного Черного. Сказал: надоели эти фешенебельные курорты, хочется молодость вспомнить. И они отправились в Краснодарский край на машине. Только не на «Бентли», а на стареньком «Мицубиси-Паджеро».

Отдохнули прекрасно. Жили в кемпинге, пищу готовили на мангале, вино покупали не в дорогих магазинах, а на местном рынке. Ульяна вернулась домой счастливой-пресчастливой! Поэтому известие о том, что, если она не пришлет в срок переписанную книгу, с ней расторгнут контракт и заставят заплатить неустойку, ее даже не расстроило. Подумаешь, проблема! Теперь у нее нет необходимости фантазировать о любви, как и думать о деньгах — ее избранник даст ей и любовь, и деньги. Но Ульяна была слишком ответственной, чтобы наплевать на свои обязательства. Книгу с горем пополам переписала и отправила рукопись в положенный срок.

А через две недели ее мир перевернулся! И случилось это так...

Ее пес захотел мороженого, его в доме не оказалось (шпиц обожал определенный сорт, и даже когда видел по телевизору рекламу любимого лакомства — скулил), Ульяна вечером побежала в круглосуточный мини-маркет. Народу в магазинчике почти не было, всего одна покупательница, знакомая продавщицы. Когда Ульяна подошла к прилавку, девушки увлеченно беседовали.

— Что у тебя за колечко? — спросила приятельницу продавщица.

— Юрик привез из Африки. Он месяц назад ездил туда на сафари с друзьями. Вот сувенирчик мне приволок. Дорогой, между прочим.

— А так и не скажешь.

— Ну и понятно — не скажешь. Юрасик у меня ведь парень с выдумкой. Золото да камни дарить не любит.

Ульяна смотрела на кольцо и не верила своим глазам: она же сама помогала Юре его выбирать. Они зашли в какую-то сувенирную лавчонку, где увидели оригинальные украшения в африканском стиле. Юра сказал, что хочет купить несколько колечек в подарок своим знакомым женщинам, потому что всем наврал, что едет с друзьями на сафари в Африку. «Ведь не поверят, — улыбнулся он, — что в Краснодарский край с любимой женщиной...»

— Простите, — подала голос Ульяна, — я могу задать вам вопрос?

Счастливая обладательница «дорогого» сувенира (на самом деле колечко стоило около ста рублей) благосклонно кивнула.

— Вашего мужа зовут Юрой?

— Пока еще не мужа — жениха.

— Живете вы в каком доме?

— В пятом.

Ульяна жила в девятом, как раз через дом.

— А ваш Юра на какой машине ездит?

— На «Бентли», — гордо ответила девушка.

«Таких совпадений не бывает!» — подумала Ульяна, но ей так не хотелось верить очевидному, что она задала еще один вопрос:

— Он высокий, стройный, с ямочкой на подбородке?

— Да-а-а, — удивленно протянула девушка. — А вы что, знакомы?

Ульяна мотнула головой и убежала из магазина. О том, что пришла за мороженым для пса, даже не вспомнила!

Всю ночь она промучилась, а утром решила поговорить с Юрой начистоту. И позвонила ему. Но любимый трубку не взял. Такое случалось. Если Юра бывал занят, то на звонки не отвечал. Ульяна всегда относилась к этому с пониманием. Работа есть работа, разве можно от нее отвлекаться? Но сейчас подумала: а работа ли? Что, если он сейчас у той, другой?

«И ведь как убедительно врал! — продолжала изводить себя Ульяна. — С какой выгодой для своего имиджа! Про друга наплел, которому помогает, а оказывается...»

Ульяна расплакалась. Успокоившись, собралась и вышла из дома. Миновав соседнюю двенадцатиэтажку, остановилась возле той, что под номером пять. Знакомого «Бентли» у подъезда не увидела, но не успокоилась. Ей так хотелось поскорее выяснить ВСЮ правду о Юре, что она не поленилась и отправилась в центр города, где располагалась его контора.

О том, что любимый владеет компанией «Злато-Серебро», она узнала случайно. Увидела в его машине кипу рекламных проспектов и столько же визиток на имя ее генерального директора Юрия Степановича Сидорова. В офис «Злата-Серебра» она и направилась.

«Бентли» Ульяна заметила издали. Авто подкатило к крыльцу офисного здания и остановилось. Из машины выпрыгнул Юра. Ульяна хотела уже помахать ему рукой, чтобы привлечь к себе внимание, но тут оказалось, что в салоне есть еще кто-то. Причем на заднем сиденье, и перед пассажиром Юра распахивал дверцу.

Выбравшийся из «Бентли» господин хлопнул Юру по плечу и бросил: «Жди, через полчаса в мэрию поедем!» Любимый в ответ кивнул. Да так подобострастно, что Ульяне стало все окончательно ясно. Никакой Юра не миллионер! Он водитель.

— Ульяна? — донесся до ее ушей удивленный возглас. — Ты зачем тут?

Это Юра наконец увидел ее и, естественно, испугался.

— Тебя отвезти домой? — предложил он. — У меня как раз есть полчаса, а потом меня в мэрии ждут...

— Тебя? — горько усмехнулась Ульяна.

— Да, конечно, а кого еще?

— Быть может, твоего хозяина? Юрия Степановича Сидорова?

— Я и есть Юрий Сте...

— Покажи права.

Юра сразу стушевался. Опустил глаза, замолк.

— Зачем, Юра? Или как там тебя...

— Юра, Юра, — раздраженно ответил он. — Мы с начальником тезки.

— Так зачем, тезка начальника, ты врал?

— Ты же умная баба, чего спрашиваешь?

— Да нет, я дура, раз поверила тебе... Сейчас все очевидно! У тебя ни часов дорогих, ни запонок, ни ручки. Продукты ты покупал в обычном магазине. Мы никогда не были в ресторане или театре. Даже человек, уставший от атрибутов богатой жизни, хоть раз пригласил бы девушку в приличное заведение. И напоил бы не молдавским, а французским вином...

— Вот этого вам всем и надо! Вина, ресторанов! И мужика на «Бентли»! Да чтоб не водитель был, а владелец! — взвился Юрий.

— Мне все равно, на чем ездит мужчина. Хоть на велосипеде.

— Да ладно врать-то!

— По вранью ты — спец, не я! Мне безразлично, каково благосостояние моего партнера...

— Поэтому ты вышла замуж не за инженера, а за менеджера высшего звена? — насмешливо спросил Юра. Он знал о перипетиях личной жизни Ульяны — она выболтала ему сама. — Все вы, бабы, одинаковые!

— И правда... — тихо вздохнула Ульяна, вспомнив вторую «жертву» Юры. — Все — дуры!

И ушла.

А ночью, когда ворочалась в постели без сна, поняла, что не сможет больше писать романы о любви. Потому что не верит в нее. Значит, надо искать себя в каком-то другом жанре. Например, приключенческом или детективном...

Так думала Ульяна тогда. Теперь же ей вдруг пришло в голову, что хорошо бы написать книгу о женских ошибках. Сама она, конечно, не столько их за жизнь совершила, чтобы называть себя экспертом, но все же опыт имеет. По крайней мере, главу «Не доверяй проходимцам на «Бентли» она напишет исходя из собственного опыта. Остальные — опираясь на чужой. Женин, например. Вчера, когда они готовили салат, Бабуся пожаловалась Ульяне на свою мягкотелость. И если учесть, что красавица и умница Евгения не замужем, значит, потакание мужским капризам тоже женская ошибка...

— Барином любуешься? — услышала Ульяна за спиной насмешливый голос.

Конечно же, это к ней подошла Диана. Мичурина спокойно ответила ей:

— Нет, Женей.

— О, ты, оказывается, лесби!

— Нет, я традиционной ориентации, но у меня сильно развито чувство прекрасного, поэтому я могу любоваться и женщинами, не испытывая к ним сексуального влечения.

— Ты находишь Бабусю красивой? — ревниво спросила Диана.

— Да.

— А меня?

— У тебя очень выразительные глаза и прекрасные волосы, — сказала Ульяна. На ее взгляд, только это и было в невесте Марка привлекательным. Уж как Мичуриной хотелось похудеть, но если бы ей пришлось выбирать между своим телом и Дианиным, она бесспорно выбрала бы свое. — Всегда мечтала иметь вот такие тяжелые, отливающие синевой волосы...

— Я их крашу, — заметила Диана.

— А на самом деле твои волосы какого цвета?

— Седые.

— Да брось! Тебе лет двадцать пять, не больше!

— Мне двадцать два, но это не имеет значения. — Диана нервно хлопнула себя по карману джинсов. — Черт, где мои сигареты? А, вот они... — Она достала пачку, вытряхнула из нее сигарету и сунула в рот. Прикуривая, спросила: — А ты знаешь, что твоя любимица убийца?

— Ты о ком?

— О Бабусе!

— Диана, может, хватит? Сначала ты голословно обвинила в убийстве Егора, теперь Женю... Зачем?

— Барина я просто злила. Надеялась согнать с его физиономии постное выражение. Но его ничем не проймешь!

— И ты решила переключиться на Женю? Не думала я, что ты так не уверена в себе...

— Чего? Я? Не уверена? — Диана зло сощурилась. — То есть ты тоже считаешь, что я ревную к ней Марка?

— А разве нет?

— Конечно, нет! — фыркнула девушка. Но Ульяну не убедила. — Просто я вчера кое-что узнала о ней... О них с Дроздом.

— О том, что они когда-то встречались?

— Встречались? Да Бабуся была гражданской женой Дрозда!

— Даже так?

— Да. Они вместе жили и... — Диана выдержала паузу. — И она забеременела от него!

— И что же произошло? У нее вроде нет детей... Выкидыш?

— Нет, он отправил ее на аборт. С тех пор она бесплодна.

— Бесспорно, очень трагичная история, но я не думаю, чтобы Женя озлобилась настолько...

— Вот именно — озлобилась настолько, что решилась на месть! — закончила за нее Диана. — Я слышала, как она кричала на Дрозда: «Ты убил моего ребенка! Убил во мне женщину! И за это я когда-нибудь убью тебя!»

— Ты собираешься рассказать об услышанном милиции?

— Конечно, — без всяких колебаний ответила девица. И добавила со смешком: — Выполню свой гражданский долг.

— Сомневаюсь, что Марк одобрит твой поступок.

Диана помрачнела и пробормотала:

— Блин, я об этом не подумала...

— К тому же мы все договорились давать одинаковые показания.

— Я ни с кем ни о чем не договаривалась! Но, возможно, я и промолчу... С Марком-то ругаться неохота... — задумалась Диана... И, грациозно поднявшись, направилась к дому.

Ульяна же осталась на берегу. Ей хотелось поплавать, но было лень переодеваться в купальник.

— Ульяна, иди сюда! — прокричала Бабуся. — Вода такая хорошая, хоть побродишь!

Мысль побродить показалась удачной. Ульяна поднялась и зашагала к морю.

— Зачем к тебе змея подползала? — спросила Женя, когда Ульяна оказалась рядом с ней. — Я Диану имею в виду...

— Пошипеть да ядом плюнуть.

— Ничего другого от нее ожидать не приходится, — кисло улыбнулась Евгения.

— Хочу предупредить тебя, Женя, о том, что Диана стала свидетелем твоего вчерашнего разговора с Иваном.

— Так вот откуда она узнала, что мы когда-то были вместе!

— Да. А еще она слышала твои угрозы ему.

— Что именно она слышала? — напряглась Диана.

— Дословно: «Ты убил моего ребенка. Убил во мне женщину. И когда-нибудь я убью тебя».

Женя обессиленно опустилась на песок.

— Мне конец, да? — тихо спросила она. — Свидетельство Дианы меня погубит, ведь алиби я не имею...

— Не думаю, что она будет против тебя свидетельствовать.

— Еще как будет!

— Марк ее за это по головке не погладит.

— Если он ей поверит, то не станет мешать. Он законопослушный. И до неприличия правильный. Наверное, именно поэтому выбрал Диану... Как известно, противоположности притягиваются.

— Она сказала правду?

— Увы... — И, уронив голову на согнутые колени, Женя добавила: — Я действительно угрожала Дрозду. Но ведь просто на словах!

— Хочешь об этом поговорить? — спросила Ульяна.

Бабуся ответила не сразу. Вздохнула горько, тягостно помолчала и только после этого заговорила:

— Я звала его Лордом. Он казался мне таким благородным, что имя Иван, по моему мнению, ему совсем не подходило. Я любила его и мечтала выйти за него замуж. Но Лорд не делал мне предложения и твердил, что не хочет иметь детей. Однако я забеременела. Не специально, так получилось, но я очень обрадовалась! И думала, что Иван если и не разделит мои эмоции, то хотя бы смирится со случившимся. Но он настаивал на аборте. Я отказалась его сделать...

— Тогда почему Диана сказала, что Дрозд отправил тебя на аборт?

— Он уговорил меня... Сказал, что ему нельзя иметь детей из-за плохих генов: отец, мол, шизофреник с преступными наклонностями.

— Какой ужас! Тогда от него действительно нельзя было рожать.

— Я тоже так решила и отправилась в больницу. От ребенка избавилась, но и способность иметь детей потеряла. Иван поддерживал меня как мог. Я была ему за это благодарна, но... Любовь ушла, и я поняла, что мы больше не должны быть вместе. Мы расстались по-хорошему.

— Давно?

— Несколько лет назад. И вновь встретились только вчера. Все потому, что Иван являлся сюда в будние дни, а я по выходным.

— А ты знала, что он бывает в «Ветродуйке»?

— Нет. Слышала от ребят о каком-то Дрозде, но не думала, что речь идет о моем Лорде. По институту я его совсем не помнила. Лишь Марка (он уже тогда мне нравился) и Славку, главного артиста нашей команды КВН.

— И что ты почувствовала, когда его увидела?

— Ничего. Я не держала на него зла, ведь он сразу сказал мне, что не хочет детей. Конечно, мог бы сразу объяснить почему, я бы осторожнее была, но кому приятно признаваться в том, что ты появился на свет от психически больного человека...

— Тогда я ничего не понимаю, — растерянно протянула Ульяна.

— Так я ж еще не дорассказала... Ты спросила, что я почувствовала, когда увидела Ваню, и я ответила.

— А почему вы сделали вид, что незнакомы?

— Честно? — Женя подняла голову и посмотрела Ульяне в глаза. — Мне было стыдно признаваться, что тот, кого ребята так презирают, был моим мужчиной. Поэтому и сделала рожу кирпичом. Ваня последовал моему примеру.

— Но потом вы все же решили поговорить?

— Мы столкнулись в доме... — Бабуся тряхнула головой. — Вернее, было не так, совсем не так! Я ушла в дом и легла отдохнуть. Окно было открыто, и я услышала разговор Марка и Славы. Они обсуждали Дрозда... И я узнала из их разговора, что у Иванушки есть отец. Причем не приемный, а родной, который вырастил его. Ребята его знают, потому что тот работал сантехником в институте. Дрозд очень его стыдился и скрыл бы свое родство с «говенщиком» (именно так он отзывался о папаше), если бы не их внешнее сходство.

— Значит, папа-шизофреник...

— Выдумка! Иван сочинил ту историю, желая во что бы то ни стало избавиться от ребенка!

— Но почему?

— Ему дети не нужны.

— Но ты же не заставляла его жениться на себе или, когда родишь, признать отцовство, так?

— Конечно, нет. Но Иван никому не доверял. Он считал, что кругом одни подлецы и стервы. Был уверен, что обязательно придет время, когда я потребую у него алиментов. А еще хуже другой вариант — мой ребенок, когда вырастет, найдет его и призовет к ответу.

— Дрозд сам так тебе сказал?

— Да. Я позвала его в дом для разговора, и он все это мне выдал. Вот тогда я и стала осыпать его проклятиями...

— Но ты не собиралась претворять в жизнь свои угрозы?

— Естественно, нет. Я, как и ты, не способна на насилие. Более того, я до противности безобидна и незлопамятна. Ничего не поделаешь, наследственность: в нашей семье все женщины такие. — Женя тяжело вздохнула. Затем встряхнулась и сказала решительно: — Ладно, хватит нюни распускать! Пойду, как и Барин, катнусь. Ветер, смотрю, хороший.

Бабуся пошла в дом, чтобы переодеться,

сказав в общем-то правду. Но тот факт, что ее безобидная и незлопамятная мама едва не убила своего мужа, оставила при себе. Зачем кому-то знать об этом? Ведь мать только ударила его бутылкой по голове — тот требовал выпивки полночи: орал во все горло и колотил кулаком в стену, а когда мама принесла бутылку, оказалось, что не ту, надо было не водку, а портвейн. Но когда по отцовскому лбу потекла кровь, она оказала ему первую помощь. А могла бы оставить его умирать, сказав потом, что сам расшибся. Ей бы поверили...

Женя много раз думала о том, что сама сделала бы именно так. Начатое (если уж ты на это решилась) нужно доводить до конца!

Глава 5

Сергей, почувствовав нестерпимую боль в паховой области, поднялся на ноги и бросил ребятам:

— Я в дом, таблетку выпью.

— Голова болит? — сочувственно спросил Марк.

— Немного...

На самом деле голова у Ветра не болела вовсе. Он был из породы тех счастливцев, кто не знал, что такое головная боль. Он не реагировал на магнитные бури, не страдал перепадами давления, с бодуна только много воды пил да мучился изжогой. Спина, правда, часто болела, но ведь после неудачного падения со сноуборда. Бывало, ноги ныли или руки, так и этому виной кайтинг. Как-никак экстремальный спорт, а не шахматы, то одну конечность повредишь, то другую, а иной раз и головой приложишься о борд. Потом так ломает, что трудно с кровати встать.

Но та боль, которую он испытывал в последнее время, была иного рода. Во-первых, она не пульсировала, а раздирала внутренности, во-вторых, со временем не притуплялась, а совсем наоборот: набирала силу, становилась злее, беспощаднее. Заглушить ее можно было только самыми сильными анальгетиками. Ветер никому не говорил о своих страданиях. Знал, что друзья начнут гнать его к врачам, а он идти в больницу не желал. Хотя и сам понимал, что надо, но все откладывал и откладывал. Он боялся! Боялся страшного диагноза — рак. Почему-то ему казалось, что у него именно рак предстательной железы. Как расплата за сексуальную невоздержанность в те далекие дни, когда жизнь его не имела смысла, а существовал он только ради страшной жажды удовольствий.

Зайдя в дом, Сергей бросился в кухню, где в холодильнике хранились таблетки. Распахнув дверцу, схватил с полки пузырек, рывком сорвал крышку и закинул в рот сразу две капсулы. Ветер знал, что подействуют они не раньше, чем через десять минут, и ему придется терпеть раздирающую боль все это время. Чтобы оно скорее пролетело, налил себе водки и выпил без закуски. Сегодня он принял уже изрядно, но совсем не опьянел. Это было и хорошо, и плохо. Хорошо, потому что разбираться с ментами на трезвую голову как-то сподручнее, а плохо, ибо Ветру хотелось немного забыться, но не получалось...

Все утро перед его взором всплывали две картинки. Первая: лежащий на песке мертвый Дрозд. Вторая: «двойное дно» кайтборда, заполненное алмазами. Они были сероватые, невзрачные, совсем не блестящие, но все равно притягивали взгляд. Ветер, когда Дрозд отодвинул падсы, смотрел на них, не отрываясь, а в уме все крутилась и крутилась мысль о том, что горсти неприметных камушков хватит на то, чтобы построить еще одну станцию. Или переоборудовать эту: расширить и закупить новое снаряжение. А еще, возможно, открыть юношескую школу кайтинга — Ветер давно мечтал о ней, но все откладывал, говоря себе: еще успею, успею...

— Сережа! — услышал он оклик. — Сереж, ты где?

Ветер узнал голос Бабуси и выглянул в коридор.

— Чего? — спросил он, изо всех сил стараясь не морщиться от боли.

— Я хочу немного покататься, но нога разнылась. Не дашь повязку?

Сергей объяснил, где ее взять, Женя ушла.

В их компании не было ни одного не травмированного человека. Каждый прошел через переломы, разрывы связок, серьезные вывихи, а чаще случалось и то, и другое, и третье вместе. Бабуся не являлась исключением. В прошлом году, выполняя прыжок, она неудачно приводнилась и сильно повредила ногу. А потом, смеясь, говорила, что их клуб никакая не «Ветродуйка» и уж тем более не

«Братство Ветра», а «Костоломка» или «Общество инвалидов».

Ветер посмотрел на часы и отметил, что с того момента, как была вызвана милиция, прошло полчаса. «Скоро приедут», — сказал он себе и начал мысленно давать показания стражам правопорядка. Но дойти до конца не смог — отвлекала боль, которая хоть и притупилась, но совсем не ушла, мешала ему сосредоточиться. Ветер ежеминутно прислушивался к себе, ожидая сладостного момента, когда станет совсем хорошо.

— Сереж, я не нашла! — услышал он голос Бабуси. — Там, где ты сказал, повязки нет.

— Ну, тогда не знаю...

— Пойду в своей аптечке эластичный бинт возьму.

— Жень, уймись, а? Менты с минуты на минуту приедут, ты все равно не успеешь в море уйти.

— А вдруг успею? — возразила она. — А то силушки нет терпеть это томительное ожидание...

И убежала. Ветер смотрел ей вслед и думал о том, что Бабуся уж очень нервничает. Будто чего-то опасается...

— Ветер, ты где там застрял? — донеслось с улицы.

Сергей узнал голос Марка и откликнулся:

— Иду.

Он вышел на крыльцо. Штаркман стоял внизу и, сделав из ладони козырек над глазами, смотрел на дорогу. Вздохнул, констатировав:

— Машин не видно. Может, позвонить, узнать, когда менты выехали?

— Марк, расслабься, а?

— Не могу. Быстрей бы уж все прошло...

— Я хочу того же, но, как видишь, не дергаюсь.

— Пойду, что ли, съем чего-нибудь, — проговорил Марк. — Осталось еда в чайхане?

— Да, там полно всего. Только в банках — лечо, огурчики, грибы. Хлеб есть, фрукты. А нормальную жрачку мы вчера уплели.

— Нормальной жрачки мне как раз не надо — в глотку не полезет. А вот солененького съем с удовольствием, а то давление упало.

И ушел. Ветер заметил, что на дороге, ведущей к станции, появились две собаки. Они трусили со стороны базы Юргенса, лениво погавкивая друг на друга. Этих псов Сергей хорошо знал и всегда видел их вместе. Они были бездомными, но никогда не оставались голодными (по крайней мере, в сезон). Умные дворняги «гастролировали» по окрестностям, останавливаясь то в «Ветродуйке», то у Юргенса, а иногда добираясь и до отдаленных кемпингов.

— Джек! — позвал Ветер одного. — Джек, иди сюда!

Пес, заслышав оклик, радостно затявкал. Второй, прозванный Потрошителем, присоединился к другу.

— Ко мне, ребята, я вам пожрать дам!

Ветер пошел в дом, чтобы вынести собакам вчерашний плов и заветренную колбасу, зная, что Джек с Потрошителем не побрезгуют чуть подкисшей едой. Взяв пакет, заспешил обратно, ведь псы, привыкшие к тому, что хозяин к ним милостив, могут и в дом забежать, нанести грязи.

Но зря Сергей беспокоился. Собаки даже не приблизились к бунгало. Остановились возле ворот и, беспокойно шевеля ушами, нюхали землю. Покойника почувствовали, понял Ветер.

— Джек, Потрошитель! Ко мне!

Но те только погавкали в ответ, оставаясь на месте. По всей видимости, были сыты.

— Ну и фиг с вами, — пробурчал Сергей и хотел было уйти в дом. И тут увидел, что Потрошитель, прозванный так за то, что обожает хватать зубами тряпки, пакеты, обувь и трепать их, вцепился в край простыни, которой было накрыто тело Дрозда, и дернул ее на себя. — А ну, пшел! Фу! — рявкнул Ветер.

Но пес с довольным рычанием оттащил простыню в сторону, видимо, собираясь изгрызть ее и извалять в грязи.

Выругавшись сквозь зубы, Сергей бросился к воротам. Потрошитель, завидев его, пулей понесся прочь. Однако добычу из зубов не выпустил. Джек припустил за ним.

— Вот черти! — выдохнул запыхавшийся Ветер, поняв, что догнать псов не удастся. — Прибегите еще ко мне... Получите по наглым мордам!

Сергей сорвал с себя футболку и направился к телу, подумав, что хотя бы лицо Дрозду накрыть надо, чтобы мухи не садились. А потом он сходит в дом за новой простыней...

Вдруг внимание Ветра привлекла одна деталь. Утром не обратил внимания, а вот теперь бросилось в глаза. Он посмотрел на Дрозда и сразу подумал: «Где медальон?» Насколько Ветер помнил, вчера на груди Ивана болтался шнурок с серебряной подвеской, который ему когда-то подарила на день рождения Надя. Никто, кроме нее, поздравлять именинника не желал, даже Славка от него отвернулся, но невеста Егора жалела Иванушку и была ему благодарна за то, что тот привел ее в команду КВН, вот и угрохала половину стипендии на презент. Тогда серебряная побрякушка казалась им всем шикарной вещицей. Но Дрозд, конечно же, возрадовался ей не из-за цены. Подари ему Надя хоть бусы из макарон или браслет из проволоки, он нацепил бы и их. И носил бы с радостью.

Егор, помнится, сильно на Надю рассердился. Они даже поссорились впервые за многие месяцы отношений. Баринов настаивал на том, что просто приятелям дарят что-то чисто символическое, а дорогие украшения только тем, к кому питают определенные чувства. Надя сначала смеялась, поскольку Егор, похоже, ревновал, а ей это казалось забавным, но, когда тот распалился, она его очень резко осадила. Мол, какие подарки дарить приятелям, ее личное дело, а если Егор ей не доверяет, то, значит, не любит, поскольку любви без доверия не бывает. Надя была девушкой хоть и мягкой, но за себя постоять умела. За что ее Егор и любил. Да еще за васильковые глаза. В остальном-то Надя — вполне обыкновенная и совсем не красавица. А вот за что ее любил Дрозд, Ветер не знал. Да и не думал, что тот питает к Наде столь серьезные чувства. Считал, что Ваня по молодости был влюблен в однокурсницу и мечтал о романе, но когда не получилось, продолжал ухаживать за ней из упрямства — Дрозд им славился. Потом же, когда стало ясно, что Надежды он не добьется, ибо она вышла замуж за Барина, вел себя благородно из простого позерства. Разве не забавно поиграть для разнообразия в благородство?

Но теперь, по прошествии многих лет, Ветер понял, что тогда ошибался. Дрозд в самом деле любил Надежду и все последующие годы не забывал. А иначе зачем носить, не снимая, подаренный ею медальон? Сергей еще в первый приезд Дрозда обратил на него внимание и подивился. А уж как, наверное, был поражен Егор, заметив знакомый знак Зодиака на Иванушкиной груди...

И вот Надин подарок исчез. Слетел с шеи во время падения и затерялся в песке? Скорее всего. Ветер присел на корточки и стал всматриваться в серые крупинки песка, но тут его окликнули:

— Ветер, ты чего там потерял?

Вздрогнув от неожиданности, Сергей обернулся. У ворот стоял Штаркман. В каждой его руке было по маринованному огурцу, от которых он попеременно откусывал. В любви к соленому они были с Барином схожи, только Егор предпочитал рыбу, а Штаркман овощи. За раз запросто мог слопать литровую банку помидоров или огурцов. И молочком запить! Желудок у Марка был железный.

— Ты видел вчера на шее Дрозда медальон? — вопросом на вопрос ответил Ветер.

— Тот самый, Надин?

— Конечно.

— Он пропал.

— Пропал и пропал... — пожал плечами Марк.

— Считаешь, это ничего не значит?

— Конечно, нет. Медальон ценности не имеет, а значит, убийце не было смысла срывать его.

— Выходит, сам слетел?

— Наверняка.

— Но его нигде нет. Все ж таки не иголка, а довольно крупный кругляш на толстой кожаной веревке.

— Может, птица какая подхватили и унесла? — Тут Марк внимательно посмотрел на задумчивого друга и спросил: — Ты к чему ведешь, Ветер? Думаешь, это мог сделать Егор? Помнится, в свое время его ужасно злило, что Надя подарила Дрозду кулон...

— Была такая мысль, — выдавил Ветер.

— Но тогда выходит, что убийца он!

— Совсем необязательно. Вполне возможно, Егор просто подобрал его с песка и выбросил.

— При мне он этого не делал. И, насколько я помню, сегодня подходил к трупу только вместе со всеми.

— А ночью?

— Если ночью, то напрашивается тот же вывод: Барин — убийца. Ведь он уверял нас, что вчера уснул, а проснулся лишь от крика Мичуриной.

— Нет, нет, не может быть! Барин, как правильно заметила Диана, дворецкий. Он вне подозрений. Ему Дрозда убивать не за что. Ну, не из-за растреклятого же знака Зодиака, а?

— Конечно, нет. Потому я и говорю, что кулон унесли птицы, — пожал плечами Марк.

— А если из-за денег? Как думаешь, Барин на это способен?

— А разве у Дрозда деньги пропали? — удивился Марк (Ветер про доску с алмазами рассказал только Егору).

— Считай, что да.

— Гипотетически, пожалуй, способен, — подумав, ответил Марк.

— То есть как?

— Барину деньги сейчас позарез нужны. Его фирма едва держится на плаву. Он очень рассчитывал на контракт с итальянцами, но на этой неделе стало ясно, что зря. Если Егор не найдет платежеспособных клиентов или перспективных инвесторов, то будет вынужден реорганизовать фирму. Иначе говоря, разогнать большую часть сотрудников, закрыть периферийные офисы и перестать брать крупные заказы, так как справиться с ними его контора не сможет. В худшем же случае ему грозит банкротство.

— Все так серьезно? — озабоченно почесал щетинистый подбородок Сергей. — А мне он не говорил о своих проблемах.

— Мне тоже. Ты же знаешь Барина — плакаться на жизнь не в его правилах.

— Плакаться и не надо, но поделиться-то мог...

— Не мог. Уж такой он! Я о его трудностях узнал от третьих лиц. А когда спросил Егора, как дела, он, по своему обыкновению, ответил, что нормально. На самом же деле на букву «х», но не подумай, что хорошо. — Марк во время разговора стал очень серьезным, и между его тонких, будто выщипанных, бровей залегла складка. — В общем, Баринову деньги очень нужны, и много. Если у Дрозда пропала изрядная сумма, гипотетически Баринов мог его убить, чтобы ею завладеть. Только откуда ему было знать, что тот имеет ее при себе?

— Если бы он, как и любой из вас, подслушал мою беседу с Дроздом, то узнал бы...

Марк насупился еще больше и проговорил:

— Но мы-то с тобой знаем, что Егор не убивал, и сейчас мы просто фантазируем.

— Конечно! — воскликнул Ветер убежденно. — Дрозда замочил либо Юргенс, либо кто-то из его друзей. Никто из *нас* тут ни при чем. А тем более Барин.

Марк согласно кивнул. Никто из них Дрозда не убивал! Тем более Барин!

Оба друга демонстрировали полную уверенность в этом. Но лишь один ее испытывал. Второй же, зная, что убийца один из них, всего лишь притворялся.

Глава 6

Солнце сильно припекало, и Ульяна стянула с себя кардиган. Без него стало гораздо комфортнее, но не помешала бы еще и шляпа, чтобы прикрыть голову и обезопасить лицо от ультрафиолета. Женщинам за тридцать вообще солнце противопоказано, а уж рыжим и подавно. От него у Ульяны не только морщины могут появиться, но еще приумножатся и «заматереют» веснушки, тщательно осветляемые всевозможными кремами.

— Ульяна! — услышала она окрик со стороны моря. — Ульяна-а!

Мичурина привстала и посмотрела на Егора, который, оказалось был почти у берега. Баринов спрыгнул с доски — стоял по пояс в воде, подхватил борд, а другой рукой тянул стропы кайта, намереваясь выбраться на сушу.

— Возьми, пожалуйста, борд, — попросил Егор. — Я руку потянул, не могу справиться одной левой...

Ульяна подбежала, но вошла в воду не сразу, сначала подобрала подол длинного сарафана, чтоб не намочить. Но зря старалась. Взяв доску одной рукой, сразу охнула и подхватила ее второй тоже (борд оказался не таким легким, как она предполагала), выпустив подол. Ткань мгновенно намокла и облепила ноги. Очень надеясь на то, что Егор так занят собой, что ему не до ее толстых, обтянутых сарафаном икр, Ульяна побрела к берегу.

— Милиция еще не приехала? — спросил Егор, в скором времени присоединившись к ней.

— Вроде нет, — ответила она, стыдливо отрывая мокрый ситец от ног. Боже, кто бы знал, как она ненавидела свои круглые коленки, и как их стеснялась!

— Ты подол-то выжми, — посоветовал Баринов.

Ульяна сама знала, что необходимо отжать воду, но медлила. Вот сейчас Егор займется своим кайтом, тогда и примется за одежду...

— Дай-ка я... — бросил он и, опустившись на колени, схватился за сырой подол.

— Не надо, я сама! — запротестовала Ульяна.

Но Егор не обратил на ее слова никакого внимания. И ее смущения будто не заметил. Сноровисто, как бывалая прачка, он отжал подол, затем встряхнул его и разгладил. При этом так нежно провел ладонями по ногам Ульяны, что ее щеки вспыхнули.

— Да не красней ты! — улыбнулся Егор. — Хотя нет, красней... Выглядит очень мило... — И подмигнул. После чего совсем другим тоном, уже не игривым, а обыденным, сказал: — Пока кайт сохнет, пожалуй, в дом сгоняю. Тебе что-нибудь принести?

Ульяна отрицательно мотнула головой.

— А ножницы?

Девушка сделала удивленные глаза:

— Зачем они мне?

— Чтоб отрезать вот это безобразие! — Он щелкнул по подолу пальцами.

— Так высохнет же...

— Да я не о том! — Егор опять вернул на лицо улыбку. — Длина твоего сарафана достойна попадьи, а не представительницы богемы.

— Никакая я не богема, — буркнула Ульяна. — А макси, между прочим, в нынешнем сезоне в моде.

Про то, что сарафан куплен пять лет назад, она, конечно же, умолчала.

— Так ты поэтому его носишь? Что ж, тогда умолкаю... И удаляюсь.

И, поднявшись с корточек, Егор зашагал к дому.

Когда Баринов скрылся, Ульяна хотела усесться обратно на песок, но вовремя сообразила, что влажный подол сразу испачкается, и опустилась на быстро высохший борд. Уходить с моря она решительно не хотела. Тут ей было и спокойнее, и занимательнее, чем в компании пусть и интересных людей. Смотреть на море, небо, песок под ногами, слушать плеск волн, крик чаек, шум ветра и думать о своем, о чужом, ни о чем — что может быть лучше? Да, ей понравились все, с кем она вчера познакомилась (одна Диана нет, но Ульяна находила ее очень любопытным человеческим экземпляром и с интересом за ней наблюдала), но от общества людей она быстро уставала. Особенно от мужского. И никак не могла отделаться от дурной привычки ставить «диагнозы». Ненароком следила за каждым и пыталась понять, почему он стал именно тем, кем стал. И если про Ветра, Славу и Марка ей все было более-менее ясно, то Егор непонятен до сих пор. И хоть ее неприятие сменилось симпатией, Баринов по-прежнему воспринимался как «темная лошадка».

Сначала Ульяна решила, что тот женоненавистник. Или того хуже — мизантроп. А возможно — трус, который боится жить в собственное удовольствие и все ставит, ставит перед собой барьеры, оправдывая это инстинктом самосохранения. Но сейчас она уже так не думала. К людям Егор нормально относится, и женщин вроде любит, и ничего не страшится. И все же, как черепаха, постоянно прячется в свой панцирь. Интересно, всегда таким был или кризис среднего возраста с ним злую шутку сыграл?

Про этот растреклятый кризис Ульяна знала много. Когда встречалась с Юрой и некоторые его поступки казались ей странными, она пыталась понять, что происходит с любимым. Естественно, и думать не думала, что тот ее обманывает или прячет от своих знакомых, и, когда Юра покидал ее квартиру по-английски (много раз она засыпала в его объятиях, а просыпалась одна), искала объяснения и находила всегда разные. То ей казалось, что он просто ее не любит, то думала, что Юра любит очень сильно и боится к ней привязаться. А его маниакальная тяга к недорогому рабоче-крестьянскому быту в некотором роде заскок. Иначе зачем же покупать пижонское и неприлично дорогое авто, если тебя тошнит от всех атрибутов роскоши?

Ульяна тогда много специальной литературы перелопатила. Все надеялась в учебниках по психологии ответы на свои вопросы найти. Однако еще больше запуталась. Но однажды прочла в журнале, который листала по пути в Краснодар, статью о кризисе среднего возраста и решила: у Юры, должно быть, именно он, вот любимый и ведет себя столь необъяснимо. «Что такое кризис среднего возраста? — писал автор. — Это когда мужчина тридцати семи — сорока трех лет начинает метаться, будто не зная, куда себя деть. Он мучается, с тоской думает о будущем, и его совершенно перестает устраивать собственная жизнь. Объяснить кризис можно по-разному. В том числе и физиологией: в данное время в организме мужчины увеличивается количество женских гормонов. Но только сей факт нельзя считать причиной изменений в поведении, ибо физиология у всех одинакова, а кризис среднего возраста бывает далеко не у каждого индивидуума мужского пола. Скорее причина в другом: он возникает у тех, кто не делает того, чего хочет. К сорока годам у мужчины возникают мысли типа: «Прошла практически половина жизни, а я ничего не сделал и ничего не добился, либо делал не то и добивался не того, к чему стремилась моя душа...»

Ульяна, обдумав прочитанное, поняла, что очень хорошо понимает мужчин, переживающих кризис. И вспомнила Экклезиаста с его изречением про камни. До тридцати трех лет мужчины, по примеру Христа, их разбрасывают, а потом собирают. И, прособирав лет пять, мужчина вдруг понимает, что собрал их очень мало, либо совсем не те, которые нужны. И тогда к нему приходит ощущение, что жил он не так и умрет, не познав истинного вкуса жизни.

Сама Ульяна переживала нечто подобное сейчас, хоть и была женщиной. Но ведь кризис среднего возраста не только мужская прерогатива! Иной раз он и представительниц слабого пола касается. И не только таких, как она, одиноких, бездетных. Замужних мамаш тоже, но попозже, когда детишки вырастают, упархивают из гнезда, а муж заводит молодую любовницу или уходит с головой в работу. Ульяна же была еще относительно молодой для кризиса, ей не исполнилось тридцати пяти. Но все равно она ощущала все его симптомы. И желание в корне изменить свою жизнь, чтобы наконец стать свободной и счастливой. Ложиться спать с одной и той же мыслью: «Какой чудесный сегодня был день! А завтрашний будет еще лучше!»

«Может, и мне заняться каким-нибудь экстремальным спортом? — подумала вдруг Ульяна. — Тем же кайтингом! Глядишь, заодно и похудею. Стану такой же грациозной, как Женя...»

Но ее тут же одолели сомнения: «Хотя вряд ли у меня получится. Я не спортивная. Ни на лыжах, ни на велосипеде не катаюсь, в тренажерный зал не хожу, а уж экстрим мне вообще чужд. Я даже на машине боюсь ездить, притом что имею водительские права. А тут придется носиться на бешеной скорости, повинуясь воле ветра... Бррр...» Ульяна передернулась от страха, но сразу устыдилась своей трусости и принялась бодриться: «Ничего, научусь держаться на доске, тогда не ветер будет мною повелевать, а я им. Я молодая, вполне здоровая женщина, не совсем уж размазня, у меня получится. Женя тоже в моем возрасте начала кайтингом заниматься и ничего, освоила. Ей, конечно, легче, потому что она бывалая сноубордистка, но зато у меня есть масса свободного времени, я смогу тренироваться хоть каждый день. А что? Это идея! Деньги у меня есть, перееду сюда, на «Ветродуйку», найму инструктора, и через пару месяцев, глядишь, не только заядлой кайтисткой стану, но и «рожу́» новое произведение...»

Идея так Ульяне понравилась, что ей захотелось непременно ею с кем-нибудь поделиться. Жаль, поблизости ни одной живой души не было. Тогда она поднялась на ноги и зашагала к дому.

Проходя мимо станции, дверь которой была прикрыта, но не заперта, Мичурина решила заглянуть внутрь и хорошенько рассмотреть, пощупать оборудование (почему-то эта мысль пришла ей в голову только сейчас, хотя совсем недавно в ее распоряжении были кайт и доска Егора). Про себя она такой процесс называла флиртом с вещью. И если с мужчинами Ульяна флиртовала крайне редко, то с вещами постоянно. Даже с обычными сапожками, увиденными в магазине. Если те ей нравились, она долго их рассматривала, ощупывала, примеряла, но покупала не сразу. Сначала должна была понять, ее ли это вещь. С мужчиной ведь тоже не сразу в койку прыгаешь, а сперва изучаешь его, «примеряешь» на себя и только потом делаешь его «своим»...

Ульяна зашла в темное помещение и стала на ощупь искать выключатель. Пошарив по стенам рукой, поняла, что его просто-напросто здесь нет. Свет обязан был проникать сюда через окна, но сейчас проемы оказались затянутыми темной тканью. Ульяна вспомнила, что ей говорили: станция заперта всю зиму и раннюю весну, а оборудование хранится где-то в другом месте. Сейчас же его привезли, но пока не расставили, а свалили грудой.

Внимание Ульяны прежде всего привлекли кайтборды. И не только потому, что сами кайты лежали в чехлах, просто доски манили ее своей изящной агрессивностью. Яркие, блестящие, очень в себе уверенные (Ульяне иной раз чудилось, что вещи, так же как и люди, излучают уверенность или отсутствие оной), они казались ей «своими», несмотря на хищный вид. Но особо ее внимание привлек серебристый борд с летучей мышью, разбросавшей по его поверхности перепончатые крылья. Доска стояла у стены, задвинутая за стопку собратьев. Ульяне показалось, что где-то она уже ее видела.

Мичурина сделала несколько шагов по направлению к нему, но вдруг ощутила резкую боль в затылке, пронзившую ее неожиданно и так сильно, что у писательницы потемнело в глазах. Ульяна выставила руку вперед, чтобы задержаться за стопку бордов и устоять на ногах, но сил хватило только на то, чтобы коснуться верхней доски. Сразу после этого перед глазами стало совсем черно, а в голове зашумело, словно она летит в самолете, и тот стремительно заходит на посадку...

Шум прекратился быстро, а чернота сменилась туманом. Ульяна, ощутив небывалую легкость, осела на земляной пол.

Глава 7

Женя захлопнула аптечку и досадливо поморщилась. Эластичный бинт куда-то испарился, и одному всевышнему известно — куда. Она его точно не брала. А это значит, что придется кататься без повязки, превозмогая боль. Или совсем забыть о своем намерении выйти в море.

«Нет, все равно прокачусь! — упрямо возразила себе Женя. — Уж коль решила... и привезла с собой кайт...»

Швырнув аптечку в багажник, Бабуся направилась к кайт-станции. Свое оборудование она выгрузила из машины и перенесла туда еще вчера. Когда проходила мимо дома, увидела в одном из окон Диану. Девушка стояла возле зеркала в одних трусах и прикладывала к груди лифчик. Чашечки показались Жене такими маленькими, как кулачки младенца. Ей такие разве что в пятом классе были впору. А вот Диане в двадцать два года подходят. А то и велики! Евгения заметила, как невеста Марка что-то запихивает в чашечки, в которых, как пить дать, имелись специальные кармашки для силиконовых подушечек. Самой Бабусе применять их необходимости не было, но она знала — некоторые женщины вкладыши используют, чтобы грудь казалась пышнее. К примеру, хозяйка туристического агентства, в котором Женя трудилась менеджером, без «вкладышей» из дома не выходила. Говорила: они мое второе «я». Как она ложилась с мужчинами в постель (а парней девица меняла с завидной регулярностью), для Жени оставалось загадкой. Не в лифчике же!

Диана тем временем приладила свои накладки и сам лифчик водрузила на место. Потом накинула поверх него прозрачную рубашку и приняла перед зеркалом одну из привычных модельных поз: спина выгнута, голова запрокинута, рука на бедре, а на лице то порочно-задумчивое выражение, что сводит мужчин с ума...

«По крайней мере, Марк не устоял однозначно, — грустно подумала Женя. — Он смотрит, как Диана жеманится и корчит из себя супермодель, и не раздражается, как все остальные, а умиляется, восхищается, возбуждается, наконец... И излучает просто бешеную влюбленность. А я из кожи вон лезу, чтобы казаться равнодушной. Ведь иначе все — и самое ужасное, Диана — поймут, что я до сих пор люблю Марка...»

Женя никому в том не признавалась. Даже себе самой до поры до времени. Но сегодня вдруг это осознала. Почему именно сегодня? Да все из-за Лорда. Тот умер, а ей наплевать. Но едва она представила, что Марк тоже может уйти из жизни, как ей стало нестерпимо больно...

— Эй, ты чего уставилась? — услышала Женя насмешливый голос.

Оказалось, Диана заметила, что Бабуся за ней наблюдает, и когда та задумалась, подошла к распахнутой створке окна и выглянула на улицу.

— Завидуешь моей стройности и хочешь спросить, как ее достичь? Не стесняйся — спрашивай.

Евгения хотела сказать: не дай бог, если ей Дианина «стройность» в страшном сне приснится, — но промолчала. Вступать в перепалку с человеком, уступающим тебе в интеллекте, неправильно. А опускаться до банального хамства не хотелось. И она молча развернулась и зашагала к станции. А Диана смотрела ей вслед и подавала какие-то реплики, на которые Бабуся просто не реагировала. Много чести!

Быстро преодолев расстояние до станции, Женя толкнула дверь и вошла внутрь. В помещении было темно, но она хорошо знала, где что лежит, поэтому довольно уверенно направилась туда, где сложила свое оборудование.

Однако на пути ей вдруг встретилась преграда. Присев, Евгения ощупала ее и с удивлением констатировала, что под ногами лежит борд. Вернувшись к входу, она широко распахнула дверь, позволив свету ворваться в помещение. Едва солнечные лучи проникли внутрь, Женя увидела, что доски, которые, насколько помнилось, были сложены стопкой, раскиданы по полу. Но не это поразило ее, а то, что рядом, на полу, лежала Ульяна Мичурина. И, как показалось Жене, не дышала.

— Ульяна! — испуганно выдохнула Бабуся, кидаясь к писательнице. — Ульяна, что с тобой?

Вопрос вырвался сам собой — при первом взгляде на Мичурину у нее возникло убеждение, что та не ответит. Потому что мертва!

Но вдруг Ульяна застонала.

— Жива! — обрадовалась Женя и принялась тормошить Мичурину.

— Поаккуратнее... — простонала та, открывая глаза. — Голова болит...

Бабуся заботливо поддержала Ульяну, помогла ей сесть, после чего спросила:

— Что с тобой произошло?

— Сама не пойму, — слабым голосом ответила Ульяна. Судя по бледности, ей было все еще не хорошо.

— Упала в обморок, да? Со мной тоже бывает...

— Нет, я упала после того, как... — И она замолчала, озираясь по сторонам. Осмотрев помещение, Мичурина пожала плечами и растерянно проговорила: — Мне что-то на голову упало, только не пойму, что именно.

— Как это — упало?

— Просто. Я стояла вот здесь... — Ульяна не без помощи Жени поднялась на ноги и продемонстрировала, где именно находилась до того, как упала. — И вдруг почувствовала боль в затылке. Посмотри, кстати, там есть что-нибудь? — И она склонила перед Бабусей голову.

— Да, тут шишка. Большущая! И кожа рассечена, — ответила Женя. — Больно?

— Немного. — Ульяна, морщась, прикоснулась к затылку. — Но ничего, терпимо... Интересно, много времени я пролежала без сознания?

— Если ты точно знаешь, во сколько сюда зашла, я тебе скажу... — Женя показала на свой водонепроницаемый хронометр.

— Не знаю. У меня часов нет.

— А зачем вообще ты сюда заглянула? — полюбопытствовала Бабуся.

— Хотела посмотреть на оборудование.

— На кой черт тебе оно? Все же решила писать приключенческую книгу?

— Да, — ответила Ульяна, но как-то неуверенно. — Но я не успела ничего рассмотреть, получила по башке.

Бабуся задрала голову и принялась водить взглядом по стенам и потолку.

— Что же на тебя могло упасть-то? — проговорила задумчиво. — А может, тебя стукнули по голове? Подкрались сзади и... тюк!

— Я бы, наверное, услышала, как кто-то крадется. — Ульяна обернулась, показала сначала на дверь, потом на плетеный половичок, брошенный возле нее. Если на него наступали, он едва слышно похрустывал. — Но в помещении стояла тишина.

— О, я поняла! — воскликнула Женя. — Вот что на тебя свалилось! — С этими словами она подняла с пола статуэтку, погребенную под бордами, и передала ее Ульяне. — Чувствуешь, какая тяжелая?

— Да, весит прилично, — согласилась Мичурина, взвесив ее в руке. Статуэтка (пузатый папуас, стоящий на утлой лодчонке) была выполнена из какого-то металла и тянула килограмма на два. — А это кто? — спросила она после. — Божок какой-то?

— Да. Африканский покровитель мореплавателей. Ветру его кто-то из Кении в качестве презента привез. Сергею пузан понравился, но не настолько, чтобы поставить его дома, вот и разместил его тут, на станции. Водрузил божка вон туда. — Бабуся указала на полочку, прибитую к одной из двух деревянных колонн — не декоративных, а функциональных, к ним крепился специальный «стенд» с полозьями, в которые впоследствии вставлялись борды. — Скорее всего, именно статуэтка упала тебе на голову.

Ульяна покосилась на полку, затем еще раз взвесила божка в руке и неуверенно кивнула. Статуэтка, конечно, могла упасть, и если б упала, то шарахнула так, что дух вон... Только с какой бы стати ей слетать с полки? Дуновение ветра такую штуковину с места не тронет.

— Ой, слышишь? — воскликнула Женя взволнованно.

— Что?

— Звук...

— Нет.

— Шум мотора. — Бабуся подняла вверх указательный палец, как бы призывая прислушаться. И после пятисекундной паузы сказала: — Ну, точно, менты приехали. Не успею покататься, — добавила с сожалением.

Евгения водрузила покровителя мореплавателей на полку и, махнув рукой Мичуриной, вышла из здания. Однако Ульяна последовала за ней не сразу. Сначала подошла к куче досок и принялась ее разгребать.

— Ульяна, оставь! — крикнула ей Женя. — Потом вместе их разложим!

Но Ульяна не собиралась раскладывать доски. Она пыталась найти среди них ту, что привлекла ее внимание. Серебристую, с раскинувшей крылья летучей мышью. Но той почему-то среди бордов не оказалось...

Уж не примерещилась ли она ей?

Глава 8

Милицейский «козлик» Ветер увидел издалека. И сразу подобрался, сосредоточился. Боль, слава богу, ушла, опьянение так и не наступило, и ничто не мешало Сергею четко выстроить план действий: «Представляюсь, показываю труп, затем даю показания. Рассказываю, что Дрозд никогда не был нашим другом, но мы нормально к нему относились. Вчера не ссорились. А покинул он нас только потому, что захотел повидаться с друзьями с соседней станции...»

— Ветер, Ветер, они едут! — донесся взволнованный голос Марка.

— Вижу, — коротко ответил Сергей. И хотел было вернуться к прерванным размышлениям. Но Марк не дал, спросив:

— Ветер, а ты не думаешь, что наши показания будут поставлены под сомнение?

— Конечно, будут.

— Но тогда мы запалимся.

— В каком смысле?

— Мы решили говорить, что Дрозд покинул «Ветродуйку» по своей воле, так?

— Да.

— Но он мог по телефону сказать Юргенсу о том, что поцапался с тобой.

— И фиг с ним! Его слово против моего. К тому же я уверен, что Дрозд ничего такого Юргенсу не рассказывал. Он же был гордой птицей, делиться тем, что его вышвырнули за порог, вряд ли стал бы.

— Нет, все же мы очень плохо все продумали, — продолжал паниковать Марк. — Нас точно заподозрят.

— Естественно, нас заподозрят, — раздраженно бросил Ветер. — У ментов работа такая — подозревать тех, кто накануне бухал с покойным. Но если мы будем стоять на своем, все закончится нормально. Мы все после ухода Дрозда зашли в дом и легли спать. За ночь ни один из нас на улицу не выходил.

— Но как мы это докажем?

— Ульяна лежала на террасе, она подтвердит. А ее подозревать у следствия нет оснований, писательница в нашей компании человек случайный.

— Но дом можно покинуть и через окно!

— Кудряш, отстань от меня, а? — вышел из себя Ветер. — Теперь все равно уже ничего не изменишь, так что заткнись на время и не нервируй меня!

Выпалив это, Ветер пошел к воротам, возле которых уже затормозил милицейский «УАЗ». За ним следом подкатила «труповозка».

— Прибыли... — раздалось из-за плеча Марка. К Штаркману подошел Слава. — Ну, ща начнется веселье!

Прищурившись, Кравченко посмотрел туда, где стояли машины. Из «УАЗа» выпрыгнул опер лет сорока в мятой рубахе, в таких же жеваных штанах. И, увидев тело, а вернее, торчащее из его живота знамя, присвистнул.

— Подойдем? — спросил Марк у Славы.

— Не надо. Мы только помешаем.

— Как думаешь, кто его?

— Кого? — не сразу понял Кравченко, чье внимание было приковано к склонившемуся над трупом оперу.. — А, ты про Дрозда... — дошло до Славы, слушавшего Марка вполуха. — Юргенс, наверное... Или кто-то из его братии.

— Но зачем им было его убивать?

— Откуда ж мне знать? — пожал плечами Слава.

— Ты будешь рассказывать на допросе, что вы с Дроздом были врагами?

— Я бы не стал употреблять столь громкое слово, как «враг», — строго поправил Марка Вячеслав. — Да, когда-то я его терпеть не мог, но и только. Если же меня спросят, я скажу, что на первом курсе мы дружили, а на третьем рассорились из-за девушки. С тех пор не общались...

Тут Кравченко заметил, что из «УАЗа» выбрался еще один оперуполномоченный. Или, возможно, следователь: белобрысый, кудрявый, тучный и немного косолапый. Слава его узнал и обрадовался:

— О, Колюня!

— Ты его знаешь?

— Представь себе! Мы когда-то за один клуб бегали. Дружили. И на сборах всегда жили в одной комнате.

— Надо же, как тесен мир! Встретить старого друга тут, за триста километров от родного города...

— Да он местный. Завершив спортивную карьеру сразу по окончании института, вернулся в родные палестины. А учился, кстати сказать, на юридическом, — торопливо пояснил Кравченко. После чего азартно воскликнул: — Черт возьми, как же здорово, что именно Колюня сюда явился! И очень хорошо, что он не в курсе того, что мы с Дроздом были врагами!

Вскинув руку для приветствия, Слава поспешил к воротам. Марк, глядя ему вслед, подумал: «А говорил, что не считал его врагом, всего лишь недолюбливал...»

Глава 9

То, что в следственной группе оказался давний Славкин друг, было просто подарком небес. Николай, тоже узнав Кравченко, кинулся к нему обниматься.

Бывшие спортсмены долго хлопали друг друга по бокам, затем ушли в чайхану, где сначала побеседовали (о деле), а потом выпили за встречу и поболтали (о жизни). Остальных допрашивали коллеги Николая, но вели себя более чем корректно.

Осмотр места преступления дал вот какие результаты: отпечатки пальцев с орудия убийства стерты, следы вокруг трупа затоптаны. На камне, которым, по предварительным данным, был нанесен удар по голове пострадавшего, тоже не осталось никаких отпечатков. Как и кожи преступника под ногтями жертвы. А вот судя по отпечатку шин на песке, мотоцикл с коляской подъезжал к воротам «Ветродуйки» дважды. Так что версия о возможной причастности к смерти Ивана парней из клуба Юргенса в принципе подтверждалась. Однако подозрения с членов «Ветродуйки» и с примкнувшей к ним Ульяны Мичуриной сняты не были. С них взяли подписку о невыезде и всех обязали явиться на следующей неделе в отделение для дачи показаний.

— Черт! — прорычал Ветер, подписывая бумаги. — А я собирался в Турцию на соревы...

— На что? — переспросил следователь.

— На соревнования по кайтингу, — растолковал Сергей.

— Придется их пропустить.

— Уже понял, — буркнул Ветер.

— Да ты так не расстраивайся, — подбодрил друга Слава, сидевший рядом. Он уже перебрался из чайханы в дом, поскольку Николаю все же надо было работать. — Будем надеяться, Колюня отыщет убийцу до твоего отъезда.

— Размечтался... — фыркнул Колюня. — Следствие затянется на месяцы, как пить дать.

— Почему так надолго?

— Слишком много подозреваемых, всех надо проверить.

Тут в комнату влетел запыхавшийся опер. Тот самый, в мятой одежде. Его звали Дмитрием.

— Коль, глянь, что нашли! — Он бросил на стол прозрачный пакетик, в котором лежала, весело посверкивая на свету, серебряная сережка, выполненная в форме долларового значка. — В полуметре от трупа была. В песок зарылась, мы не сразу обнаружили. А когда замеры кое-какие стали делать, я споткнулся, ну и из-под ботинка выскочила.

— Чистенькая, блестящая, — заметил Николай, взяв пакет в руки и тщательно рассмотрев содержимое. — Сразу видно, недолго в песке находилась.

— А ты спроси, где конкретно была.

— И где?

— Под кроссовкой покойного. Мы как раз расстояние от отпечатка протектора до ноги замеряли.

Николай сдвинул белесые брови, перевел взгляд с коллеги на бывшего одноклубника и поинтересовался:

— Из ваших никто серьгу не терял?

— Вроде нет, — не очень уверенно протянул Кравченко. Затем спросил у Ветра: — А вообще, у кого из наших проткнуты уши?

— У всех девушек и у Егора, — дал быстрый ответ Сергей. — Только это серьга не для ушных мочек.

— Нет? — нахмурился Николай. Затем принялся придирчиво рассматривать «доллар», вертя пакет то так, то эдак. Серьга и в самом деле была необычной — без привычной застежки.

— Это для пупка.

— А, пирсинг, знаю. — Николай вернул улику на стол. — И у кого из ваших барышень есть дырка в пупке?

— У Дианки нет. У Жени тоже. А вот о писательнице ничего сказать не могу, я ее без одежды не видел. А ты, Кравец?

— Я тоже нет. Она ж, как женщина Востока, всегда в платье до полу ходит. Хотя купальник вроде с собой взяла.

— Надо узнать, есть ли у нее пирсинг, — подал реплику «мятый» Дмитрий. И со смешком добавил: — Пойду проведу досмотр комиссарского тела.

— Только ты поделикатнее, ладно? — попросил его Кравченко. — Все же женщина, писательница.

— Так пирсинг же не на интимном месте. И даже не на сосках.

— Ну и что? Ульяна — барышня тургеневского типа. Стеснительная очень.

— Я вспомнил! — воскликнул Ветер. — Ульяна при Женьке переодевалась. Пусть Дима у Бабуси спросит, есть ли дырка в писательском пупке.

Опер коротко кивнул и покинул комнату.

— Думаешь, серьга могла быть у убийцы? — спросил у Колюни Слава.

— Очень возможно. Жертву ведь не сразу проткнули древком. Сначала ударили по голове, а когда парень упал на спину, нанесли смертельный удар. Но ваш приятель мог и сопротивляться. Лучше всего, лежа на спине, обороняться ногами. Предположим, он пнул нападавшего в живот (или одного из нападавших, если их было несколько). От удара серьга выскочила, а кроссовка слетела со ступни.

— А ты голова, Колюня, — с уважением протянул Кравченко.

— Я профессионал! — скромно изрек тот.

Тут в комнату вновь влетел Дмитрий и выпалил:

— Нет у Мичуриной дырки в пупке!

— Отлично. — Колюня хлопнул Славу по плечу. — Значит, никто из вашего братства серьгу потерять не мог. Остается узнать, есть ли в компании Юргенса девушки и кто из них имеет проткнутый пупок...

— Стоп, стоп, стоп! — оборвал его Ветер, который так разволновался, что даже вскочил. — Девушки, девушки... Почему только они?

— А что, и мужики пупки прокалывают?

— Да сколько угодно, среди молодежи это сейчас модно. — И вдруг Ветер как заорет: — Вспомнил! У Юргенса есть пирсинг! На последних соревах кто-то заметил, что он пупок заклеивает, и спросил, зачем. Тот ответил: чтобы серьгой гидрокостюм не попортить. Вызови сюда Штаркмана на минутку, я у него спрошу. Он должен точно помнить.

— Почему должен? — полюбопытствовал следователь, но знак коллеге подал.

— У него память феноменальная, это раз. А во-вторых, Марк видел Юргенса без костюма, когда они на какие-то чертовы грязи ездили. Поездка была подарком от спонсоров, да я начхал на него, а Марк с Юргенсом в числе прочих отправились на Мертвое море, где кроме всего остального их донными отложениями мазали...

Ветер резко оборвал рассказ, увидев, что в дверях показался Марк, и обратился к другу с вопросом:

— У Юргенса есть пирсинг в пупке?

— Да, — без раздумий ответил Штаркман.

— Ты уверен?

— На сто процентов. — И решив, что требуются пояснения, Марк продолжил: — Когда нас привезли на Мертвое море, гид предупредил, чтоб мы сняли с себя украшения, оставив только золотые и платиновые, поскольку прочие металлы в воде с такой высокой концентрацией соли могут испортиться. Все стали снимать побрякушки, а дольше всех возился Юргенс. У него было много браслетов, в том числе на щиколотке, цепочка на шее и серьга в пупке. И все украшения из серебра.

— Серьга выглядела так? — спросил у него Николай, продемонстрировав пакетик с уликой.

— Нет, — разочаровал всех Марк. — Тогда у него в пупке была медалька с известным растоманским символом. А именно: пятилистник анаши.

— Вот мать твою ети! — выругался Ветер, не сдержав эмоций.

Марк сдержанно улыбнулся и сказал то, что настроило Сергея совсем на иной лад:

— Но я слышал, как Юргенс говорил кому-то из ребят, что у него с десяток сережек, в некотором роде коллекция. Юргенс любит оригинальные украшения из серебра, и если встречает какое-то необычное изделие, обязательно его покупает... — Марк указал подбородком на пакетик с вещдоком. — Эта серьга ему бы понравилась.

Николай с Дмитрием обменялись многозначительными взглядами.

— Что ж, нам пора, — проговорил первый, вставая. — На сегодня можете быть свободны. Но учтите, вы нам еще понадобитесь. — И протянул Славе веснушчатую руку для прощального рукопожатия.

— Колюнь, ты звони, ладно? — Кравченко хлопнул товарища по ладони, потом они сцепили пальцы, а под конец стукнулись кулаками. Так здороваться и прощаться было принято в их спортивном клубе. — Теперь у тебя есть мой телефон, можем в неформальной обстановке пересечься, побухать. В городе бываешь?

— Редко. Давай лучше ты к нам.

— Лады. Мы в субботу снова тут соберемся, у Ветра, я тебе звякну.

Колюня кивнул и, хлопнув Славу по плечу, удалился. Помятый Дима затрусил следом.

Через пять минут в «Ветродуйке» не осталось никого постороннего.

Глава 10

— Ну что, братцы, поздравляю вас, все прошло как нельзя лучше! — воскликнул Ветер после того, как осела пыль, поднятая колесами милицейского «УАЗа».

— Да, — облегченно выдохнул Марк. — Слава богу.

— Слава Славе! — перебил его Кравченко. — Если бы в бравую ментовскую компанию не затесался мой давний дружок, еще неизвестно...

— Да не бахвалься ты, Кравец! — Марк шутливо и совсем не больно стукнул Славу в живот. Тот поморщился. Видно, Марк попал по синяку. — Твой Колюня, конечно, кстати пришелся, но больше нам сережка помогла. Теперь Юргенс точно подозреваемый номер один.

— Как думаете, отмажет его папаша?

— Скорее всего, — ответил Ветер. — Забашляет кому надо, и дело закроют.

— Или найдут козла отпущения, — предположил Егор. — И очень хочется надеяться, что им окажется не один из нас.

— Хочешь сказать, что не стоит расслабляться?

— Ни в коем случае. — Егор посмотрел на часы и присвистнул: — Ого, уже вечер! Пора собираться, ребята, иначе домой попадем черт-те когда...

— Да, поехали, — подхватила Диана. — А то у меня сигарет осталось всего пять штук, а стрельнуть не у кого, вы ведь не курите.

— И тебе не советуем, — не мог смолчать Марк.

— Я в советах не нуждаюсь, — растянула губы в хищной улыбке Диана и пошла в дом собираться.

Остальные последовали ее примеру.

Спустя десять минут все были готовы. Возился только Егор — ему потребовалось больше времени из-за кайта, который пришлось складывать. Но наконец он загрузил свои вещи в багажник и подошел к Ветру попрощаться.

— Ну что, Барин, приедешь в субботу? — спросил Сергей.

— Да, постараюсь.

— И вас всех жду. — Ветер обвел взглядом присутствующих и остановил его на Ульяне. — Писательницу тоже. Приедешь, Мичурина?

— С удовольствием.

— Я тебе сюжетец подкину, если захочешь. Меня как-то в открытое море вынесло, еле спасли... Чем не завязка для приключенческого романа?

Звал Ветер ее в гости, естественно, не поэтому. Просто заметил, что Ульяна понравилась Егору, и опасался, как бы тот девушку без его помощи не прошляпил.

— А кайтингу обучишь?

— Решила заняться? Что ж, одобряю. Но учить не буду, у меня терпения не хватит. А вот Барину его не занимать, к нему обратись.

Тут он заметил, что Кравченко единственный из всех выглядит нетрезвым. И, вспомнив, что тот пил с Колюней, предложил ему:

— Славка, оставайся лучше у меня, а то на первом же посту тормознут! Сейчас еще по рюмашечке выпьем и спать завалимся. Ранним утром встанешь как огурец, и в путь.

— Не, — замотал головой Слава. — Мне домой надо. Да и машину сыну обещал завтра с утра дать. У него выезд на природу с компанией. Так что тачке тоже домой надо.

— И как же ты поедешь?

— Да я нормально себя чувствую. Просто устал, не выспался. А так я трезвый.

— От тебя пахнет.

— У меня с собой три штуки, откуплюсь.

— Нет, так не пойдет! — встрял Марк. — Пусть Диана за руль твоей тачки сядет. У нее есть права.

— А водит она нормально? — недоверчиво покосился на Диану Слава.

— Неплохо. Я сам учил.

Это успокоило Кравченко — он знал, что Штаркман водитель от бога.

— А мне куда? — подала голос Ульяна.

— Да куда хочешь, — ответил Слава. — Хоть с нами, хоть с Марком, чтоб ему не скучно было.

— А давай со мной? — предложила Бабуся.

Ульяна кивнула. Женя ей очень нравилась. Она была интересной собеседницей, приятным и добродушным человеком, и лучшего попутчика желать не приходилось. Но не успела писательница сделать шаг в сторону «Нивы», как ее перехватил Егор:

— Не туда направляетесь, барышня. Вам сюда! — И он указал на свой внедорожник.

— Да нет, я с Женей поеду.

— У нее в машине кондиционера нет, придется окна открывать, а через них пыль да выхлопы в салон летят. — Баринов подвел Ульяну к джипу и распахнул перед ней дверцу. — Так что вам, мадам, лучше в моей ехать.

Ульяна не стала спорить, забралась в удобный салон и откинулась на сиденье. Подголовник, к счастью, был очень мягким, и она пристроила на него свой побаливающий затылок. Шишка поныла, поныла да успокоилась.

Егор тем временем обнялся с Ветром и перекинулся парой прощальных слов. После чего плюхнулся на водительское место и завел мотор.

Из «Ветродуйки» они уехали первыми. За ними стартовал Марк, затем Диана со Славой на машине Кравченко. Последней покинула станцию Женя — ее «Нива» завелась только с третьего раза.

Некоторое время ехали молча. Баринов щелкал кнопками магнитолы, Ульяна рылась в сумке, проверяла, не забыла ли чего.

— Какую музыку ты любишь? — спросил Егор. — Есть на выбор шансон и ретро. Тут только две радиостанции ловятся.

— Тогда лучше ретро.

— А вообще?

— Ты не поверишь...

— И все же?

— Люблю группу «Звери».

— Мда... Не ожидал.

— И солист Роман мне нравится. Очень харизматичный молодой человек.

— Любишь молоденьких?

— Я же имею в виду не внешность! — запротестовала Ульяна. — Он мне как личность нравится...

На самом деле солист группы «Звери» нравился Ульяне и внешне, но признаваться в этом она не собиралась. А то Егор и правда подумает, что ее тянет к мужчинам помоложе — Роману, может, и было лет тридцать, но выглядел-то музыкант как паренек. Однако Ульяну, наоборот, больше привлекали те, кто хоть чуточку ее старше. Возможно, потому что у отца с матерью разница в возрасте была классической для советской семьи: папа родился на полтора года раньше мамы. В то время было нормой: муж старше супруги на год, два, три, пять, реже она его на столько же, но бо́льшая разница в возрасте вызывала у всех нездоровое внимание, насмешки, скепсис. Ульяна помнила, как мать презрительно поглядывала на соседку, приведшую в дом парня, годящегося ей в сыновья. Той было тридцать восемь, а ему двадцать один. Несмотря на такую разницу, пара хорошо жила, но спустя два года распалась. Мама заметила, что ничего другого и не ожидала, потому что ПРОТИВОЕСТЕСТВЕННО иметь любовную связь с человеком другого поколения. Ульяна на всю жизнь ее слова запомнила. И когда встречалась со студентом (который был младше ее всего лишь на шесть лет), не могла отделаться от чувства стыда. Как будто и вправду совершала что-то противоестественное...

Ульяна поморщилась, вспомнив то ощущение. Дальше они ехали молча. Слушали музыку, рассматривали пейзажи за окном.

— Не хочешь подремать? — спросил Егор,

заметив, как Ульяна прикрыла рот ладонью, сдерживая зевоту. — Дорога дальняя...

Мичурина кивнула. Спать и вправду хотелось. Она прикрыла глаза и сразу же задремала.

Баринов убавил громкость, чтобы музыка не мешала ей спать. Так, под мерное сопение Ульяны, и проехал большую часть пути. Когда до города оставалось километров пятьдесят, спутница проснулась.

— Где мы? — хриплым от сна голосом спросила Ульяна. — Не узнаю местность...

— Осталось недолго, — ответил Егор. — А не узнаешь, потому что я свернул с трассы. Деревнями лучше ехать. Спокойно, безопасно.

— Попить бы...

— Сзади есть минералка. Возьми.

Ульяна просунула руку между сиденьями, нащупала в кармашке водительского кресла литровую емкость, вытащила ее за горлышко. Минералка немного нагрелась, но все равно пить ее было приятно. Утолив жажду, Ульяна молча протянула бутылку Егору, предлагая хлебнуть. Тот отрицательно мотнул головой. Ульяна убрала воду на место и стала приводить себя в порядок. Во время сна она ерзала затылком по подголовнику, и волосы ее растрепались. Ульяна засунула выбившиеся пряди обратно в косу, а те, что были слишком короткими, убрала за ухо. Оставалось только немного припудрить лицо, чтоб не лоснилось, и помазать обветренные губы бальзамом.

— Ты всегда заплетаешь волосы в косу? — поинтересовался Баринов, оторвав взгляд от дороги и переместив его на спутницу.

— Практически да, — ответила Ульяна.

— Почему не распускаешь?

— Мне не идет.

— Не верю.

— Правда.

— Ну-ка, покажи!

— Что?

— Как тебе не идет. Распусти волосы.

— И не подумаю.

— Пожалуйста.

— Нет!

— Не вредничай, — улыбнулся Егор. Потом неожиданно для Ульяны протянул руку, схватил резинку на кончике ее косы и сдернул.

— Ну что за детский сад! — возмутилась Ульяна и потянулась за резинкой.

Но Егор выкинул ту в окно.

— Да как ты... — Мичурина от растерянности даже дар речи потеряла. — Как тебе... не стыдно!

— Я бессовестный. А теперь распускай.

Она и не подумала послушаться. Однако волосы сами начали расплетаться, и уже через пару минут Ульяне пришлось избавиться от косы — не сдерживаемые резинкой кудри выбивались из нее и топорщились в разные стороны.

— Тебе очень идет, — заметил Егор. — Всегда так ходи.

— Не люблю кудряшки, а постоянно выпрямлять волосы лень. К тому же процедура явно не пойдет им на пользу.

— Какие вы, женщины, странные... Ничего в красоте не понимаете!

— Да неужели?

— Конечно. Изводите себя диетами, перекрашиваете волосы, какие-то гели в губы закачиваете, шлифуете морщины, вдолбив себе в голову, что это красиво.

— Как видишь, я не из их числа. Я толстая, старая и рыжая.

— Ты глупая, хоть и умная... — рассмеялся Егор.

— А ты чертовски галантный кавалер, — не сдержалась и хмыкнула Ульяна. — Дурой меня еще никто не называл.

— Так и я не называл. Я просто сказал, что ты глупенькая, раз так плохо о себе думаешь. На самом деле ты красивая молодая женщина. И формы у тебя прекрасные. Не всем же нравятся кости!

— Да? Тогда почему в каждой второй мужской анкете на сайте знакомств написано: «Ищу девушку, не склонную к полноте»?

— Да ты что? Не знал... И на тех сайтах не бываю. Но лично я не делаю различий между полными и худыми. Мне абсолютно все равно, какой размер одежды носит девушка, главное, чтобы носила ее с достоинством. А также была умна, обаятельна, обладала чувством юмора и ровным характером... И, между прочим, таких в сотни раз меньше, чем стройных.

— Нет в мире совершенства, — с деланым огорчением вздохнула Ульяна.

— Почему ж нет? Есть. Ты, например.

И так серьезно он это сказал, что если б Ульяна не разучилась верить мужчинам, приняла бы его слова за чистую монету.

— Ты торопишься домой? — вдруг спросил Егор.

— Да нет... А что?

— Хочу тебя к себе в гости пригласить, — ответил Баринов. И добавил поспешно: — Только ты не подумай ничего плохого, я не за тем, чтобы в койку тебя затащить...

— А зачем тогда? Чтобы поговорить о высоком? — усмехнулась Ульяна.

— О высоком я не умею. Просто поговорить.

— Если с женщиной хотят просто побеседовать, значит, ее не воспринимают как сексуальный объект.

— Не так. Значит, ее воспринимают не только как сексуальный объект. Тебя это не устраивает? Хочешь, чтобы мужчины капали слюной на твое декольте?

— Честно? Очень хочу.

— Ты серьезно?

— Совершенно. А все потому, что мне никогда не приходилось выступать в роли секс-символа. Меня все иначе воспринимают.

— Так в чем проблема? Распусти волосы, подкрась глаза и губы, надень платье с декольте и туфли со шпильками, и ты станешь самой настоящей секс-бомбой. И кстати... Не носи ты этого ужасного утягивающего белья! Я видел тебя голой и могу с уверенностью сказать — без него ты гораздо красивее.

— Когда ты видел меня без белья? — округлила глаза Ульяна. Она вдруг решила, что вчера спьяну явилась к Егору себя предлагать.

— Когда купалась, — успокоил ее Баринов. — Уж если у нас пошел такой откровенный разговор, признаюсь... Я очень тебя хочу. И если тебя не оскорбит мое предложение, поехали ко мне, чтобы заняться любовью.

Если б он сказал «поехали ко мне, чтобы заняться сексом», Ульяна осадила бы Егора. Но тот употребил совсем другое слово, и она ответила:

— Не оскорбит. Поехали!

Оказались в его квартире, Ульяна только успела скинуть обувь. Хотела расчесаться и немного припудрить лицо, но Баринов не дал. Сгреб ее в охапку, прижал к себе и страстно впился своими сочными губами в рот Ульяны. Целовался Егор головокружительно! Или ей так показалось из-за долгого отсутствия секса и большой симпатии, которую она вдруг начала к нему испытывать?

Баринов, не церемонясь, сорвал с нее кардиган, схватил подол сарафана и рванул вверх. Дурацкая тряпка застряла на груди, но Баринов быстро с ней разобрался, и уже через секунду она валялась рядом с кардиганом. За сарафаном последовал бюстгальтер с косточками и утягивающие живот трусы. Ульяна осталась голой!

Егор сделал шаг назад, окинул ее взглядом и прошептал:

— Ты прекрасна!

Ульяна хотела отшутиться или что-нибудь съязвить, но вдруг ощутила себя поистине прекрасной (искреннее восхищение Егора подействовало!) и только обронила:

— Теперь твоя очередь раздеваться.

Егор немедленно разоблачился — настолько быстро, что Ульяна и глазом моргнуть не успела. Вот только что стоял в джинсах, толстовке и носках — и вдруг предстал перед ней абсолютно голый. Она отлично помнила, как изумительно Егор сложен, но лишь сейчас, когда на нем ничего из одежды не осталось, поняла, насколько милостиво одарила мужчину природа. Фигура Баринова была безупречной, и, если бы с него ваяли статую, все античные Давиды и Самсоны оказались бы посрамленными.

Ульяна хотела было сказать ему об этом, но не успела. Егор сделал к ней шаг, схватил под колени и поднял. Легко, будто она весила не восемьдесят кило, а пятьдесят, а то и сорок. Ульяна обхватила ногами его талию, руками шею, и Егор понес ее в спальню...

Глава 11

Отдышавшись, он открыл глаза и посмотрел на Ульяну. Та лежала на спине, закинув руки за голову, и улыбалась. Ее огненные кудри растрепались и разметались по подушке верткими змейками. Кожа была влажной, и Егор рассмотрел маленькую капельку пота, сбегавшую из-под груди на живот. Это показалось ему необыкновенно эротичным!

— Ты такая красивая... — прошептал Егор, поцеловав Ульяну в то место, куда впиталась капелька пота.

— А ты льстец, — ответила она, не разлепляя век.

— Да, я такой! — рассмеялся Баринов. Его впервые назвали «льстецом». Обычно барышни сетовали на то, что он их недооценивает. — Не хочешь поесть?

— Съела бы что-нибудь.

— Боюсь, у меня в холодильнике только сосиски да майонез.

— Отлично. Будем есть сосиски с майонезом. Если еще и батон хлеба у тебя в доме завалялся, пусть черствый, был бы вообще праздник!

— Белого нет, а вот «Бородинский» должен отыскаться.

— Следишь за фигурой?

— Нет. Просто люблю картошку с селедкой, а им сопутствует только черный хлеб.

Егор выбрался из кровати и отправился на кухню.

— Не желаешь мне помочь? — крикнул оттуда.

— Не-а, — беспечно рассмеялась Ульяна.

— А шампанского?

— Ого! У тебя есть шампанское?

— Вот только что обнаружил... Желаешь?

— Желаю!

— Минутку...

Егор вытащил из шкафа бутылку, засунул ее в морозилку. Пока греются сосиски, глядишь, немного остынет. Откуда взялось у него в доме шампанское, Егор не мог вспомнить. Сам он пил его крайне редко, а те барышни, что у него последнее время бывали, все, как одна, предпочитали махито. По всей видимости, это было модно или гламурно (ведь Славкины «шамурки» тоже мечтательно закатывали глаза при упоминании этого коктейля). Шампанское же, скорее всего, завалялось с тех достопамятных времен, когда Егор встречался с барышней, поглощавшей демократичное «Боско» вместо воды. Кажется, ее звали Лизой. Баринов точно не помнил, поскольку их отношения не продлились долго. Егора быстро стали раздражать вечный запах легкого перегара и частая отрыжка у избранницы.

Микроволновка издала протяжное пиканье, что означало — сосиски готовы. Вынув их, Егор водрузил горячую тарелку на поднос, туда же поставил пакет с майонезом и блюдце с ломтиками зачерствевшего «Бородинского». Выглядел натюрморт жалко, не слишком аппетитно, и бутылка шампанского, втиснутая в центр, оказалась как нельзя кстати. Взяв поднос одной рукой и подняв на уровень плеча, Егор направился в комнату, сопроводив свое появление репликой:

— Кушать подано, мадам!

— Пахнет обалденно, — повела носом Ульяна.

— Ты просто голодная. Так что налетай.

Ульяна схватила сосиску и хотела откусить, но та была слишком горячей. Пришлось отложить и взяться за хлеб. Выдавив на него майонеза, она начала с аппетитом жевать черствую корку.

— Сразу вспоминаются годы студенчества, правда? — спросил Егор, тоже принимаясь за трапезу.

— Мне нет. Я не жила в общежитии и питалась традиционно: утром и вечером дома вкушала кашку да макарошки, днем в студенческой столовой супец да салатик.

— Я тоже там не жил, но часто бывал в гостях, и хлеб с майонезом нас спасал от голода. Это была универсальная закуска. Ну и картошка, естественно. С тем же майонезом. К ней мы обычно покупали либо ведерко кильки, либо банку селедки-иваси. С тех времен я люблю картошку с соленой рыбой.

Тут Егор сообразил, что за едой и воспоминаниями совсем забыл о шампанском. И, засунув горбушку в рот, стал отдирать от бутылочного горлышка фольгу.

— А фужеры? — спросила Ульяна. — Или мы будем пить из горл**а**? Как в студенческие годы?

— Ну, какое в те времена шампанское? Только по праздникам себе и позволяли — дорого ведь. Мы тогда пили пиво из трехлитровых банок и водку из крышек.

— Из чего?

— Да-да, из крышек, которыми закручивались бутылки.

— А что, в общежитии не было стаканов или хотя бы чайных чашек?

— Почему же, были. Но пили мы «наперстками» — чтоб быстрей окосеть. Тогда бытовало мнение, что чем меньше емкость, тем больше хмель. — Егор кивнул в сторону стенки, где хранилась посуда. — Достань, пожалуйста, фужеры.

Ульяна, секунду помедлив, поднялась с кровати. Но к стенке двинулась не сразу, сначала завернулась в простыню. Все стеснялась своей фигуры, дурочка...

Взяв фужеры, она вернулась, поставила их на тумбочку, после чего уселась на кровать, смело опустив простыню до талии. Знала, грудь у нее весьма неплохая, и ее можно выставить на обозрение. А вот живот непременно нужно прикрыть. Как и пышные, но крепкие бедра.

Смешная...

Заметив, что Егор за ней наблюдает, Ульяна чуть смущенно проговорила:

— Хватит на меня пялиться, открывай.

Баринов вернулся к прерванному занятию.

— Только постарайся не сделать так же красиво, как вчера на пляже, — предостерегла его Ульяна. — А то зальешь все белье!

— Ничего страшного, у меня не один комплект, поменяем. А если хочешь, можем вообще в другой комнате спать.

— Ты хочешь, чтобы я осталась до утра? — удивилась Ульяна.

— Конечно, хочу. Мы с тобой будем заниматься любовью, пить шампанское, пировать... — Он кивнул на подостывшие сосиски. — Утром приготовлю тебе кофе, мы примем душ, и я отвезу тебя домой.

— А ты ничего не забыл?

— Ой, забыл! Утром мы еще раз займемся любовью. Но просто я решил, что это само собой разумеется...

— Егор, ты забыл о том, что мы всего сутки знакомы.

— И что?

— Да одно то, что мы занялись сексом, совсем друг друга не узнав, уже для меня нечто из ряда вон выходящее, а ты хочешь, чтобы я с тобой всю ночь провела.

— Ну, терять тебе больше нечего, — улыбнулся Баринов. — Секс-то уже был. И могу сказать, что мне очень понравилось...

— Егор, — перебила его Ульяна, — я не останусь. Вот сейчас поем, выпью фужер шампанского и поеду домой.

— А ты ничего не забыла? — вернул ей вопрос Егор. После чего разлил шампанское.

— Ой, забыла! Еще мы займемся любовью. Но я думала, это само собой разумеется, — его же словами ответила Ульяна.

— Да я не о том. — Баринов протянул Ульяне фужер и, чокнувшись с ней своим, залпом выпил вино. — Мне нельзя за руль. Видишь, я пью...

— Ничего, доеду на такси.

— Это пошло — уезжать от мужчины, с которым занялась сексом на первом свидании. Тем более на такси. И тем более что свидания еще и не было. Конфетно-букетный период у нас с тобой впереди!

— То есть для тебя норма — оставлять случайных любовниц на ночь? — не приняла его шутливого тона Ульяна.

— Ты не случайная.

— Ответь.

— Для меня это совсем не норма. Наоборот, совершенно нетипично. И даже больше — я никогда еще не просил ни одну из своих дам остаться...

— А женские тапки в передней и розовый халатик, висящий на дверке ванной, для кого?

— Ты не дала мне договорить.

— Ой, прости. Продолжай, пожалуйста.

— Я никогда не просил ни одну из своих дам остаться, — повторил Егор. — Но если они того желали, не возражал. Хотя мне их присутствие особого удовольствия не доставляло.

— Почему?

— Не люблю, когда без моего ведома шарят по холодильнику и кухонным шкафчикам. Поэтому кофе завтра не ты мне будешь готовить, а я тебе... — И, засунув в рот сосиску, Баринов весело добавил: — Но позже, так и быть, разрешу тебе хозяйничать в моей квартире.

— Егор, я не останусь.

— Да кто тебя будет спрашивать? — хмыкнул тот. — Запру дверь, а ключ спрячу. Еще и телефон отберу, чтобы помощь не вызвала.

— Ты серьезно? — напряглась Ульяна.

— Мичурина, где твое чувство юмора? — с упреком протянул Егор. — Насильно мил не будешь. Не хочешь оставаться — езжай. Такси вызову, если надо, денег на него дам и до машины провожу, хотя одеваться неохота. Просто я не очень умею уговаривать, вот и придумываю, как тебя задержать. — И он замолчал, принявшись за еду.

Ульяна некоторое время смотрела на сосредоточенно поглощающего сосиски Егора. Затем рассмеялась, опрокинула в себя фужер шампанского и решительно заявила:

— Уговорил, остаюсь!

Баринов просиял, обхватил ее рукой за шею и поцеловал, предварительно вытерев губы сгибом локтя.

— Я рад! — объявил он, закончив долгий поцелуй тремя короткими чмоками. — Так рад, что готов пожертвовать для тебя своей сосиской. — И сунул ее, обкусанную до середины, Ульяне в рот.

— Какой ты щедрый! — притворно восхитилась та, прожевав ее. — И это кроме всего прочего!

— Чего прочего?

— Мало того что ты умен, привлекателен и сексуален, так еще и щедр. Просто-таки идеальный мужчина! Даже странно, что такое сокровище еще не прибрали к рукам.

— А я не даюсь.

— Закоренелый холостяк?

— Да нет... — Егор шумно выдохнул и стал чуть серьезнее. — Я мечтал иметь семью, но...

— Но не встретил достойной женщины?

— Достойных много. Но ведь женятся не на таких.

— А на каких?

— На любимых.

— То есть ты никогда не любил?

— Любил.

— Тогда почему ни разу не был женат?

— Удивляюсь, что ты еще не в курсе. Я был женат.

— Значит, ты в разводе?

Егор покачал головой. После чего встал, подошел к окну и выглянул на улицу. Но не потому, что ему было интересно, что там происходит, просто он не хотел, чтобы Ульяна видела его лицо.

— Я вдовец, Ульяна, — хрипло произнес он и замолчал.

Свою историю Баринов пока не готов был рассказать. Даже той, к кому впервые за долгие годы почувствовал нечто большее, чем обычную симпатию.

Глава 12

Егор полюбил Надю с первого взгляда, увидев ее на крыльце института, когда пришел сдавать последний вступительный экзамен. Девушка его уже сдала и с чувством облегчения курила на ступеньках. Что она впервые затянулась сигаретой, понял сразу — незнакомка держала сигарету неумело, а дым выдыхала так неглубоко, что тот попадал только в рот, но никак не в легкие. «Хочет казаться более раскованной, — мысленно улыбнулся Егор. — Бывалой и современной. А на деле чистая ромашка... Нет, василек. У нее глаза, как васильки... Синие-синие!»

Подходить к Наде, чтобы познакомиться, Баринов не стал, ему было некогда. Просто ей улыбнулся, проходя мимо. Девушка ответила ему тем же.

— Не надо курить! — не сдержался он. — Не идет тебе...

И скрылся за дверями института.

Последний экзамен Егор сдал успешно, и его зачислили. Надю тоже. Второй раз они встретились у вывешенных в фойе списков поступивших и обменялись не только приветами, но и поздравлениями. И еще представились друг другу.

— Отметим удачу? — предложил Баринов.

— Хорошо, — согласилась Надя.

В кармане Егора была невероятная сумма — целых десять рублей. Их мама выдала сыну, чтобы тот заплатил за квартиру. Но он решил потратить деньги совсем на другое.

— Пошли в «Лагуну» шампанское пить? —

тоном бывалого кутилы бросил Егор. — Там уютно и кормят прилично...

На самом деле в ресторанчике на набережной он ни разу не был, а о том, что там уютно и кормят прилично, слышал от кого-то из друзей родителей.

— Ой, а давай лучше в кафе-мороженое? — испугалась Надя. — Тут, за углом... Я там часто пирожные с лимонадом покупаю.

— Нет, гулять так гулять! — отрезал Егор и, взяв девушку за руку, потащил ее к автобусной остановке.

В «Лагуне» они заняли самый лучший столик с видом на реку (днем ресторан пустовал), заказали шампанского, пирожных и по салатику. Официант, приняв заказ, скептически посмотрел на Егора, прикидывая, стоит ли того обслуживать. Спасло Баринова от позора только то, что он был крупным, с развитой мускулатурой, и ему можно было дать восемнадцать лет (а на деле едва исполнилось семнадцать). В итоге шампанское им все же принесли.

Выпив фужер, Надя захмелела и начала рассказывать о себе, а до того больше помалкивала. Оказалось, она приехала из области. Мама настаивала, чтобы дочь окончила сельхозтехникум и пошла работать к ним на ферму ветеринаром, но Надя мечтала стать экономистом и остаться жить в городе.

— А парень у тебя есть? — спросил Егор с опаской.

— Был... Мы с ним в одном классе учились и встречались три года. Но он сказал, если в город поеду, могу считать, что мы расстались... Я, как видишь, поехала.

— Дурак твой парень! — воскликнул Егор, почувствовав укол жгучей ревности.

— Просто думал, что меня город испортит... — Девушка вздохнула. — У нас в селе почти все так считают.

— Расстраиваешься из-за него?

— Уже нет, — улыбнулась Надя, и ее искренняя улыбка сразу успокоила Егора.

Когда они вышли из ресторана, пошел дождь. Да не грибной, а настоящий ливень. И чтобы укрыться от него, пришлось бежать по лужам к телефонной будке. Баринов распахнул свою джинсовую куртку и накрыл спутницу, чтобы та не промокла. Но сделал только хуже — вода лилась прямо девушке за шиворот. Однако Надя стойко это сносила. Ведь сырость — такая ерунда по сравнению с заботой Егора!

Когда домчались до будки, дождь стал стихать. Но все равно забежали в нее и закрыли дверь. Места там было мало, и стоять молодые люди могли, только тесно прижавшись друг к другу...

Егору очень хотелось Надю поцеловать, но он боялся ее спугнуть.

Наде хотелось поцеловать Егора, но она боялась показаться ему легкодоступной.

И оба мечтали о том, чтобы дождь не кончался...

Но тот прекратился минут через пять. Новоиспеченные студенты вышли из будки и отправились гулять по набережной, шлепая по лужам, хохоча и поднимая ногами тучи брызг.

Им было невероятно хорошо вместе! И тепло, хотя и тот, и другая продрогли до костей...

На следующий день оба заболели. Причем серьезно. Надю даже госпитализировать с воспалением легких пришлось. А Егора мама-врач дома выхаживала. Окончательно ребята выздоровели только к первому сентября. Но уже первого встретились на тех же ступеньках, где увидели друг друга впервые. И больше не расставались.

В том, что Егор с Надей поженятся после института, сомнений не было только у них да у мамы Баринова. Когда сын привел девушку в дом и представил родителям как будущую супругу, отец его слова всерьез не воспринял (мало ли что в семнадцать лет себе напридумываешь!), а вот его жена сразу поняла, что у Егора намерения более чем серьезные. Она знала сына лучше, чем кто бы то ни было, и не сомневалась: мальчик искренне полюбил. И, похоже, полюбил достойную девушку. Надя ей сразу понравилась. Милая, воспитанная, нежная. А что из деревни, так даже хорошо — значит, цивилизацией не испорчена, многое умеет по дому. Мама Егора приняла ее как родную и уже через год стала называть «дочкой».

Отношения между молодыми людьми развивались гармонично и со временем только крепли. Егор стал первым мужчиной, Надя — его первой женщиной. Они всюду бывали вместе, не уставая друг от друга. Мысли о браке стали посещать их все чаще. Ребята даже чуть не расписались после третьего курса, уже и заявление подали. Но помешали обстоятельства — умер Надин отец, и ей стало не до свадьбы.

Поженились влюбленные сразу по окончании института. И почти тут же зачали ребенка. Благодаря маме-врачу у Егора была возможность «откосить» от армии, и он не пошел служить, остался с беременной женой и всячески ее поддерживал.

Надя родила Егору сына, наследника. Крепкого краснощекого мальчугана с папиным лицом, но с мамиными глазами: синими-синими, как васильки. Его и назвали Васильком, Васей. И стала их семья еще более счастливой. Все, кто знал Егора и Надю, удивлялись. Потому что не бывает так, чтоб все у людей было гладко! Белые полосы всегда чередуются с черными, таков закон жизни...

И люди оказались правы. Но не совсем. Белая полоса жизни Бариновых закончилась черной раз и навсегда. Произошло это в дождливый июльский день. Почти такой, как тот, когда они отмечали свое поступление в вуз в ресторанчике на набережной (с тех пор оба обожали дождливые июльские дни), только на сей раз их было не двое, а трое. Сынок сидел рядом с мамой на заднем сиденье, Егор вел машину. Они оживленно что-то обсуждали. Кажется, очередную «пассию» Василька (мальчик уродился не в родителей, влюблялся ежемесячно). Надя с серьезным лицом просила сына не разбивать новой избраннице сердце, а Егор поддакивал ей и подмигивал — знал, что жена бросает взгляды на его отражение в зеркале. Зачем он обернулся назад, Егор потом так и не смог вспомнить. То ли Надя хлопнула его по плечу, то ли сын окликнул. А скорее просто соскучился по их лицам. Не тем, что видны в зеркале, а живым. Он так любил смотреть в смеющиеся Надины глаза и в похожие на них васильковым цветом глаза сынишки...

Закрылись они одновременно, эти васильковые глаза. Надя и Вася заметили грузовик первыми. И зажмурились! Мать и сын частенько совершали какие-то действия в унисон. И скончались в один миг. По крайней мере, прибывшие на место аварии врачи время смерти поставили одинаковое. И долго удивлялись, что Егор остался практически невредим. Твердили ему, что это чудо и он должен благодарить бога за то, что тот сохранил ему жизнь. Люди не понимали, что без Нади и сына жизнь ему не нужна! Лучше бы он погиб вместо них. Или хотя бы вместе с ними. Что ему делать теперь с жизнью, дарованной богом? Егору на ум приходило только одно — отказаться от нежданного ненужного чуда. Но было жалко мать. Видя, в каком сын состоянии, женщина умоляла его не наложить на себя руки. «Я уже потеряла внука и дочку Наденьку, — плакала она, глядя в застывшие глаза Егора, — похоронила родителей и твоего отца. Если и тебя не станет, для кого мне жить? И зачем?»

«А мне зачем? — думал сын. — Только чтобы ты не плакала? Этого мало...»

Но оказалось — достаточно.

Когда Егора выписали из больницы, он привязал веревку к турнику, на котором любил висеть Василек, и сунул голову в петлю. Но решил мысленно попрощаться с матерью. Представил ее добрые карие глаза в окружении мелких морщинок, появившихся из-за того, что она часто смеялась, и... заплакал. Впервые за многие годы, но, что важнее, впервые после смерти жены и сына. Мама твердила: «Поплачь, тебе легче станет!» Но Егор не мог. Сердце плакало, а глаза оставались сухими, и их постоянно резало, будто жидкость в слезных каналах превратилась в лед. И вот его прорвало...

Стоя на стуле с петлей на шее, Егор рыдал, как ребенок, впервые ощутивший нестерпимую физическую боль или боль утраты. Проплакавшись, Баринов сорвал с шеи петлю и спрыгнул со стула. Только легче ему не стало, напротив — было тяжелее. Потому что теперь Егору предстояло жить с собственным горем без всякой надежды на избавление от чувства вины.

Хотя нет, был один способ. Егор, более-менее придя в себя, отправился с Марком прыгать с парашютом. Ему не хотелось, но Штаркман настоял, думая, что это отвлечет друга. И Егор согласился, лишь бы тот отстал (у него сложилось впечатление, будто друзья взяли над ним шефство, но попросить их оставить его в покое не мог, знал, они желают ему добра) и в надежде, что парашют не раскроется. А что? Ведь в спорте всякое бывает. Говорят, кто-то разбивается, и Егора такой исход не пугал, совсем напротив...

Прыжок дался ему легко. Было абсолютно не страшно, но и не так уж увлекательно. Про то, что парашют раскрылся, и говорить не стоит. Все прошло как по маслу.

После приземления он отправился пить с мужиками пиво и узнал, что парашютный спорт не очень опасен. А вот аэросерфинг — да. Егор сразу вспомнил рекламный ролик, в котором лихой паренек, выпрыгнув из самолета, рассекал на доске по воздуху, а летящая рядом утка что-то ему крякала. Смертность среди тех, кто занимается аэросерфингом, выяснил Баринов, так высока, что данный вид спорта возглавил таблицу самых опасных (вроде бы тот лихой паренек, что снимался в рекламе, тоже погиб). Егор тут же решил им заняться. «Коли смерть не заметила меня там, на дороге, — размышлял Баринов, — то я буду мозолить ей глаза до тех пор, пока не надоем. Тогда она приберет меня, и это не будет постыдным самоубийством».

Но оказалось, что в России нет ни одного клуба, где можно обучиться аэросерфингу. Тогда Егор вновь изучил статистику и выяснил, что сноуборд мало чем ему уступает. И занялся им. Благо город, где он жил, находился не очень далеко от Мекки многих российским сноубордистов — Домбая. Можно было ездить туда на выходные. И Баринов ездил. И дразнил смерть, пока не понял, что он для нее — как невидимка.

Вот тогда Егор успокоился. Стал получать удовольствие от своих занятий сначала сноубордом, потом кайтингом. И все мечтал, когда то же самое чувство ощутит, находясь с женщиной. С ней, а не в ней! Но получалось так, что хорошо ему было только во время секса, а после тяготился обществом дамы, которая сделала его почти счастливым, и мечтал лишь об одном — чтобы партнерша оставила его, если не совсем, то хотя бы сегодня. Баринов решил, что эта кара пострашнее его непреходящего чувства вины, но смирился с ней. И настроил себя на то, что не сможет больше полюбить, создать семью, родить ребенка...

«Пожалуй, все правильно, — с обреченным смирением думал Егор. — Иначе я предам тех, кого погубил. Они мертвы, а я буду не только жив, но и счастлив? Разве справедливо? Нет, я должен страдать... — И финальным аккордом звучала мысль: — Тем более что таких васильков, как моя Надя, больше нет, а значит, не будет и таких детей, как мой Василек...»

Баринов смирился и давно ничего не ждал от судьбы. Зачем ждать, если та с госпожой смертью в сговоре и его участь уже давно решена? Но когда увидел Ульяну, вдруг испытал такое чувство, что посетило его за прошедшие годы лишь единожды — когда преодолевал опаснейший склон (тот самый, на котором едва не погиб Ветер) и сорвался с борда. Доска тогда полетела в одну сторону, а сам он в другую, и там, куда летел, стояло мощное дерево. Егор катился на него кубарем и, видя через белый снежный туман толстый ствол, думал: «Все, мне конец!», испытывая смешанное чувство радости и страха...

Но столкновения с деревом не произошло. Егора подбросило на ухабе, и к стволу он приложился плечом, а не головой. Теперь же Баринов получил настоящий удар. В самое сердце. И впервые за все годы вдовства подумал, что может еще стать счастливым...

Глава 13

Егор крепко спал, разметав в стороны мощные руки так, что Ульяна вынуждена была подвинуться к самому краю постели. «Привык находиться в кровати один, — сделала вывод она. — Я тоже обычно занимаю ее всю, ведь мои разбросанные руки и согнутые в коленях ноги никому не помешают вольготно раскинуться — ведь всю жизнь сплю одна! Даже когда замужем была, имела отдельную кровать. А за те несколько месяцев, что жила с Юрой, не успела привыкнуть к совместному спальному ложу — он слишком редко оставался у меня на ночь...»

Ульяна привычно подтянула колени к груди, но ноги свесились с кровати. Пришлось подтолкнуть Егора, чтобы тот немного подвинулся. Потревоженный Баринов приоткрыл один глаз, увидел Ульяну, улыбнулся, схватил ее за плечи, притянул к себе. И, подгребя под свое тело, снова уснул. А Ульяна не стала освобождаться, ощутив вдруг умиротворение и покой. «Находиться в объятиях мужчины все же очень приятно, — улыбнулась она неожиданным мыслям. — Хоть и неудобно — колени к груди не подтянешь и не раскинешь рук...»

Теснее прижавшись к теплому животу Егора, Ульяна закрыла глаза.

Дрема накрыла ее как-то вдруг. Вот только что лежала без сна, а в следующий миг сознание затуманилось, и тело перестало ощущаться. Перед мысленным взором побежали картинки. Неясные и быстро меняющиеся. Когда же Ульяна погрузилась в полноценный сон, изображение приобрело четкие очертания, и она увидела ворота «Ветродуйки» и два развевающихся флага, воткнутых в песок возле каждой из опор.

«Проснуться! — приказала себе Ульяна. — Немедленно проснуться!»

Но не вышло, и кошмар продолжался.

У ворот сидел мужчина, подложив под себя борд. Его светловолосый затылок с поредевшими волосами маячил перед глазами Ульяны. Почему-то смотреть на него было страшно, и она отвернулась. Но уже в следующую секунду вновь увидела перед собой мужскую голову, только теперь по белокурым волосам струилась кровь, а лысоватый затылок рассекала рана.

«Проснуться! Немедленно проснуться!» — повторила приказ Ульяна. Но мозг вновь ему не внял.

Мужчина уже стоял. Он вскочил, схватившись рукой за затылок, и между его пальцами текла кровь. Затем раненый обернулся. Ульяна увидела его расширившиеся глаза. Но веки тут же сомкнулись, и Иван-Дрозд рухнул на песок. Руки его разметались, как будто он на самом деле был птицей и собирался расправить крылья, чтобы пуститься в спасительный или последний полет. Когда Иван падал, с его шеи что-то слетело и, сверкнув, упало на песок. Ульяна хотела рассмотреть, что именно, но это же был кошмар, и картинка нарисовалась совсем не та, которую она планировала увидеть. Ее взору предстал лежащий на земле Дрозд. Из-под его головы вытек красный ручеек, песок сразу впитал кровь. Дрозд со стоном открыл глаза и попытался сесть, но Ульяна, стоявшая над ним, вместо того чтобы ему помочь, пнула мужчину в грудь...

«Проснуться! Немедленно проснуться!» — уже не приказывала, а умоляла она. Но ее мозг не слушал ни приказов, ни просьб.

Дрозд вновь упал на спину. По всей видимости, у него закружилась голова: раненый прикрыл глаза и часто задышал. Вдох — выдох, еще и еще... И только Дрозд хотел очередной раз выдохнуть, как в его живот вонзился металлический штырь. Вместо воздуха из его рта вырвался кровавый фонтанчик.

Дрозд умер, а его раскинутые руки так и не превратились в крылья...

Ульяна открыла глаза и уставилась в потолок, на котором лежала тень от люстры. Люстра состояла из трех стеклянных лепестков, но лунный свет падал на них таким образом, что два слились в один, и тень была похожа на раскинутые крылья.

«Кошмар продолжается?» — испугалась Ульяна. Но тут услышала посапывание Егора и поняла, что проснулась.

Аккуратно высвободившись из мужских объятий, выбралась из постели. Сердце билось так сильно, что, если б Егор не был погружен в глубокий сон, непременно бы его услышал. Мичурина сделала несколько глубоких вдохов и выдохов в надежде унять сердцебиение. Удалось только частично: сердце уже не громыхало, но и не билось спокойно. «Надо бы выпить корвалола, — решила Ульяна. Однако, вспомнив, что находится не у себя дома, изменила решение: — Нет, валерианки. У меня в сумке есть таблетки!» И направилась в прихожую, где оставила сумку.

Пока шла, все гнала от себя воспоминания о недавнем кошмаре. Его детальность наводила на пугающие мысли, но думать о том, что такие подробности просто так не приснятся, а значит, они являются отражением произошедшего в действительности, было очень и очень страшно.

«Я не убийца! — повторяла про себя Ульяна. — Ведь совершенно не способна на насилие!» Но перед глазами тут же всплывала картина: падающий от ее пинка Дрозд и вонзающийся в его живот штырь, и едва забрезжившая Ульянина уверенность таяла.

Добравшись до сумки, она схватила ее, рывком расстегнула и принялась суетливо рыться в недрах. Как обычно, под руку попадалось что угодно, только не искомое. Ульяну охватила неуместная паника. Хотя подумаешь, таблетки не отыскиваются, значит, дома забыты... Но тут она вспомнила, что положила лекарство в отдельный кармашек на липучке. Рванув ее, засунула палец в отделение и нащупала краешек блистера. Потянув за него, достала таблетки. Но не валерианы, а анальгина. Решила принять и его, а то голова начала болеть. Выдавив на ладонь таблетку обезболивающего и пять успокоительного, хотела было отправиться в кухню, чтобы запить их водой, но застыла, заметив, что из кармана кардигана, заботливо поднятого Егором с пола и положенного на банкетку, свисает какой-то шнурок. Ульяна удивленно вскинула брови. Что там может быть? У нее нет привычки что-либо класть в карманы вязаных изделий. И руки старалась туда не совать, чтобы не растягивать (к вещам ее приучили относиться бережно). Но сейчас оттуда торчал черный шнурок. Ульяна подошла к кардигану и взялась за него...

На шнурке болтался серебряный кулон. Круг, в который был заключен кентавр, натягивающий тетиву лука. Стрелец, одним словом. Зодиакальный знак. Ульяна видела точно такой же на... на...

На груди Дрозда, когда тот был жив. Помнится, подумала еще тогда, что у нее со Стрельцами, если верить гороскопу, отличное взаимопонимание, однако с единственным представителем этого знака, с кем ее столкнула судьба, она его так и не нашла. Ее муж был Стрельцом, и ничем хорошим их связь не закончились, тогда как астрология обещала полную гармонию и душевный комфорт в отношениях. Ошибалась, значит, наука звездная? Или просто Ульяне не повезло с представителем оптимально подходящего ей знака? «Пожалуй, и то и другое, — пронеслось в голове. — И вообще гороскопы — чушь!»

— Ульяна, ты где? — услышала она хриплый голос Егора.

— Тут, — ответила она, едва разлепив губы.

— Иди ко мне скорее...

Но Мичурина не могла двинуться с места. Как загипнотизированная смотрела на кулон, который видела на живом Иване и которого не оказалось на мертвом, потому что он слетел с шеи, когда Дрозд падал...

А теперь кулон в *ее* руках. И до того лежал в кармане *ее* кардигана.

Как он там оказался?

Когда?

И почему?

«Многие убийцы оставляют на память вещи своих жертв, — вспомнилось ей вдруг услышанное вчерашним вечером от Славы Кравченко. — Кто заколочки, кто амулеты или нательные крестики, кто сумочки...»

Голова закружилась. Чтобы не упасть, Ульяна схватилась за стену.

— Ты идешь? — донесся голос Баринова.

Она молчала. Ей было не до Егора.

— Что-то случилось? — послышалось совсем рядом. Баринов, не дождавшись ответной реплики, встал с кровати и вышел в прихожую. — Да на тебе лица нет! — обеспокоенно проговорил он. — Что с тобой?

Сжав медальон в кулаке, Мичурина убрала руки за спину. Ее трясло. Заметив это, Егор подхватил кардиган и накинул ей на плечи. Ульяна сразу же сунула руки в карманы и выдавила:

— Мне действительно нехорошо.

— Знобит, да? — Баринов коснулся рукой ее лба. — Температуры вроде нет, но, возможно, ты простыла. Ночью было прохладно, ветрено, вот тебя и просквозило. Пойдем в кровать, я дам тебе аспирин.

— Нет, я поеду домой.

— Не глупи, Ульяна. Куда ты... среди ночи...

— Вызови мне, пожалуйста, такси! — взмолилась она.

— Что ж, хорошо, — кивнул Егор, тоже

предпочитавший болеть дома. — А пока мы ждем машину, может быть, чаю?

— Ничего не надо. Домой.

— А таблеточку? Я принесу.

Ульяна замотала головой. В ее кулаке уже имелось пять таблеток, она так их и не приняла. Собственно, валерьянка сейчас точно не поможет, тем более в таблетках. Только корвалол или валосердин. Целый пузырек!

— Машина будет через пять минут, — сообщил Егор, положив трубку.

— Хорошо. Я бы на улице подождала... Ты не против?

— Как хочешь.

— Тогда я пойду. Не провожай меня.

— Сейчас пойдешь?

— Да.

— Вот так? — Баринов окинул тело Ульяны красноречивым взглядом. — В одном кардигане и даже без трусов?

Мичурина вспыхнула. Только теперь до нее дошло, что она не одета. Как встала с кровати обнаженной, так до сих пор и осталась (если не считать накинутого на плечи кардигана). И не стеснялась своей наготы, что характерно. Не до комплексов ей сейчас было... Совсем не до них!

Запахнувшись в кардиган, Ульяна поспешила в комнату, чтобы одеться.

— Твои вещи не там, — бросил ей вдогонку Егор.

— А где? — спросила, обернувшись.

Он молча указал на стул, стоящий в уголке прихожей. На его спинке висело платье, а белье было аккуратно сложено на сиденье. Егор, когда пошел готовить еду, подобрал и то и другое с пола.

Ульяна схватила свои вещи и скрылась в ванной. Но оделась не сразу. Сначала умылась ледяной водой и швырнула в мусорное ведро таблетки. Нужно мощное успокоительное. И анальгетик тоже: боль в голове разрасталась, усиливалась. Только пять минут назад ныла лишь растреклятая шишка да чуть покалывало в левом виске, а сейчас уже раздирало всю лобную зону и тянуло затылок.

— Такси приехало! — услышала Ульяна из-за двери.

— Отлично. Я уже готова.

Наскоро одевшись, она вышла в прихожую.

— Пойдем, провожу, — сказал Егор, успевший натянуть спортивные штаны и сунуть ноги в тапки.

— Не беспокойся, я могу и одна спуститься...

— Что ты за упрямица, Мичурина? Я же сказал, доведу до машины. Это мой джентльменский долг. — И, открыв дверь, бросил: — Иди! Я следом.

Ульяна не возражала. Послушно вышла в подъезд, позволила довести себя до машины, заплатить таксисту за проезд и поцеловать на прощание.

— Я позвоню тебе завтра, хорошо? — сказал Егор, оторвав губы от ее щеки.

— Да, конечно, — кивнула она, забравшись в салон.

О том, что не оставила ему номер телефона, даже не вспомнила.

Часть III

«Ночной шепот». Несколько дней спустя...

Глава 1

Сергей долго не мог уснуть. Все ворочался и ворочался, будто он сказочная принцесса, под которой лежит горошина. Наконец принял удобное положение и задремал, но погрузиться в безмятежный сон так и не получилось. Он постоянно пробуждался — то от собственного храпа, то от завывания ветра, то от того, что закинутые за голову руки затекли или резинка трусов врезалась в ягодицу. Когда последнее стало особенно его беспокоить, Ветер стянул с себя плавки и швырнул их на пол. Сразу стало комфортнее, но сон так и не шел. А все из-за мыслей, тут же вползавших в мозг! Они мешали погрузиться в то безмятежное состояние, которое предшествует сну.

Ветер планировал в эти выходные открыть станцию, но его так замучили своими визитами менты, что он решил отсрочить еще на неделю. Такое известие, естественно, никого из членов клуба не порадовало, но куда деваться? Сергею даже подготовить базу некогда было. Только соберется, а тут звонок: ждите, едем. Сначала за машиной Дрозда прибыли, чтобы ее отогнать. Потом для осмотра дома (но не для обыска — на это ордера не было). Затем просто для беседы...

Да еще непрерывные боли в паху! Он из-за них почти не спал и катался на борде без привычного кайфа. Конечно, какой может быть кайф, если тело раздирает боль?

«Я скоро умру, — обреченно думал Ветер. — Совершенно точно. У меня такие предчувствия, а они меня не обманывают. Но как жаль, черт возьми! Хоть бы на пару лет попозже. Я успел бы подготовить ребят, что начнут у меня этим летом заниматься...»

Думая о подростках, Сергей имел в виду троих «неблагополучных» парней, которых взялся обучать кайтингу. Мальчишкам было по шестнадцать, а они уже успели побывать в колонии для трудновоспитуемых. Ветер и сам рос отнюдь не примерным — и дрался, и воровал даже, и на учете в детской комнате милиции состоял, а потому знал, каково это, когда тебя воспринимают словно какого-то отморозка. Хочется не доказывать всем, что ты не такой, а делать еще больше пакостей. Типа, нате, получите, гады, за то, что меня не любите!

Вот таких он и собирался... нет, не перевоспитывать, а заинтересовать. И если ребят «зацепит» кайтинг, то желание демонстрировать свою крутизну привычными для малолетней шантрапы способами отпадет само собой. Когда ты в спорте, а тем более в экстремальном, меняются представления о том, что «круто», «слабо» или «западло». Хотя в общем-то эти понятия ничем не отличаются от общечеловеческих.

Сергей, покряхтев, встал и направился в кухню, чтобы попить чайку.

Ветер был страстным чаевником. Он мог не поесть, но если у него не получалось испить хотя бы раз в день чайку, ощущал себя каким-то лишенцем. Обычно же Сергей употреблял по пять чашек в день. Другие газировку дули или пиво, а Ветер даже в самую страшную жару пил горячий чай. Да не зеленый или каркаде, а черный. Из всех стран, в которых бывал, Сергей привозил коробку-другую заварки, да с какими-нибудь добавками, типа, сушеной земляники, перца чили или цветочных лепестков, и потом со смаком дегустировал.

Сейчас его любимым был английский чай. Самый обычный, среднелистовой. Ветер пил его без сахара, но с конфеткой. Желательно шоколадной. Но если таковой не имелось, годилась и какая-нибудь карамелька. Однако сегодня ничего сладенького обнаружить не удалось — Сергей давно не ездил за продуктами, и все запасы подошли к концу. Только вина полным-полно осталось, потому что гости обычно волокли его столько, что выпить за раз никогда не получалось.

Ветер решил за неимением конфет (и даже сахара!) добавить в чай ликерчику. Это густое сладкое пойло стояло в холодильнике с давних времен и даже не было открыто. Кто его привез, Сергей понятия не имел, но сейчас решил откупорить бутылку. Все манипуляции с чайником, заваркой и ликером он проделывал в темноте. Вернее, в доме было довольно светло — ночь стояла лунная, а занавесок на окнах не имелось, и Ветер не зажигал света. Налив чай в свой любимый бокал, он уселся на подоконник, толкнул створку, чтобы подышать...

И вдруг услышал чьи-то приглушенные голоса.

— Тихо ты, — проговорил кто-то шепотом, — а то Ветер проснется...

— Сам заткнись, — огрызнулся второй.

Сергей даже увидел, кто именно. Выглянув в окно, он заметил парочку типов, крадущихся к кайт-станции. Один был высоким, узкокостным, но не тощим, пропорционально сложенным, второй ниже, мощнее и нескладнее. Огрызался второй. А первый держал в руках нечто громоздкое и квадратное и наклонял это нечто над крылечком запертой станции. Ветер не сразу понял, что у него канистра. Но когда дошло, толкнул створку окна и выпрыгнул на улицу с рыком:

— Убью!

Поджигатели его вопль услышали и обернулись. Несмотря на темноту, Ветер рассмотрел лицо высокого. Это был Юргенс!

— Ну, я тебе сейчас покажу, щенок! — зло выплюнул Ветер.

Он был так зол, что чувствовал — попадись ему Юргенс в тот момент под руку, схлопочет олигархов сынок и сотрясение мозга, и переломом ребер. Но негодник, завидев приближающегося противника, швырнул канистру и дал деру. Его «Санчо Панса» припустил следом.

Однако уйти от взбешенного Ветра было не так-то просто. В минуты эмоционального напряжения или подъема Серега становился похожим на ураган. Был быстр, напорист, неумолим и страшен, силы его удесятерялись.

— Все равно догоню! — рычал он сейчас сквозь зубы. — А как догоню, так наваляю, что мало не покажется...

Но коренастого догнать не удалось. На своих коротких крепких ногах он тем не менее улепетнул так быстро, что его силуэт растворился в темноте. А вот длинноногий Юргенс, на первый взгляд казавшийся эдаким королевским скороходом, не смог далеко оторваться. «Меньше надо травы курить, сопляк! — прокомментировал мысленно Ветер. — Больше кайта, меньше кайфа!» И нагнал Юргенса, свалив его в пыль дороги.

— Пусти, придурок! — прокаркал парень, силясь оторвать руки Сергея от своей шеи.

— Даже не мечтай!

От Юргенса пахло бензином и... страхом, что ли. По крайней мере, Ветру показалось, что тот очень сильно струхнул.

— Задушишь же! — из последних сил выдавил Юргенс.

Ветер ослабил хватку, но совсем пальцы не разжал.

— Поговорим? — спросил он у парня.

Тот согласно замотал головой, и его нечесаные мелированные пряди заколыхались.

— Тогда колись, на черта тебе понадобилось палить мою станцию?

Юргенс ответил не сразу. Сначала ткнул пальцем в почти голого Ветра и попросил:

— Прикройся чем-нибудь. Или хотя бы отойди подальше, а то я себя каким-то петушком чувствую.

Сергей, только сейчас сообразив, что он не одет, чуть отстранился от Юргенса и поощрительно мотнул головой, призывая парня начать рассказ. Но тот молчал. Тогда Ветер больно сжал его шею пальцами.

— Да чего тут рассказывать? — выдавил Юргенс. — Просто подгадить тебе хотел. Как говорится, зуб за зуб!

— Не понял.

— Чего непонятного? Ты ментов на меня натравил, вот я и решил тебе отомстить.

— Ментов я не натравливал. Просто дал им показания, не имея намерения тебе гадить.

— Да что ты говоришь? Еще скажи, что не наговаривал на меня и моих друзей.

— Вовсе нет.

— Тогда какого хрена меня трясут всю неделю? Допрашивают, снимают отпечатки... Обыск на станции делают... И все тычут мне в морду какую-то чертову серьгу, якобы потерянную мной на месте преступления...

— Тебя подозревают в убийстве, и я тут совсем ни при чем. У следствия улики против тебя.

— И твои, а также твоих дружбанов показания. Вы наверняка в один голос твердите: Юргенс убил, больше некому.

— Но сережка-то действительно твоя.

— Как же, моя она! — взревел Юргенс. — Та, что у меня была в тот день, до сих пор на мне... Вот! — Парень задрал майку и продемонстрировал пупок, украшенный серебряным черепом. — А ту, с долларом, я и в глаза не видел.

— А доказать можешь?

— Я предлагал сделать анализ ДНК. Если я сережку носил, то ведь какие-то частички кожи должны на ней остаться, так?

— Так. И что же следователь?

— Пальцем у виска покрутил. Типа, ты че, парень, киношек насмотрелся? Такое только там делают или в гребаной столице, а в нашей, мать твою ети, дыре хорошо еще, что комп есть с выходом в Интернет. — Юргенс с досадой отшвырнул с лица сальную челку. — Пришлось отцу звонить. А уж как я этого не люблю...

— И что сказал батя?

— Орал, как ненормальный. Но обещал, если жареным запахнет — вмешается.

— Тогда тебе не о чем беспокоиться, парень.

— Да иди ты, — вяло ругнулся Юргенс. — С меня подписку взяли. Теперь хрен, а не соревы в Турции.

— А тебе туда очень надо?

— Конечно. Я планирую кубок взять.

— Только из-за кубка?

— А из-за чего же еще?

— Может, доску одну переправить?

— Не понял.

— Ну, ту, которую ты присвоил.

— Все равно не врубаюсь.

— Борд Дрозда ты взял? Тот самый... тюнингованный.

— Кашин борд, что ли? Не, не я.

— Что за Кашин борд? — не понял Ветер.

— Вы Ваньку Дроздом называли, а мы Кашей, — растолковал Юргенс.

Ветра подмывало спросить, почему именно

Кашей, но так как это не имело отношения к делу, задал совсем другой вопрос:

— То есть ты хочешь сказать, что доску вы не брали?

— Конечно, нет. На фига она нам?

— Ну...

Сергей на миг замолк, и Юргенс воспользовался короткой паузой, чтобы бросить еще одну реплику:

— У меня на станции борды и то новее, чем Кашин. Я закупил несколько штук из самой последней коллекции, так что его старье мне без надобности.

— Но он говорил, что та доска с каким-то... секретом.

— Ага, говорил. Типа, какой-то умелец ее доработал, и теперь она суперманевренная. Только вранье! Я ее лично проверил и скажу: доска как доска, нисколько не лучше моей. Зато тяжелее.

Пока Юргенс говорил, Ветер с пристальным вниманием всматривался в его лицо, считая себя неплохим физиономистом. Особенно хорошо у него получалось читать по лицам мужчин (женщины врали более правдоподобно), и это было очень кстати в те годы, когда Ветер занимался большим бизнесом. Сейчас Сергей все реже применял свои способности, но теперь они пригодились: следил за малейшими изменениями лица Юргенса и процентов на девяносто был уверен в том, что парень не врет. Похоже, олигархов сынок на самом деле не в курсе, зачем доска была доработана. Дрозд использовал Юргенса втемную.

— Когда вы приехали за Дроздом, он уже был мертв? — спросил Ветер.

— Точно. Лежал на песке, пришпиленный, как сушеная бабочка.

— И как скоро вы приехали за ним после его звонка?

— Не скоро. Часа через полтора.

— Почему так поздно?

— Перекурили и ждали, когда отпустит. Трава сильно прибила, понимаешь...

— А доска? Доска при Дрозде была?

— Вот далась она тебе! Доска, доска... Не знаю я, не обратил внимания!

— Вспомни, пожалуйста. Это очень важно.

Юргенс наморщил свой безмятежный лоб и через некоторое время вполне уверенно ответил:

— Не было. Кроссовку помню, с ноги его слетела и валялась поодаль... А больше ничего не было.

Парень замолчал и выжидательно уставился на Ветра. Но Сергей так глубоко погрузился в думы, что ему было не до Юргенса.

— Слышь, Ветер, я пойду, ладно? — спросил тот после минутной паузы.

— А? Да, топай... — Сергей махнул рукой. Затем, прислушавшись, добавил со смешком: — Тем более за тобой, похоже, едут.

— Точно, мой мотик рычит. Буй меня вырывать из твоих лап торопится.

— Не очень-то торопится! Я б из тебя уже всю душу вытряс за это время. Кстати, твоему корешу очень идет его кличка. Он и в самом деле похож на буек.

— Вообще-то у него фамилия Буев.

— Тоже ему идет! — Ветер хлопнул парня по спине, и парень от удара едва не ткнулся лицом в песок. — Если будут какие-то новости, подъезжай, рассказывай. Лады?

Юргенс утвердительно кивнул.

— И станцию мою больше не думай палить. А то так наваляю, что ни Буй, ни папа-олигарх тебе не помогут!

— Ладно, — буркнул Юргенс и, встав с песка, заспешил навстречу приближающемуся «Уралу».

А Ветер отправился восвояси.

Дойдя до своих владений, он забежал в дом, натянул штаны и взял фонарь. Включив его, направился к станции. Уж коли не спится, надо делом заняться: оборудование хотя бы частично расставить.

Отперев дверь, Сергей вошел в помещение. Поставил фонарь на пол. Осмотрелся. Доски валялись в беспорядке, и он стал их собирать. Но потом сообразил, что это лишнее, все равно их нужно расставлять на «стенде», а тот крепить к колоннам. Но где сам стенд, Ветер не знал и кинулся на поиски. Обшарив кучу разных мест, обнаружил искомое в старом сундуке («стенд» был разборным). Эту рухлядь он не выкидывал лишь потому, что сундук был дорог ему как память. В жизни Ветра имелся период, когда Сергей лишился всего своего имущества, в том числе мебели, и бабушкин сундук служил тогда ему и постелью, и обеденным столом. Теперь же в нем лежал «стенд». А под ним какие-то тряпки. Наверное, еще бабушкины. «Пора наконец их выкинуть!» — решил Ветер и схватил самую верхнюю. Когда та очутилась в его руках, оказалось, что под ней не тряпье...

Под ней оказалась доска. Серебристая. С рисунком, который понравился бы готу-экстремалу. Изображенная на ней летучая мышь смотрела на Ветра своими вампирскими глазами и скалила клыки.

Сергей достал борд из сундука, положил его на крышку, взялся за петли и с силой потянул (падсы отстегивались очень туго). Углубления под ними были пусты!

Несколько секунд Ветер смотрел на два опорожненных «контейнера», будто не веря глазам. Затем вернул падсы на место, а доску в сундук. Выключив фонарь, повесил его на вбитый в стену гвоздь. После чего покинул кайт-станцию. И пока он шел до дома, все думал и думал об одном: «Завтра, вернее, уже сегодня, ко мне приедут друзья... Среди них убийца и вор. Кто же он?»

Глава 2

Первым приехал Кравченко. Его джип, похожий на авто второразрядного супергероя, вкатил на стоянку. Из кабины раздался голос Славы:

— Ветер, иди сюда!

Сергей, стоявший на крыльце в гидрокостюме, спущенном до пояса, недовольно скривился (он хотел сбегать в душ):

— Чего тебе, Кравец?

— Вот как ты гостей встречаешь!

— Я тебе рад. Только давай уж ты сам выгружайся и вещи в дом вноси. Не первый же раз!

Слава выпрыгнул из джипа и настойчиво махнул рукой. Ветру показалось, что Кравченко похудел. Но Сергей решил, что ему померещилось. Как может человек за неделю сбросить столько килограммов, что станет заметно?

— Смотри, что я привез! — воскликнул Кравченко, кидаясь к багажнику.

— Надеюсь, что-то заслуживающее внимания, — проворчал Ветер.

— А то ж! — Вячеслав поднял дверцу и указал на большой, туго набитый бумажный мешок, в некоторых местах запачканный кровью.

— Это труп? — усмехнулся Ветер.

— Совершенно верно, — серьезно ответил Слава.

— Чей же на сей раз?

— Бориса.

— Какого такого Бориса? — Ветер начал сомневаться в адекватности Кравченко и потянул носом, намереваясь унюхать запах алкоголя.

— Да не двигай ты ноздрями! — расхохотался Слава. — Не пьяный я! А Борисом поросенка звали. Матушка моего коллеги разведением свиней занимается, вот я по случаю и купил целого. Шашлыка нажарим сегодня. А остальное заморозишь, чтобы все лето есть.

— Молодца, Слава! — похвалил друга Ветер. Но подумал о том, что все лето он может и не протянуть. Почему-то Сергею казалось, что умрет месяца через полтора-два. — Надеюсь, Бабуся приедет, чтобы мясцо нам замариновать.

— Ветер, ты че? Шашлык бабских рук не терпит! Я сам все сделаю... — Кравченко указал на мешок и скомандовал: — Берись за нижние углы, а я за верхние. Борька тяжелый, зараза, один не дотащу.

Они схватились за углы, подняли мешок, но... Бумага тут же надорвалась, и Борька рухнул на песок.

— Вот бестолковый ты мужик, Славка! — выругался Ветер. — Зачем за углы-то? Надо было снизу подхватить.

— Так ты бы подсказал! Как-никак тоже высшее образование имеешь!

Сергей хмыкнул. Оба они знали, что его образованию грош цена. Ветер, ушлый парень уже в те годы, когда учился, умудрялся делать деньги почти из воздуха. Времена стояли лихие, и заработок, как правило, был нелегальный, но Ветра это не беспокоило. Главное, он имел столько, что уже на втором курсе ездил на «БМВ». Декан, имевший всего лишь «Шкоду», его поэтому недолюбливал и мечтал отчислить, но Ветер так грамотно раздавал взятки преподавателям, что придраться было не к чему.

А «бумера» своего он сразу по окончании института лишился. Как и точек на рынке, и ларьков с пивом и жвачкой. Глупый был, молодой, делиться с братками не захотел, вот его имущество и подожгли. Остался он с голым задом! Вернее, с разбитой «девяткой», купленной по пьяному делу за копейки, с бабушкиным сундуком и тремя сумками джинсов, не пострадавших при пожаре по простой причине — Ветер держал их в «Жигулях» и собирался выкинуть, так как штаны были бракованными и никто их не покупал. Но ничего, выплыл! Причем при помощи тех самых «некондиционных» джинсов. В моду вошли «варенки», и Ветер лично их варил. Брал суровую нитку, вдевал ее в толстую иголку и собирал штанины в «гармошку». Затем кипятил в сильном растворе уральского отбеливателя. Варенки получались не в пример фирменным, с брачком, но в их провинциальном городе и на такое безобразие покупатель находился...

— Серег, ну давай, что ли, поднимать? — предложил Слава ворчливо. — Чего застыл?

— Давай, на раз-два! — скомандовал Ветер. — Раз, два, взяли!

Они подняли Борьку и потащили в дом.

— Стой! — вскричал Сергей. — А рубить-то его где будем? Не в кухне же!

Слава вынужден был признать, что об этом не подумал.

— Бросай тут, — сказал Ветер, — на крыльце. Я сейчас принесу топор и большую доску. Оттащим его за дом и там разделаем.

— А ты умеешь? Я лично нет.

— А я — легко. Между прочим, рубщиком мяса на рынке работал.

— Когда?

— В институте еще.

— Я думал, ты спекулянтом был.

— Ой, Слава, кем я только не был! Но первые денежки заработал на мясе. Вставал в четыре утра и мчался на рынок. К семи управлялся, несся домой, чтоб помыться, и на лекции.

Ветер забежал в дом и в скором времени вернулся на улицу с тесаком, ведром, ножом и толстым брусом. Они со Славой перенесли Борьку, а также инструменты для разделки на задний двор. Кравченко уселся на перевернутое ведро, Ветер принялся за дело.

— Ты похудел вроде, — заметил Сергей, не отрываясь от рубки.

— Возможно... Ем плохо.

— Ага, уже заметил. Пятнадцать минут, как приехал, а пожрать еще не потребовал.

— Аппетита нет.

— Что так?

— Да как-то вот так... — Кравченко замолчал и шумно выдохнул.

— Что-то случилось?

— Развожусь я, Серег.

— Да ты что?! — поразился Ветер, замерев с занесенным топором. — Неужто у Ольги кончилось терпение?

— Да. То есть нет... Это не она со мной, а я с ней...

— Ты, Кравец, совсем, что ли, с ума сошел? Зачем?

— Да понимаешь, в чем дело... — И Кравченко опять замолк.

Ветер отложил топор, вытер руки о шорты, в которые переоделся, подошел к другу и заглянул ему в лицо.

— Слав, если не хочешь, можешь не рассказывать, — проговорил. — Это, в конце концов, не мое дело.

— Она мне изменила, Серег! — выпалил Кравченко.

— Кто? Оля? — не поверил своим ушам Ветер. — Да ладно...

— Правда.

— С чего ты взял?

— Сам видел.

— Застукал?

— Да нет, конечно, — сердито буркнул Кравченко. — Но как они воркуют, видел.

— Так, может, это еще ничего не значит...

— Значит, Сережа, значит. Мне еще месяц назад одна из Олиных коллег «тонко» намекала на то, что у моей супруги появился дружок, да я мимо ушей ее треп пропустил. Ведь даже мысли не допускал, что жена может завести с кем-то шашни. Не такая она у меня, и вообще...

— Ты для нее свет в окне, и никого другого не видит?

— Ну что-то в таком роде... — не стал спорить Вячеслав, который действительно считал, что для Оли не существует других мужчин. — А тут заскочил к ней на работу, смотрю, моя женушка за столом сидит, а над ней какой-то чел склонился. Шепчет ей что-то на ушко, спинку оглаживает, а та хихикает. Потом голубки, взявшись за руки, двинули к курилке. Я за ними. И что, ты думаешь, они стали делать в той комнатке? Курить? Фиг с маслом — целоваться!

— А ты? Ушел?

— Еще чего! Ворвался да надавал по морде Ольгиному хахалю.

— Сильно надавал-то?

— Да нет, легонько. Он знаешь какой хилый... Если б я ему со всей силы треснул, переломился бы... — Кравченко яростно пнул валяющийся под ногами камешек. — И что Ольга в нем нашла? Заморыш же... Да еще и старый — лет пятидесяти, не меньше. Нет, ладно бы с каким-нибудь красавчиком связалась, я бы хоть понял...

— Слав, не ври самому себе. Ничего бы ты не понял. И не простил бы ей ни заморыша, ни красавчика. Кстати, с последним она точно никогда бы тебе не изменила.

— Считаешь, на нее такой не позарился бы?

— Да при чем тут это? Ольга твоя не сексуальных утех на стороне искала, а эмоций. Ей хотелось чувствовать себя любимой и желанной. А разве щеголь смазливый даст ей такие ощущения — эмоции, ласку, заботу и понимание? Нет, только взрослый мужик, жизнью битый, ищущий того же, чего она. Если был искренен с Олей, она и поддалась...

— Ветер, с каких пор ты в женской психологии разбираться стал?

— Ты не поверишь! — усмехнулся Сергей. — Книгу Мичуриной прочитал, ее Бабуся у меня забыла. Делать было нечего, вот я роман и открыл. Думал, полистаю, пока сон не сморит. Но, знаешь, затянуло... — Ветер смущенно улыбнулся. — Неплохо пишет твоя приятельница. Было интересно читать, а главное — познавательно. Я б всем мужикам порекомендовал хотя бы пролистывать женские романы. В них можно найти ответы на многие вопросы...

— Да иди ты со своими книжками! — отмахнулся Слава. — Лучше скажи, что бы ты на моем месте сделал.

— Поговорил бы с женой. Ты, кстати, после того, как побил ее кавалера, что ей сказал?

— Ясно что. Развод!

— И что Оля?

— Рыдать начала, хватать меня за руки, что-то объяснять... Про любовь свою ко мне шептала. Но я не стал слушать.

— И дома не поговорили?

— Я теперь живу у родителей. Оля звонит мне, а один раз даже сама явилась, но я попросил ее оставить меня в покое. Заявление на развод уже подал.

— Ты действительно хочешь развода?

— Хочу — не хочу, какая разница? Я не останусь с женщиной, которая мне изменила!

— Да ладно тебе, Кравец, было б кому это заявлять! Самому лишь бы налево свинтить, а стоило жене разок слабину дать...

— Стоп! Я другое дело. Я — мужчина... — Кравченко вскочил с ведра. Но, потоптавшись, вновь сел. — Я ж на Ольге женился потому, что верил ей. Только ей! Думал, все бабы шлюхи, одна она — почти святая. И что оказалось? Оля такая же, как все.

— Не бывает идеальных людей, Слава. И твоя Оля, естественно, такая, как все. Со своими слабостями. И если ты хочешь знать мое мнение, я бы не порол горячку. Пожил бы некоторое время отдельно, а потом, поуспокоившись, поговорил бы с женой, все обсудил.

— Не буду я с ней ничего обсуждать!

— Ну и дурак.

— А ты, я смотрю, очень умный... Советы давать научился... Только, сдается мне, ты бы тоже не простил своей жене измены.

— Наверняка не простил бы. Но я — другое дело. Потому что по натуре одиночка. Ты же, Кравец, в холостяках зачахнешь. И дело не в том, что в быту беспомощный, просто есть люди, не выносящие одиночества, и ты — такой. Из-за того ты и сюда таскаешь каких-то телок и, едва твои уезжают на отдых, сваливаешь из дома к одной из своих цыпочек, чтобы в компании вечера коротать.

— Да просто мне одному непривычно!

— Про то я и говорю. В общем, не дури, Слава! Ты самец парный, и лучшей пары, чем Оля, тебе не найти.

— Ничего, я привыкну к одиночеству, — упрямо возразил Слава. — Тем более что, когда стану свободным, телок и цыпочек у меня станет в сто раз больше.

— Ты уверен? — усмехнулся Ветер. — А мне вот почему-то кажется, что тебе все они на фиг не нужны. Признайся, за всю неделю ни разу ни с кем не встретился?

— Мне сейчас просто не до этого...

Слава хотел еще что-то сказать, но тут в поле его зрения оказалась Бабуся, и он сказал Ветру:

— Женька приехала.

Сергей обернулся. Бабуся шла к ним, но смотрела не на друзей, а себе под ноги. Вид при этом имела сосредоточенный и немного испуганный.

— Жень, ты чего? — окликнул ее Ветер.

— А? — Евгения подняла глаза на Сергея и заморгала. — Ой, привет!

— Чего, говорю, ты странная такая?

— Мне мерещится или это кровь? — спросила она, ткнув пальцем в пятно на дорожке из брусчатки. — И на крыльце вроде пятна...

— На крыльце и есть кровь, — ответил Ветер. — Мы на него Борьку бросили, вот и размазалась. А тут ее быть не может. Значит, тебе мерещится.

— Кого вы бросили на крыльцо? — испуганно спросила Женя.

— Его! — Ветер указал на свиную тушу.

Женя, увидев ее, схватилась рукой за рот, развернулась и побежала прочь.

— А жрать любит... — флегматично заметил Ветер.

— Бабуся у нас барышня впечатлительная, не удивлюсь, если она сегодня и жрать откажется, — хмыкнул Кравченко.

— О, смотри, вон Барин катит! — Сергей указал пальцем вдаль, где по пыльной дороге несся черный джип Егора. — Иди встречай, а я доразделываю Бориску.

Глава 3

Егор выбрался из салона и с видимым удовольствием потянулся. Ехал он без остановок, вот мышцы и затекли.

— Здорово, Барин! — услышал радостный возглас Славы.

— Салют, Кравец, — поприветствовал его

Егор. В первую секунду он решил, что друг похудел и осунулся, но потом решил, что ему показалось. — Ты один сегодня или с телочкой? — Сообразив, что «телочка» может быть поблизости, поправился: — То есть с барышней.

— Один я, — буркнул Вячеслав. Заметил, что в салоне джипа кто-то есть, и хохотнул: — А ты, я смотрю... Кто там с тобой?

— Барышня.

— Да неужели?

Кравченко приблизился к джипу и хотел открыть дверцу, но та сама распахнулась, и из салона показалась Ульяна. Слава, увидев ее, удивился, но не подал вида:

— Писательница, и ты здесь? Все же приехала! — воскликнул он. — Милости просим!

— А где Женя? — спросила Мичурина. — Я ей подарок привезла.

— Какой?

— Свою новую книгу. Только что вышла.

— Она у тебя одна?

— С собой — да. А что?

— Да Ветер твоим творчеством увлекся. Вдруг и ему захочется с новинкой ознакомиться?

Ульяна, не поверив, фыркнула и прошла в дом.

Проводив ее взглядом, Слава спросил Егора:

— У вас шуры-муры, или я себе это придумал?

— Нет, у нас не шуры-муры. У нас серьезно.

Кравченко не смог сдержать удивления. Он хорошо знал друга и сразу понял — тот не шутит, Егор действительно серьезно увлечен Ульяной. Если не сказать больше — влюблен. Поскольку никаких других девушек Баринов друзьям не представлял. Да, все понимали, что подружки у него есть, а Марк как-то даже одну из них сподобился увидеть, случайно столкнувшись с Егором и его пассией в ресторане. Но ни разу Егор не познакомил ребят с кем-то. А уж тем более не говорил: «С ней у нас серьезно».

— Я за тебя, Барин, очень рад! — искренне произнес Кравченко. — И выбор твой одобряю. Хотя тебе, подозреваю, мое одобрение по фигу.

Егор хлопнул его по плечу, но разговор продолжать не захотел. Хоть Кравченко и друг ему, а вести беседы на личные темы Баринов не любил даже с самыми близкими людьми.

— Как там Ветер? — спросил он, меняя тему.

— Нормально. Сейчас поросенка рубит на заднем дворе.

— Серега рассказывал, как следствие по делу Дрозда продвигается?

— Да я как-то не спрашивал.

— А ты своему другу Колюне звонил?

— Не-а.

— Что ж так?

— Да как-то не до того было.

— Проблемы?

— Никаких проблем, просто работа заела, —

соврал Слава. Всех посвящать в свои семейные проблемы ему не хотелось. Достаточно, что о них знает Ветер.

— Ладно, сам у него спрошу, — бросил Егор, направляясь на задний двор.

Едва он скрылся, на дороге показалась еще одна машина. Слава узнал универсал Штаркмана.

Когда автомобиль въехал на стоянку и остановился, из салона высунулась лысая голова Кудряша. С другой стороны вышла черноволосая Диана.

— Привет, — не очень радостно поздоровался с другом Марк.

— Здорово, — так же хмуро приветствовала Славу Диана.

— Доброго утречка, молодожены! — нарочито радостно встретил их Слава. — Как добрались?

Спросил не просто так, а в надежде на то, что недовольство на физиономиях парочки вызвано дорожными неурядицами, а не обострившимися отношениями.

— Нормально, — буркнула Диана и направилась в дом.

— Все приехали? — тут же поинтересовался Марк.

— Все. Даже писательница. — И, не сдержавшись, Вячеслав добавил: — Прикинь, у них с Барином что-то наклевывается.

— Меня это не удивляет, — сказал Штаркман, подходя к багажнику и открывая его. — Я сразу заметил, что Ульяна произвела на Егора сильное впечатление.

— Да? — изумился Слава. — А по мне, так Барин всегда одинаково непоколебим. По крайней мере, внешне. Даже на похоронах жены и сына стоял с каменным лицом.

— Лицо, возможно, и было неподвижным, но глаза... У него они истинно зеркало души, а я с детства умею видеть ее отражение... — заявил Марк.

— Это у тебя, как понимаю, наследственное? Генетическая память многомудрых иерусалимских предков? — В их кругу было принято беззлобно подтрунивать над «еврейством» Марка, и тот не думал на друзей обижаться.

— Нет, приобретенное. От вас, гоев. Ветер научил. Он отличный физиономист. А мы, как ты помнишь, на лекциях обычно сидели вместе.

— И что?

— А то, что Серега по одному взгляду на препода мог определить, будет тот сегодня лютовать или нет. И потом, когда подтверждалась правота его предположений, рассказывал мне, по каким признакам сделал такой вывод. Насколько я знаю, в Японии когда-то существовала целая наука...

— Ой, не надо! Лекции мне еще в институте надоели... — простонал Кравченко. Он на самом деле не любил, когда Марк или кто-либо другой начинали умничать. — Ты лучше скажи, какая кошка пробежала между тобой и Дианой?

— Да с чего ты взял, что между нами...

— Я, может, и не большой специалист в физиономистике, но кое-что вижу. Вы с Дианкой явно серьезно поцапались.

— Все у нас нормально, — поспешно и не совсем искренне заверил его Марк. — А разногласия у каждой пары бывают.

Слава кивнул, решив не докапываться до сути. Если Штаркман захочет, сам расскажет...

Штаркман захотел.

— Я не уверен, что она меня любит! — неожиданно выпалил Марк. — Оттого и все проблемы.

— Брось, ты выдумываешь. Диана очень хорошо к тебе относится.

— В этом-то я как раз не сомневаюсь. Но любви, похоже, не испытывает. — Тут Марк замялся, видимо, решив, что и так сказал слишком много. А возможно, просто посчитал, что столь серьезный разговор нужно вести в другой обстановке, а никак не во время разгрузки вещей. И, резко сменив тему, попросил: — Помоги, пожалуйста, дотащить до дома...

— Опять водяра? — поинтересовался Слава, поднимая ящик и ощущая его тяжесть.

— На сей раз отличный гранатовый сок, я сегодня не пью.

— А я, наверное, выпью, — вздохнул Кравченко. И добавил, увидев, что Марк выгружает оборудование для кайтинга: — Иначе мне нечем будет заняться, когда вы уйдете в море.

— Да, сегодня я намерен накататься донельзя. Слишком много во мне дури накопилось, надо ее выпустить.

На том Штаркман беседу закончил и молча зашагал со своей ношей в дом.

Глава 4

Марк, Ветер, Егор и Женя катались несколько часов. Очевидно, много дури накопилось не только в Штаркмане. Однако именно он выбрался на берег последним. И едва его ноющие от усталости ноги коснулись песка, Марк ощутил то же недовольство жизнью, которое испытывал до того, как вышел в море. Получается, дурь не вышла, а всего лишь затаилась и теперь напомнила о себе тяжестью на сердце и пакостными мыслями. «У нас свадьба меньше чем через месяц, — раздалось в голове Марка противное брюзжание — в последнее время внутренний голос разговаривал именно так, — а Диана ни разу не сказала мне, что любит. Даже когда я просил, она либо отмалчивалась, либо глубокомысленно замечала, что слова — ничто. Да, возможно, но ведь очень хочется иногда услышать заветное: «Я тебя люблю!» Именно иногда, потому что, когда Женя твердила о своих чувствах беспрестанно, мне становилось скучно. Подобные признания должны быть не дополнением к каждодневной утренней яичнице, а изысканным праздничным десертом...»

Марк тряхнул головой, желая избавиться от воды в левом ухе и дурацких мыслей. Это частично подействовало. Мешающая нормально слышать влага была исторгнута, а вот с нехорошими думами дело обстояло хуже. Не изгонялись они посредством тряски, и все тут!

«А что, если Диана со мной только потому, что ей так удобно? — пронеслась паническая мысль. — И она не говорит о своих чувствах, потому что не хочет меня обманывать. Не любит и молчит об этом...»

Марк чуть слышно застонал. Как же он ненавидел себя за привычку выяснять отношения! Из-за нее они и рушились! Каждый раз Марку чего-то недоставало, и он решал: раз отношения не идеальны, их нужно разорвать. И разрывал. И если страдал потом, то не сильно. Но стоило Марку подумать о расставании с Дианой, как его прошибал холодный пот.

«Нет, только не это! — ужасался он мысленно. — Как я буду без нее? Не смогу. Задохнусь. Зачахну. Погибну...»

— Кудряш, ау! — донесся до Марка голос Ветра. — Ты долго там торчать будешь? Мы тебя ждем битый час.

— Буду через десять минут! — откликнулся Марк и потрусил в дом.

Когда он, сполоснувшись и переодевшись, явился в чайхану, вся компания была уже под хмельком (за исключением, естественно, Дианы). Однако пили не как в прошлый раз — в меру: на столе стояло всего две бутылки водки и одна вина, а под ним валялась пустая тара из-под коньяка.

— Мы тут тяпнули по чуть-чуть, — сообщил Марку Кравченко, который сейчас казался пьянее всех, хотя обычно держался бодрее остальных — спортивная закалка давала о себе знать. — Тебе наливать?

— Нет, я пить не буду.

— Как хочешь. А мы еще по одной, да, ребята?

— Я тоже больше не буду, — подала голос Ульяна, сидя в обнимку с Егором.

— Барин, ты на нее плохо влияешь! — погрозил другу пальцем Ветер.

Баринов только улыбнулся. А Ульяна поспешила заметить:

— Егор тут совсем ни при чем. Просто всю неделю я проболела, пила антибиотики. Последнюю таблетку выпила вчера вечером и сейчас боюсь навредить организму.

— Алкоголь с антибиотиками прекрасно уживается, — сказал Слава, взявшись за бутылку водки. — Это подтвердили последние медицинские исследования.

— Да ладно... — не поверила Женя. — Всегда считалось, что алкоголь нейтрализует действие антибиотиков.

— А когда-то считалось, что земля покоится на четырех слонах, — хохотнул Кравченко.

— Разве, когда болеешь, хочется выпить? Мне вот совершенно нет. Одно желание — уснуть и проснуться здоровой, — подала голос Ульяна, вспомнив свое недавнее состояние и передернувшись.

В ту ночь, когда Мичурина уехала от Егора, она и в самом деле заболела. По пути до дома ее трясло, но Ульяна не думала, что виной тому засевшая в организме хворь. Войдя в свою квартиру, первым делом прошла на кухню, открыла холодильник и достала валосердин. Пузырек был неполный, и она просто долила в него воды и залпом выпила. Гортань обожгло. Тому виной был ментол, добавленный в настойку.

Ульяна сунула в рот конфету, чтобы отбить

навязчивый мятный привкус и спиртовую горечь. Когда ее проглотила и запила водой, стало совсем хорошо. И во рту приятно, и сердце не колотилось уже как бешеное. Обрадованная Ульяна отправилась в кровать. Вообще-то нужно было хотя бы зубы почистить и умыться, но на это не нашлось сил. «Полежу немного, — решила она. — А потом уж в ванную... И таблетку надо бы принять, голова болит по-прежнему...»

Но «немного» растянулось на шесть часов. Проснулась Ульяна утром и с таким самочувствием, что хоть с кровати не вставай. Но встать пришлось. Естественные потребности заставили. Сходив в туалет и умывшись, Ульяна отправилась на кухню, чтобы попить. Когда рука коснулась вынутой из холодильника бутылки воды, ей показалось, что от ладони идет пар. «Что-то я уж очень горячая...» — подумала Ульяна. И, отыскав градусник, сунула его под мышку. А потом увидела, что температура у нее тридцать восемь и три.

Ульяна кинула в рот таблетку парацетамола, запила водой и вернулась в кровать. Хотела просто полежать, но почти сразу уснула. И снился ей ставший привычным кошмар. Пока ее не разбудил телефонный звонок.

— Алло, — слабо выдохнула Мичурина в трубку.

— Привет, Ульяна, — поздоровался звонивший. Голос (мужской) был незнакомым, но приятным.

— Здравствуйте. А вы кто?

— Егор Баринов. Прости, что сразу не представился.

— Ой, Егор, привет! — обрадовалась она. — Как ты узнал мой номер? Я забыла тебе вчера его дать...

— Спросил у Славы. Ему-то ты его дала.

— А... ну да.

— Как ты себя чувствуешь?

— Честно говоря, не очень.

— Все-таки простыла?

— Похоже, да.

— Температура есть?

— Да.

— Высокая?

— Тридцать восемь и три.

— Ого! Медикаменты в доме имеются? — В голосе Баринова появилось беспокойство.

— Я уже выпила парацетамол.

— А антигриппин есть? Сейчас как раз эпидемия.

— Нет. Но у меня аптека в соседнем доме, я схожу, когда температура спадет.

— Какое «схожу»? Лежи, я все привезу.

— Не стоит беспокоиться, Егор...

— Опять начинаешь? — голос стал сердитым. А потом сочувственным: — Не устала быть независимой?

— Устала, — честно ответила Ульяна.

— Тогда прекрати, как попугай, повторять «не стоит беспокоиться» и позволь мужчине за тобой поухаживать.

— Но у тебя, наверное, дела.

— Сейчас время обеда. Я заскочу в аптеку, привезу тебе лекарства, прослежу, чтобы ты их выпила, и вернусь в офис.

— И останешься без обеда?

— Чайку у тебя попью.

— У меня суп есть. Грибной. Правда, пятничный.

— Ничего, пойдет и пятничный, если с майонезом.

— Целое ведерко имеется.

— Класс! — Затем он со смехом добавил: — Значит, будем считать, что этим шикарным обедом ты оплатишь мое беспокойство. А теперь говори адрес.

Ульяна продиктовала, и Егор отсоединился, сказав, чтоб ждала его через полчаса.

И Мичурина стала ждать. Вообще-то, подумала, нужно бы привести себя в порядок к приходу мужчины и квартиру прибрать... Но сил не было. Единственное, на что их хватило, это на то, чтобы причесаться и сменить сарафан, в котором провалялась всю ночь и половину дня, на халат. Потом Ульяна измерила температуру еще раз. Ртутный столбик показал тридцать восемь и семь. Пришлось выпить еще одну таблетку и лечь. Едва голова коснулась подушки, Ульяна задремала. И на сей раз перед ее мысленным взором вставали совсем другие картинки: перекатывающиеся, сливающиеся друг с другом шары. Когда Ульяна болела, ей всегда снились именно такие, и она ненавидела этот свой высокотемпературный кошмар. Но сейчас только радовалась ему. Шары стопроцентно лучше, чем мертвый Дрозд...

Ее разбудил звонок. Кряхтя и постанывая встав с кровати, Ульяна пошла открывать.

— О, да ты еле на ногах стоишь! — воскликнул Егор, увидев ее на пороге. И ввалился в квартиру с ворохом бумажных пакетов, которые еле удерживал в руках. — Иди в постель.

Ульяне на самом деле казалось, что она вот-вот рухнет, поэтому, не став спорить, отправилась в спальню.

— Можно мне похозяйничать? — крикнул из прихожей Егор.

— Конечно. Я не столь в этом вопросе щепетильна, как ты. Можешь лазить и по холодильнику, и по полкам шкафов.

Мичурина угнездилась, накрылась одеялом, но тут же откинула его — стало жарко. А Егор прошествовал на кухню и загремел там посудой. Спустя минут пять вошел с подносом, на котором стояли стакан свежевыжатого апельсинового сока, тарелка с фруктами, дымящаяся чашка и великолепная ярко-красная роза.

— Ого, какой натюрморт! — восхитилась Ульяна.

Егор поставил поднос на тумбочку, скинул легкий пиджак, оставшись в белоснежной рубашке, подчеркивавшей его загар. Сейчас Баринов выглядел моложе своих сорока с хвостиком.

— Начнем с сока, — деловито скомандовал. — Пей, тебе нужен витамин С.

Ульяна взяла стакан и одним глотком его опорожнила. Пить очень хотелось!

— Теперь вон ту бурду. — Егор указал на дымящуюся чашку. — В аптеке сказали, что это самое лучшее средство от гриппа. Последняя разработка. Растворяешь в кипятке, пьешь три раза в день и за девять приемов излечиваешься.

— Вранье.

— Конечно, вранье, — согласился Егор. — Но ты все же выпей. Я состав прочитал, там нет ничего вредного. Тот же парацетамол, аспирин да кислота аскорбиновая.

— Можно было купить все по отдельности. Вышло бы раз в пять дешевле.

— Я на красивых женщинах не экономлю, — буркнул Егор и сунул чашку Ульяне в руки. — Пей.

Она осторожно, чтобы не обжечься, стала хлебать чудо-лекарство.

— Есть ты, наверное, не хочешь, — тем временем говорил Баринов. — Но я на всякий случай привез кое-что. Вдруг пробьет? Соки тоже привез. И морс клюквенный. Что еще надо? Ты скажи, я сбегаю, у меня есть немного времени.

— Ничего не надо, Егор, спасибо тебе огромное.

— Тогда я пошел.

— А суп?

— Пока носился по аптеке и магазину, перехотел есть.

— Как так? А расплата за заботу?

— Вечером расплатишься. — Он чмокнул Ульяну во влажный лоб. — Заеду после работы, проведаю тебя. Ты не против?

— Буду рада, — ответила Мичурина и нежно пожала его руку.

Вечером Егор приехал, как и обещал. И съел весь суп, что был в кастрюле. Но тут же сварил другой, куриный, и заставил больную похлебать бульончика. Ульяна отправила в рот три ложки, но больше есть не смогла —

горло раздирала боль. Егор предложил вызвать «Скорую помощь», но она отказалась, заявив:

— Я антибиотики попью, и все пройдет. Только у меня, кажется, их нет.

Баринов тут же собрался и поехал в аптеку. Ульяна лежала в кровати и ждала, когда Егор вернется. Но не из-за антибиотиков — просто потому, что хотела, чтобы он был рядом...

— Эй, Кравец! — услышала сейчас Ульяна голос Ветра, вернувший ее к действительности. — Ты про шашлык не забыл?

— Забыл, — кисло улыбнулся Слава.

— Дуй в дом за мясом. — И, встав к мангалу, где прогорали дрова, сообщил: — Угли уже готовы.

— Мне неохота делать этот чертов шашлык... Пусть Бабуся его пожарит.

— А кто мне говорил, что мясо бабских рук не терпит? А ну марш в дом за Борькой!

Вячеслав, тяжко вздохнув, поднялся на ноги и побрел к дому.

— Что это с ним? — спросила Женя, глядя вслед Кравченко. — Сам на себя не похож...

— Ясно, что! — фыркнула Диана. — Жена ему изменила.

— С чего ты взяла? — недоуменно протянул Марк. — Сказал кто-то?

— Никто мне ничего не говорил, сама вижу. Таких, как ваш Кравец, выбить из колеи может только измена той, кого он считал святой.

Ветер подивился проницательности девушки, но подтверждать ее версию не стал. Если

Слава захочет, сам расскажет о своих проблемах, а он, Сергей, не сплетница с завалинки, чтобы секреты друга разбалтывать. Тем более при посторонних, каковыми считал не только Ульяну с Дианой, но и Женю. Та хоть и своя в доску, но все равно баба, а в дружбу с бабами Ветер не верил.

— Не возражаете, если я немного поработаю? — подала голос Ульяна, указав на ноутбук, который все время лежал рядом с ней. — Мыслишка одна появилась, записать надо...

— О, вдохновение перестало тебя игнорировать? — порадовался за Мичурину Марк. — Поздравляю!

— Да, я начала новую книгу.

— Наша больная не покидала трудовой пост, — улыбнулся Егор. — Как ни приеду — сидит в кровати, строчит.

— И что же ты в итоге решила создать? — полюбопытствовал Ветер. — Детектив или приключенческий роман?

— Триллер, — сообщила Ульяна.

— Ого! И о чем?

— О писателе с раздвоением личности. Он (вернее, она, женщина-писатель) создает преступления на бумаге, а потом совершает их в жизни.

— По-моему, это старо, — не удержалась от язвительного комментария Диана. — Мы все смотрели «Основной инстинкт».

— Героиня фильма совершала преступления осознанно, а моя нет. Писательница не понимает, почему гибнут люди, с которых она пишет своих героев, и почему в ее сумке или карманах находятся их вещи.

— И такое уже было.

— Все уже кем-то создано, — философски заметил Марк. — Современным писателям остается только по-своему интерпретировать и обыгрывать когда-то придуманные сюжеты.

— Вот и не согласна! — запротестовала Женя, желая поспорить. Но Диана бесцеремонно ее перебила:

— А давайте спросим у Мичуриной, с чего вдруг она решилась на триллер! Всего несколько дней назад жаловалась на то, что не может убить даже на бумаге, а сейчас не просто убивает, а безжалостно мочит. Да еще героиню с себя списала и сделала ее шизофреничкой.

— Параноиком, — поправил невесту Марк. — Нас совершенно не касается, как Ульяна решилась...

— Да я сама не знаю, как, — все же пояснила Мичурина. — Но мне до сих пор немного страшно.

— Это все из-за Дрозда, — заметил Ветер. — Как ни жестоко звучит, но его смерть послужила для Ульяны толчком к вдохновению. — И добавил с кривой улыбкой: — Хоть кому-то от нее польза.

— Нам пользы нет, но и вреда тоже, — пожала плечами Диана. — Меня она вообще никак не колышет. Умер и умер.

— То есть вас пока не тревожили? Не вызвали для допроса, не звонили?

— Нам — нет.

— А вот меня задолбали!

— Ты близко, мы далеко. Да и менты в этой глуши нерасторопные. И некомпетентные какие-то на вид. Славкин друган мне вообще идиотом показался... — Она встрепенулась. — А вон, кстати, и он!

— Колюня? — удивленно воскликнул Ветер и собрался обернуться, чтобы посмотреть на незваного гостя. Но Диана фыркнула:

— Да какой Колюня? Славка! Кастрюлю с мясом несет. И шампуры.

— Помогите, черти! — прорычал Кравченко. — Тяжело!

— Неси, неси, тебе нагрузка не помешает, — захохотал Ветер. — А то мышцы совсем атрофировались.

— Главная мышца зато в норме, — проворчал тот, бухая кастрюлю на землю возле мангала. — Фу, еле дотащил...

Ветер поднял крышку и заглянул внутрь.

— Да тут всего килограммов шесть! — возмутился он. — А ты пыхтишь, будто целого Борьку приволок.

— А кастрюля? В ней еще пара кило. И про шампуры не забывай!

— Да уж... В них аж целых триста граммов.

— Они легкие, конечно, но нести неудобно, — не сдавался Слава. — А сейчас помоги мне нанизать мясо.

— И не подумаю. Ты грозился все сделать сам, так отвечай за базар.

— Наглый ты, Ветер! — поцокал языком Кравченко, но за мясо взялся и ловкими движениями принялся нанизывать кусочки на шампур. — Тогда хоть стопочку мне налей, — бросил он Сергею, закончив с первой партией шашлыка. — И поднеси!

Ветер, хмыкнув, налил в стаканчик водки и

приблизил его ко рту Славы. Тот ухватил пластиковый край зубами и запрокинул голову. Беленькая стекла в горло, затем в желудок. Кравченко занюхал ее маринованным мясом и вернулся к прерванному занятию.

— Когда будет готов шашлык? — полюбопытствовал Егор, у которого при виде аппетитных кусочков свинины (пусть пока и сырой) разыгрался аппетит.

— Минут через пятнадцать. — Слава пересчитал шампуры с мясом. — Как раз семь, всем хватит. Следующую партию попозже пожарим.

— Меня можешь в расчет не брать, — сказал Марк.

— Почему?

— Я не ем свинину.

— Штаркман, ты чего? Всегда ел, а тут нате вам... В мусульманство, что ли, подался на старости лет?

— Говядину я тоже не ем, — улыбнулся Марк. — Как и баранину. Готовлю себя к вегетарианству и кушаю только курицу. Но и от нее хочу отказаться.

Кравченко обернулся к Егору и Сергею, в тот момент чокающимся стаканчиками, и бросил им:

— Видали? Не пьет, не курит, не жрет мяса... Гляньте на его лопатки, ничего необычного там нет?

Ветер заглянул Штаркману за спину.

— Вроде нет.

— Ну, ничего, скоро появятся...

— Кто?

— Не кто, а что! Крылышки.

Ветер загоготал, но быстро оборвал смех и скривился, будто от боли.

— Ты чего? — забеспокоился Егор. — Язык прикусил?

— Да нет... — Сергей шумно, с явным облегчением, выдохнул. — Кольнуло что-то в боку, но уже прошло.

— Бывает... — Тут Баринов заметил, что Слава не занимается делом, а о чем-то напряженно думает, постукивая свободной рукой по кастрюле. — Эй, Кравец, ты чего завис? Все ждут шашлыка!

— Ой, пардон, задумался... — И Слава стал раскладывать шампуры на мангале. — Тебе, Барин, как самому голодному, достанется два. Раз Марк отказывается.

— Я, пожалуй, тоже откажусь, — помявшись немного, сказала Женя. — Как вспомню несчастного Борьку...

— Да и фиг с вами, Барину больше перепадет.

— Можете и мою долю ему презентовать, — подала голос Диана.

— Ты тоже не ешь мяса? Как будущий муж? Или Борьку жалко?

— Да нет, и Борьку мне не жалко, и мясо могу есть. Только вареное и самую малость.

— Гастрит?

— Диета.

— Ты? Сидишь? На? Диете? — делая паузу после каждого слова, прокричал Кравченко. — Охренеть! — И захохотал.

— Ничего смешного, — буркнула Диана. — У меня склонность к полноте. И, между прочим, лишние килограммы, которые не мешало бы скинуть.

— У тебя есть лишнее? — Вячеслав с любопытством осмотрел невесту Марка. — И где же, позволь узнать?

Та поднялась и с усилием защипнула кожу на талии.

— Вот!

Слава даже не нашелся, что на это сказать. Только покачал головой и вернулся к шашлыкам.

— Я пытался ее переубедить, — вздохнул Марк. — Но бесполезно. Твердит: я толстая, и все тут.

— Не толстая, но могу ею стать, — поправила его Диана.

— И ладно! Я тебя все равно буду любить.

— Посмертно, потому что я сразу застрелюсь!

Ульяна, услышав заявление девушки, улыбнулась. Ей, если мыслить Дианиными стандартами, лучше было и не рождаться. А уж коль такой казус произошел, либо всю жизнь бороться с весом, либо — борьба-то явно будет бесполезной — стреляться. Третьего не дано!

— Марк, — повернулась к жениху Диана, — пойдем, прогуляемся.

— Не хочется что-то...

— Пошли, мне надо тебе кое-что сказать.

— Важное?

— Очень.

— Хорошо. — Марк поднялся из-за стола и сказал друзьям: — Мы скоро.

— Да не торопитесь уж сильно, — хмыкнул Слава. — Секс спешки не терпит.

— Кто о чем, а вшивый о бане! — закатила глаза Диана. Но быстро переключила свое внимание на жениха: — Пойдем к валуну. Тому, дальнему. — И показала, куда хочет двинуться.

Марк кивнул и зашагал в заданном Дианой направлении. Девушка тронулась следом.

Шли молча. Марк ждал, что скажет невеста. Диана же, по всей видимости, ожидала окончания пути. Когда валун оказался в одном шаге от нее, опустилась на еще теплый песок, прислонилась спиной к камню и проговорила:

— Если ты передумал, так и скажи.

— Ты о чем? — не понял Марк. Он не притворился — на самом деле не понял.

— О женитьбе.

— Ты решила, что я передумал?

— Есть такая мысль.

— С ума сошла?

— Марк, да ладно тебе... — досадливо протянула она. — Думаешь, если я чуть ли не вдвое тебя младше и не имею образования, то совсем бестолковая? Может, каких-то вещей я и вправду не знаю, кто такой Джугашвили, например, но многое понимаю. Ты — закоренелый холостяк. Привык быть свободным и ни за кого не нести ответственности...

— Не продолжай, пожалуйста. Я знаю, что ты скажешь дальше. Но ты не права.

— А мне кажется, очень даже.

— Вот именно — кажется. Мерещится. Чудится!

— То есть, если я перекрещусь, это пройдет?

И Диана перекрестилась. Только неправильно — слева направо. Потому что не знала, как надо, ибо последний раз в церкви была в раннем детстве, с прабабушкой.

— Нет, Марк, не прошло! — констатировала затем. — По-прежнему мне кажется, чудится и мерещится. Ты передумал. Но я тебя не виню. Более того — понимаю. В твои годы жениться тяжко, а уж на мне, необразованной, неустроенной неумехе, тем более. Да и маме твоей я не нравлюсь.

— Ты думаешь, проблема в этом? В том, что ты неустроена, а я боюсь взять на себя ответственность?

Девушка кивнула, а Марк грустно улыбнулся.

— Дурочка ты...

— Да, еще и дурочка. Кому такая супруга нужна?

— Мне. Мне нужна! Потому что я люблю тебя. И хочу, чтобы ты стала моей женой.

— Тогда что с тобой творится в последнее время? Все же было хорошо! Но стоило нам подать заявление, как ты стал задумчивым и хмурым. И вечно мной недоволен.

— Что творится, спрашиваешь? Хорошо, я отвечу... — Марк провел растопыренной пятерней по голове. Волос на ней уже давно не было, а вот жест, которым он многие годы убирал со лба кудри, остался. — Я боюсь. Да, признаюсь честно: боюсь. Но не ответственности, а того, что ты... вернее, я... — Штаркман замолчал, собираясь с духом. А собравшись, выпалил: — Что я для тебя всего лишь удобный вариант.

— Даже не знаю, что на это сказать, — пробормотала Диана.

— Как есть, так и скажи. Либо подтверди, либо опровергни.

— А ты поверишь мне на слово?

— Да. Ты же знаешь, что для меня слова имеют значение.

— Я поняла! — воскликнула Диана. — Поняла, из-за чего все... Из-за моего нежелания произносить три избитых слова...

— Я бы их таковыми не называл.

— Какой ты все же... — девушка помолчала секунду и с улыбкой закончила: — Дурачок.

После Диана хлопнула ладонью по песку, приглашая Марка сесть рядом. Но тот остался стоять. Тогда поднялась и она. И, обвив его шею руками, прошептала:

— Я люблю тебя, умный мой дурачок... — И поцеловала Марка в висок. — Доволен?

Штаркман слабо улыбнулся и кивнул.

— Но больше не проси, чтоб я это говорила, понял? — грозно свела брови Диана. А глаза ее смеялись.

— Ну, хотя бы раз в год... — поддержал ее игру Марк. — На годовщину свадьбы.

— Торг тут неуместен! Лучше я буду доказывать тебе свои чувства действиями.

— Какими же?

— А хотя бы вот такими...

Диана рывком стянула с себя футболку, скинула кроссовки, носки, сорвала джинсы вместе с трусиками. Затем так же молниеносно раздела Марка, благо тот был в шортах на резинке и олимпийке на молнии. Когда они оба оказались обнаженными, Диана схватила его за руку и потащила к морю. Очутившись в воде, она нырнула и долго не показывалась на поверхности. Но когда Марк начал беспокоиться, ее черноволосая голова всплыла прямо возле его паха...

— А теперь — непосредственное доказательство! — засмеялась девушка, увлекая Марка за собой.

Глава 5

Голубки вернулись, когда первая партия шашлыка была съедена, а вторая дожаривалась на остатках углей.

— Ну, пожалуй, за вашу сексуальную жизнь я спокоен, — изрек Слава, завидев Марка с Дианой. И, заметив, что у девушки сырые волосы, предложил: — Не желаете тяпнуть для сугреву? Или для него же грызнуть мясца?

— Я пятьдесят граммов выпью, — сказал Штаркман.

— А я, пожалуй, съем кусочек шашлыка, — откликнулась его невеста.

Марк плюхнулся на свое привычное место. Села и Диана. Жених тут же обнял ее, прижал к себе. Как птенчика. Вид у него при этом был глупо-счастливый. Помирились, понял Слава. И порадовался за будущую чету Штаркманов.

— Кому добавки? — спросил Кравченко, раскладывая готовый шашлык по тарелкам.

— Мне! — откликнулся Ветер.

— А я — пас! — поднял руки Егор. — И так четыре порции слопал.

— Четыре с половиной, — хихикнула Бабуся. — Ты ж еще у Ульяны полтарелки уплел, пока она по клавишам стучала...

— У меня правда аппетита нет, — сказала Мичурина, оторвав взгляд от экрана. — Но мясо вкусное.

— Да, очень, — подтвердил Егор. — Так что давай, Славка, мне еще пару кусочков.

— Вот тебе, Барин, везет! — протянул тот, поставив перед Егором и Сергеем по полной тарелке, а Диане дав блюдце, в центре которого сиротливо лежал маленький кусочек шашлыка. — Жрешь, как старый динозавр, а тело точно у молодого жеребца.

— Завидуй молча, Кравец!

Друзья хотели еще позубоскалить, но тут со стороны дороги донесся утробный рев мотора. С каждой секундой он становился громче, пока не стало ясно, что кто-то приближается к «Ветродуйке» на мотоцикле без глушителя.

— Кого еще несет? — спросил у Ветра Слава.

— Юргенс едет, больше некому, — ответил Сергей, вставая.

— На кой бес?

— Понятия не имею, но сейчас узнаем.

— Давай я с тобой схожу? — предложил Егор.

— Да сиди, лопай, без тебя разберусь.

И Сергей удалился.

Отсутствовал он всего ничего, каких-то пять минут — Егор даже не успел справиться со своей порцией шашлыка. Но вернулся Ветер хмурый. Ни на кого не посмотрев, сел, налил себе водки и выпил, не закусив.

— Чего случилось? — первой не выдержала Женя.

— Да так... — выдохнул Сергей вместе с алкогольными парами. Водка как-то неудачно прошла, и горло жгло. И все сильнее болело в паху.

— Деньги, что ли, предлагал? — предположил Марк. — За то, чтобы ты изменил показания?

— Скорее всего, — вклинился Слава. — У Юргенса ведь сейчас земля под ногами горит, хоть и у папашки бабла немерено...

— Убили человека — надо отвечать, — заметил Марк.

— Да никого они не убивали! — тихо сказал Ветер, но его слова, произнесенные чуть ли не себе под нос, услышали все.

— Не они? — переспросила Бабуся. — Но тогда кто?

— Один из нас.

— Вот приколист! — хрюкнул Слава.

— Да, Серега, нехорошо так глупо юморить, — проговорил Егор. — Мне аж не по себе от твоих слов стало...

Ветер рубанул воздух рукой, как бы говоря друзьям: «Помолчите, дайте сказать!» Когда наступила тишина, продолжил:

— Дрозда, скорее всего, убили из-за алмазов. Я только Барину о них рассказывал, но сейчас сообщаю всем. В его доске было двойное дно, заполненное камешками. За ворота «Ветродуйки» Дрозд вышел с ней. Но когда мы его утром обнаружили, доски при нем не было. Я решил, что ее взял Юргенс, убивший Дрозда, так как знал о содержимом двойного дна. Но сегодня ночью перестал так считать.

— Ночью? — переспросил Егор. — Почему ночью?

— Потому что именно среди ночи Юргенс решил поджечь мою станцию, чтобы отомстить. Но дело не в этом! Главное, я нашел доску Дрозда — она лежала среди прочего оборудования. Тот, кто убил Иванушку, спрятал ее на станции до поры до времени. Только алмазики изъял.

— Хрень какая-то...

— Нет, Барин, не хрень, а реальность. Бедняга Юргенс сейчас отдувается за одного из нас. Парень — первый подозреваемый в том, чего не совершал... — Ветер вдруг начал глубоко дышать и схватился за низ живота. — Я, конечно, в милицию не сообщил о своих выводах, но хочу предупредить того, кто убил Дрозда: будь осторожен!

— Может, ты даже знаешь, кто конкретно это сделал? — серьезно спросил Марк.

Ветер кивнул и хотел прокомментировать свой жест, как вдруг согнулся пополам и с пронзительным криком рухнул на землю.

— Эй, ты чего? — испуганно спросил Марк.

— Ветер, что с тобой? — подалась вперед Женя.

А вот Егор ничего не спросил. Молча вскочил, метнулся к другу и заглянул ему в лицо. Глаза Ветра были открыты, и в них отражалась мука.

— Таблетку... — прохрипел он. — Принесите таблетку...

— Какую?

— Обезболивающую. Пузырек в холодильнике...

— Я принесу! — прокричала Бабуся и кинулась к дому.

— У меня есть с собой, — выпалила Ульяна, засунув руку в задний карман джинсов. — «Кетарол» пойдет?

— Пойдет... — Ветер протянул трясущуюся ладонь. — И запить.

Ульяна дала ему таблетку и бутылку с минералкой. Сергей принял лекарство, запил. Его голову Егор, опустившись наземь, тут же положил себе на колени и спросил:

— Что с тобой?

— Умираю, похоже...

— А если серьезно?

— Это серьезно. — Сергей вновь скорчился от приступа боли — таблетка еще не подействовала. — Думаю, у меня рак.

— Чего?

— Предстательной железы или что-то в таком роде...

Тут на дорожке появилась Бабуся. Она мчалась со всех ног, неся в вытянутой руке (как легендарный Данко сердце) пузырек с таблетками.

— Нашла! — прокричала она.

— Да не надо, — отмахнулся Кравченко, — дали уже... — И повернулся к Ветру: — Так что там про рак?

— А что про него? Сожрет меня скоро, и все, — криво усмехнулся Сергей.

— Ты делал анализы? — задала вполне резонный вопрос Диана.

— Ни черта я не делал! И так знаю... У меня и опухоль уже прощупывается.

— Прощупывается? — поразился Слава. — Ну-ка покажи.

— Ты, Кравец, совсем, что ли, чокнулся? Она у меня в паху.

— И что? Как будто я твой член никогда не видел! — Тут до Вячеслава дошло, что среди них дамы, и скомандовал им: — Идите, погуляйте...

Ульяна, Диана и Женя отошли на несколько шагов и сделали вид, что их совсем не интересует то, что будет происходить возле чайханы.

— Сымай портки! — велел Слава.

Ветер, закатив глаза, опустил резинку штанов вниз. Кравченко старательно не смотрел на курчавую растительность и детородный орган друга, а сосредоточился на том месте, куда ткнул Сергей.

— Тут? — уточнил он, коснувшись кожи.

— Тут, тут.

— Так больно? — Слава легонько нажал.

— Аааа! — заорал Ветер. — Кравец, я тебя убью, гад! Больно!

— Прости.

— Правда опухоль? — спросил у Славы Егор.

— Да. Явно прощупывается.

— Может, грыжа? — предположил Марк. — Обычная паховая грыжа. Она тоже может очень сильно болеть. Особенно если перенапрягаешься.

— Ты серьезно? — встрепенулся Ветер. — Про грыжу?

— Ну да. Я когда в НИИ работал, у нас инструктор по физкультуре был, Санькой звали. Так вот он после секса или лыжного кросса просто на стенку лез, у него как раз грыжа была. И, главное, операция-то пустяковая, а Санька все боялся, что ему жизненно важные органы повредят, а по-простому выражаясь, оттяпают яйцо, вот и мучился...

Ветер засмеялся, но тут же скорчился от боли.

— Не знаю, что было у вашего Саньки, — простонал он, — но у меня, похоже, что-то более серьезное, раз таблетки уже не действуют...

— Давай в больницу его отвезем? — обратился к Марку Егор. — Ты не пил, можешь за руль сесть.

— Я — за!

— Да пошли вы, благодетели! — отмахнулся от друзей Ветер. — Не поеду я никуда, ясно?

— Рано или поздно придется, — заметил Слава.

— Ясен пень, придется, но не сегодня. Между прочим, суббота, выходной. Кто меня там обследовать будет?

— Резонно. Таблетку еще дать?

— Давай. Не проходит ни фига.

— Женя, неси пузырек! — крикнул Кравченко.

Та прибежала, протянула анальгетик.

— Сереж, очень больно? — сочувственно спросила у Ветра.

— Нормально.

— А может, тебе лучше покурить? — Это Диана тихонько подошла и встала возле Марка. — Марихуана облегчает боль. Не зря ее больным прописывают. У меня есть немного...

— Не надо, Диана. Не хочу. Поспать бы... — Ветер попытался подняться, но не вышло. — Вот блин... Инвалид!

— Ты скажи, куда надо, мы тебя донесем, — сказал Егор.

— Я вам не раненый боец, чтоб меня носить. Сам дойду! — Сергей встал. Рывком. С жуткой гримасой на лице. Ему было страшно больно, но он себя превозмог. Однако на простое движение ушли все силы, и он, побледнев, слабым голосом добавил: — Только вы меня поддержите немного...

Егор подставил свое мощное плечо. С другой стороны встал Кравченко. И Штаркман рядом. Ветер оперся на друзей и дал команду:

— Ковыляем к станции.

— Почему туда, а не в дом?

— Там мне будет неспокойно. Вы шастать начнете. И душно в доме. А тут, — Сергей ткнул пальцем в здание станции, — ветер с моря. И луна в окно заглядывает.

— Да ведь окна до сих пор тканью затянуты!

— Это поправимо. Содрать ее — минутное дело.

Они вошли в здание станции. Там, естественно, было темно.

— Свет вот тут! — Ветер ткнул куда-то вбок. Но Слава сам отыскал — на вбитом в стену гвозде висел фонарь. Он включил его, и помещение сразу залилось приятным желтым светом.

Егор с Ветром прошли к гамаку. Сергей тяжело забрался в него. Протянув руку к окну, содрал прибитую строительным степлером ткань с рамы, и молодая луна сразу заглянула в помещение, игриво мигнув голубоватыми бликами на темной морской поверхности.

— Что ты там про убийство Дрозда говорил? — спросил Слава. — Я что-то не до конца врубился...

— Да ладно тебе, потом, — оборвал его Марк. — Пусть отдохнет человек. Все завтра. Да, Ветер?

Тот молча кивнул. Судя по всему, таблетки уже действовали, и теперь Ветра клонило в сон.

— Отдыхай, — легонько похлопал его по плечу Егор.

И, махнув друзьям рукой, первым покинул здание.

Глава 6

— Ну, как он? — спросила Бабуся, когда мужчины вернулись.

— Спит, — ответил Баринов. Затем, вскинув руку, на которой были часы, заметил: — Сейчас десять вечера. Нам тоже можно через часок в люлю отправляться.

— А я прямо сейчас пойду, — сказал Слава. — Устал что-то...

— Я тоже, — присоединился к нему Марк. — Укатался сегодня так, что каждая мышца дрожит. Полежать хочу, расслабиться. Пошли, Диана?

— Нет, я еще немного тут побуду. Погода чудесная, ветерок приятный, а ты меня в душное помещение тащишь.

— Включим вентилятор.

— Нет, хочу на берегу посидеть, прости. А вообще у меня предложение: пусть наши уставшие мужчины топают в дом, а мы тут девичник устроим.

— Ушам своим не верю... — пробормотал Марк. — Моя невеста хочет устроить бабьи посиделки, надо же!

— А что такого?

Штаркман хотел напомнить, что Диана всегда твердила, мол, терпеть не может женское общество. «Бабы — завистливые твари, — говорила она презрительно. — Им всегда мало того, что они имеют, им подавай чужое. Чужую внешность, чужого мужа, чужую жизнь!» Марк всякий раз на это замечал: «Ты тоже женщина, и ты не такая!» Но Диана не соглашалась: «Такая, такая! Вот что самое ужасное. Порой меня от самой себя тошнит...» Штаркман не мог с ней согласиться, поскольку считал женщин существами более высокой духовной организации, чем мужчины, но давно зарекся спорить с представительницами слабого пола. Организация у них, конечно, тоньше, духовности больше, но упрямство в десятки раз мощнее, чем у мужиков. Попробуй с ними поспорь!

— Мне идея Дианы нравится, — сказал вдруг Егор. — Мы мальчишник устроим, а они девичник. Мы тяпнем по паре рюмок под футбол — сейчас как раз трансляция идет, а они... — Тут Баринов задумался. — А они попьют чаю, поскольку Диана с Ульяной от алкоголя отказываются, а Женьке без компании бухать скучно, и будут сплетничать о нас, мужиках.

— Больно много чести для вас! — фыркнула Диана. — И чай мы пить не будем. Вот придумал... Еще бы семечки полузгать предложил!

— А что будете?

— Шампанское. У Марка в багажнике бутылка коллекционного лежит. Он кого-то отблагодарить собирался, но передумал.

— Не передумал. Просто человек, которому презент предназначался, уехал за границу, — поправил Штаркман.

— Вот и ладно. Отдай тогда шампанское нам.

— Ты ж не пьешь.

— Могу сделать пару глотков. Чисто символически.

— Хорошо, я сейчас принесу.

И Марк пошел к стоянке.

Вячеслав с Егором тоже покинули чайхану. Только они направились к бунгало.

— Девочки, предлагаю покурить, — сказала Диана, достав из кармана небольшой пакетик, в котором каталась горошина гашиша. — Забирает офигенно.

— Ой, нет, я пас! — замахала руками Ульяна.

— Да ладно тебе... Знаешь, какой этот гашик мягкий?

— И знать не хочу! — отрезала та. — С меня прошлого раза хватило. Курить не буду. А шампанского выпью.

— А ты? — обратилась к Бабусе Диана.

— Я ни того, ни другого не хочу.

— Ты же любишь шампанское.

— Шампанское — люблю, а тебя нет. Если хочешь устроить девичник, устраивай, но без меня. К тому же я страшно устала и хочу лечь. Пока!

С этими словами Женька поднялась из-за стола и устремилась к дому.

— Ну и катись! — крикнула ей вслед Диана.

Бабуся, не оборачиваясь, послала ее жестом далеко и надолго — подняла руку с оттопыренным пальцем.

— Видела? — обратилась Диана к Ульяне. — Факи мне кажет, кошка драная! А при Марке вся из себя благородная, воспитанная... — И с усмешкой добавила: — Вот чума!

Мичурина внимательно посмотрела на девушку, но так и не поняла, действительно ту поведение Бабуси не задело, или она только притворяется. Однако по лицу Марковой невесты очень сложно было что-то прочитать. Оно почти всегда выражало одно и то же: самоуверенное презрение ко всему и всем. Но ведь понятно, это всего лишь маска...

— Девочки, а куда Женя пошла? — спросил Штаркман, приближавшийся по дорожке с коробкой шампанского в руке.

— Отдыхать, — поспешно ответила ему Ульяна. — Устала она. Накаталась.

— Да, ушла спать, — поддакнула Диана. —

Но до этого послала меня на кукан! — И продемонстрировала жениху известный жест.

Теперь Ульяне стало ясно, что девушку «отлуп» Жени все же расстроил. При Марке она немного приподнимала свою маску, и по губам, не ухмыляющимся, как обычно, а чуть подрагивающим, можно было прочесть ее настроение.

— Не придумывай, Диана, — отмахнулся Марк, не поверив ей. — Женя не позволила бы себе...

— А ты у писательницы спроси, она подтвердит.

Но Марк ничего спрашивать не стал. Молча водрузил подарочную упаковку на стол, затем чмокнул невесту в висок и удалился.

Ульяне страшно хотелось последовать за ним. Конечно, душному помещению она предпочла бы пребывание на свежем воздухе, но не в обществе Дианы. В идеале ей хотелось бы остаться тут, в чайхане, и поработать, но об этом оставалось только мечтать. Как и о бегстве в дом. Мичурина не могла так поступить с Дианой. Хватит уже того, что Бабуся ее отбрила. И, как выразилась девушка, послала на кукан. Приходилось жертвовать своими желаниями. Тем более что она теперь с Егором, а Диана невеста Марка — им придется часто сталкиваться...

— Ты шампанское умеешь открывать? — спросила Диана бодро. О том, что она обижена, уже ничто не свидетельствовало.

— Да, естественно, я ж одинокая женщина, — улыбнулась Ульяна. — Только стоит ли открывать? Ты не пьешь, а я целую бутылку не осилю...

— И фиг с ним — выльем. Открывай!

Ульяна послушно достала бутылку из коробки и посмотрела на этикетку. Судя по медалям и надписям на французском, шампанское в самом деле было дорогим. Ульяна, хоть и неплохо зарабатывала, никогда себе такое не покупала. Было жаль денег! Мужчины же, с которыми ее сталкивала судьба, неизменно поили ее вином (по мужскому мнению, от шампанского никакого толку, одна отрыжка): разведенный инженер — «Каберне», муж — мартини, Юра — разливным домашним вином или псевдояпонским, сливовым. Егор же пока ничем не поил (если не считать того шампанского, что случайно отыскалось в его шкафчике), разве что морсом...

— Только, пожалуйста, не стреляй пробкой, — попросила Диана. — А то я боюсь...

— Чего?

— У нас одной девочке так глаз выбили. Перед показом принято моделям шампанское наливать, ну вот кто-то его неаккуратно открыл...

— Ужас какой!

— Самое ужасное, что это было сделано намеренно. По крайней мере, я так думаю. Одна из девушек бутылку открывала, и пробка очень удачно угодила в лицо не кому-нибудь, а ее сопернице. Наверное, не думала ее калечить, планировала только фингал поставить, но... — Диана красноречиво развела руками.

— У тебя опасная профессия, оказывается.

— Была. Сейчас я, слава богу, никакого отношения к модельному бизнесу не имею.

— То есть тебе не нравилось то, чем ты занималась? — Ульяна наконец справилась с пробкой и откупорила бутылку так аккуратно, что Диана даже не заметила.

— Демонстрировать одежду — нравилось. Фотографироваться тоже. Но все эти многочисленные кастинги! Они так унижают...

— А чем ты теперь собираешься заниматься?

— Торговлей. Марк склад оптовый купил, хочет, чтобы я ему помогала.

— А ты? Хочешь помогать?

— Я не против, но желанием не горю. Вообще я мечтаю знаешь как жить?

— Как?

— Как падишах.

— В смысле? — не сдержала улыбки Ульяна.

— Быть богатой и ни хрена не делать. Валяться на подушках и кальян курить.

— Скучно ж будет.

— Для развлечения можно нерадивого слугу на растерзание тиграм бросить и смотреть, как звери будут его раздирать на части.

— Ну и шутки у тебя! — Ульяна продемонстрировала Диане откупоренную бутылку. — Шампанское открыто. Куда наливать?

Диана нашла два неиспользованных пластиковых стакана и поставила их перед Ульяной.

— Жаль, хрусталя нет, — обронила она. — Чтобы со звоном чокнуться!

— Ничего, и так сойдет. — Мичурина разлила шампанское по «фужерам», подняла свой. — Предлагаю выпить за то, чтобы жить так, как мечтается...

— И не скучать! — подхватила Диана.

— Чтоб тигры были сыты и слуги живы.

Они чокнулись стаканчиками. Диана свое шампанское только пригубила, а вот Ульяна сделала несколько больших глотков. Вкус у шампанского оказался очень приятным и необычным. Писательница привыкла к российской шипучке или импортному газированному вину, настоящее же, да еще коллекционное вино пробовала впервые.

— Вкусно, — вслух отметила Ульяна.

— Да? А по мне, так кислятина... — протянула Диана. И, поморщившись, отставила стакан. — Я лучше покурю... Ты точно не будешь?

— Нет.

— Как знаешь.

Бывшая модель достала свою трубочку и пакетик, сноровисто забила, но прикурить не успела — увидела, что со стороны дома по направлению к чайхане движется Баринов, причем в одних трусах.

— Мы стриптизера пока не вызывали! — крикнула ему Диана. — Попозже подгребай. И не забудь надеть пожарную каску!

— Извините, девочки, что помешал вашему разнузданному веселью, — сказал Егор, подходя. — Я на секундочку.

— Хотел попросить разрешения еще минут пятнадцать посмотреть телевизор?

— Зачем? «Спокойной ночи, малыши» уже

закончились, — подыграл Диане Егор. После чего обратился к Ульяне: — Не замерзла?

— Нет. Я же в кофте.

— Пледом накройся, чтобы не продуло.

— Егор, да теплынь на улице, какой плед?

— Ладно, как знаешь. На вот, выпей. — Он протянул ей таблетку.

— Я перестала пить антибиотики.

— Знаю. Но это не антибиотик.

— А что?

— Противогриппозный и общеукрепляющий препарат нового поколения.

— Парацетамол с аспирином и аскорбиновой кислотой? — хмыкнула Ульяна.

— Да нет. Там какие-то полезные вещества, повышающие иммунитет. Выпей.

— Ладно.

— Лучше при мне.

Ульяна демонстративно сунула таблетку в рот и запила соком.

— Вот молодец, девочка! — похвалил Егор и, чмокнув ее, удалился.

Когда он скрылся из виду, Диана наконец раскурила свою трубочку.

— Не хотела при Барине, — пояснила она, выпустив дым, — чтоб Марку не наябедничал. Штаркман ругает меня за курево. Говорит, надо бросать.

— В принципе, он прав.

— Да я понимаю, но... — Диана еще раз затянулась. — Если брошу, придется отдавать слуг на растерзание тиграм.

— Почему?

— Скучно будет. А я скучать не люблю.

— Можно найти альтернативу курению.

— Например? Пить я не могу.

— Хобби какое-нибудь.

— Собирание марок или магнитов на холодильник? Нет уж, спасибо. — Диана сделала последнюю затяжку и, выдохнув, попросила: — Если не трудно, порежь, пожалуйста, апельсин. Тонкими кольцами. Я сейчас жрать захочу.

— А почему тонкими?

— Чтоб казалось, что его много.

Ульяна порезала, и Диана принялась есть. Медленно-медленно, растягивая удовольствие. Мичурина, глядя на нее, тоже захотела пожевать. Но выбрала более сытный продукт — сырокопченую колбасу. За едой девушки разговаривали. И Ульяна вдруг с удивлением отметила, что ей нравится с Дианой болтать. Выяснилось, что та может быть вполне приятным собеседником.

— Смотри, в доме свет погасили, — посмотрев в ту сторону, сказала писательница. — Все легли спать.

— Это намек, что и нам пора?

— Да нет, просто констатация факта.

— Предлагаю еще немного посидеть. Тут так... необыкновенно.

— Согласна.

— А можно мне тебя кое о чем попросить? — сказала вдруг Диана.

— Попробуй.

— Прочитай мне что-нибудь из написанного тобой. Из последнего. — И девушка указала на ноутбук. — Хотя бы абзац.

— Могу прочитать, конечно, но... Зачем тебе?

— Я понимаю, все меня считают полной идиоткой...

— Диана, я не о том!

— Да ладно, знаю, — сердито отмахнулась та. — Только если я не семи пядей во лбу, это еще не значит, что и правда полная идиотка. Между прочим, я довольно много читаю. Пусть не Достоевского и Толстого, но все равно. Мне нравятся детективы, а больше триллеры.

— Хорошо, я прочитаю, Диана, — поспешила успокоить девушку Ульяна.

— А я пока налью тебе еще шампанского.

Мичурина кивнула, затем потянулась к ноутбуку, который уже выключила и убрала в сумку. Теперь пришлось его снова вытаскивать и включать. Наконец Ульяна открыла файл с романом и спросила:

— Тебе что конкретно зачитать?

— Самый страшный момент.

— Хорошо. Только сразу предупреждаю: я не Стивен Кинг, у меня очень страшно не получается...

— Давай.

И Ульяна начала:

— «Ночь была такой черной, что мрак казался почти осязаемым. Наталья...» Это главная героиня, — пояснила Ульяна. — «Наталья выдернула руку из-под подушки и сделала пальцами хватательное движение. Но нет, в ладони ничего не осталось, хотя подушечки пальцев на мгновение ощутили мягкость и тепло. Темнота была похожа на растопленный гудрон. Не раскаленный, но и не застывший. Теплый, податливый. В детстве она жевала такой вместо «Орбита»...» — Тут Ульяне показалось, что выбрала для прочтения совсем не тот абзац, и она перескочила на другой: — «В квартире стояла абсолютная тишина. Как будто вымерли все соседи, остановились настенные часы, сломался холодильник, а кран, подтекавший последние две недели, сам собой починился. Наталья стояла в прихожей, придавленная тишиной, и мечтала об одном — чтобы раздался какой-нибудь звук. Хоть какой! Пусть грохот сорвавшегося с дюбелей кухонного шкафчика, пусть шипение вырвавшейся из трубы воды или скрип открывшейся двери, все равно. Лишь бы не чувствовать себя оглохнувшей от этой тишины! И Наталья дождалась. Когда безмолвие стало давить на барабанные перепонки, она уловила тихие шаги. Такие тихие, что сначала решила, что слышит не шаги, а пульсацию крови в собственных висках. Но с каждой секундой звук становился отчетливее. Он приближался...»

— Это к ней кто-то крадется? — азартно спросила Диана.

Ульяна приложила палец к губам, как бы говоря — помолчи, не мешай. И продолжила, перескочив через абзац:

— «Горло Натальи сдавили ледяные пальцы. Она охнула и левой рукой (правой она держалась за стену) стала отрывать их от своей шеи. Но пальцы оказались такими сильными и цепкими, что сжимали горло подобно тискам. Избавиться от них не было никакой возможности! Наталья начала задыхаться...

— Милая... — услышала она сквозь гул в ушах испуганный голос супруга. — Наташа, ты чего?

Она хотела крикнуть мужу: «Помоги! На меня напали!», но из горла вырвался только сдавленный хрип.

— Ты с ума сошла? Что ты делаешь? — долетело до нее.

Больше Наталья ничего не слышала. Она потеряла сознание. А когда очнулась (к действительности ее вернула страшная вонь — муж сунул ей под нос ватку с нашатырем), поняла, что в квартире была с ним вдвоем. На нее никто не нападал...»

— Как никто? — перебила Диана. — А кто же ее душил?

— Когда супруг Наташи, — пояснила Ульяна, — вошел, то увидел страшную картину: одной рукой его жена сжимала свое горло, а второй пыталась оторвать собственные пальцы от шеи».

— Ах, вон что! Паранойя, да?

— Пока не знаю. Но возможно и психическое расстройство.

— А как вариант?

— Психотропные препараты, тайком добавляемые в пищу.

— Лучше первое, так страшнее.

Ульяна кивнула. Определенно так страшнее. В том числе автору. Сейчас, когда она зачитывала Диане отрывок, ей было не по себе. Но в то же время Мичурина ощущала совершенно необъяснимое желание погружаться в этот ужас еще и еще...

— Ну что, пошли спать? — проговорила Диана, зевнув.

— Иди, а я еще поработаю. Как-то вдруг проснулось вдохновение.

— Да ради бога! Работай... — Диана поднялась, с хрустом потянулась. — Книжку твою непременно прочитаю. Интересно. — И, помахав на прощание, сказала: — Пока, мне спокойной, а тебе плодотворной ночи. И спасибо, Ульяна. Мне было приятно.

— Да, пока, — вслед ей сказала Мичурина.

Едва фигура Дианы слилась с темнотой, она водрузила ноутбук на стол и ударила по клавишам. Мысли и эмоции так и переполняли ее!

Глава 7

Она писала и писала, не в силах остановиться. Паузы, которыми Ульяна разбавляла творческий процесс, были незначительными. Писательница делала глоток шампанского, ставила стаканчик обратно на стол и возвращалась к своему роману.

Писать его было очень страшно. Мичуриной казалось, будто она слышит все то, что слышит ее героиня: и крадущиеся шаги, и загадочный шепот, и далекий, заунывный плач. А когда там, в романе, наступала тишина, то давила ей на уши с такой силой, будто хотела разорвать барабанные перепонки и ворваться в черепную коробку черным, всепоглощающим вихрем. Едва это состояние становилось нестерпимым, Ульяна трясла головой и хлопала себя по щекам. И помогало! Обретя способность слышать звуки окружающего мира — плеск волн и шум ветра, — писательница успокаивалась. Но проходило несколько минут, и страхи возвращались. Как и шаги, голоса, плач. А перед глазами мелькали какие-то тени. То справа, то слева наплывал туман. За спиной концентрировалась и приобретала разнообразные очертания чернота. Но когда Ульяна резко оборачивалась, мрак становился однородным, химеры успевали «рассосаться»...

Решительно захлопнув компьютер, Ульяна встала. Надо уйти отсюда! Туда, где тишина с темнотой не состоят в сговоре. Туда, где люди и уютные звуки: тарахтение работающего вентилятора, дребезжание холодильника, храп, чих, сопение спящих мужчин...

Вдруг со стола упал нож. Вроде бы она его не задевала, но нож упал. Тот самый, которым Ульяна резала апельсин. Сок, застывший на лезвии, показался ей похожим на кровь. Она не знала, в ее ли воображении дело или в освещении, но Ульяна видела КРОВЬ.

«Почти как в моей книге, — пронеслось у нее в голове. — Героиня обнаружила на ноже, которым обычно резала фрукты, кровь... Но никак не могла вспомнить, откуда та взялась на лезвии... Да еще в таком количестве, будто им кромсали живое существо. Но Наталья-то моя ножом ничего, кроме фруктов, не резала...»

Бухнувшись на колени, Ульяна схватила нож и поднесла к глазам, потом понюхала. Сок! Апельсиновый сок, какое счастье!

Ульяна встала с коленей. Тщательно вытерла лезвие бумажной салфеткой и хотела положить нож на стол, но ее остановил шепот: «Он создан для того, чтобы им убивали! — прошелестело где-то возле уха. — И ты знаешь, кто должен сегодня умереть...»

Мичурина резко обернулась. Но никого не увидела. Голос звучал в ее голове!

Писательница швырнула нож на стол и снова начала хлестать себя по щекам. Сознание сразу прояснилось. Ульяна схватила ноутбук и сделала решительный шаг в сторону дома. «Завтра же записываюсь на прием к психиатру, — сказала она себе. — С моей головой явно что-то происходит. Что, если у меня, как у моей героини, паранойя и я опасна? Вдруг именно я убила Ивана? Вдруг... И пусть все последние дни я гнала эту мысль прочь, сомнения в моей виновности никуда не делись. Я видела его смерть. Может, во сне. А может... И нашла в своем кармане принадлежавшую ему вещь. Я — убийца?»

«Ты — убийца! — зазвучал в голове тот самый голос. — И ты это знаешь!»

Ноги Ульяны подкосились. Она осела на землю и заткнула уши. Голос звучать перестал, зато со стола снова упал нож. И воткнулся лезвием в песок.

«Убей! — продолжал голос. — Убей Ветра. Он знает, что ты прикончила Дрозда. Он свидетель! Свидетель, которого надо убрать...»

Мичурина, как загипнотизированная, все время смотрела на нож. Но не касалась его. Но вдруг против своей воли потянулась к рукоятке...

— Нет! — прошептала она яростно и отдернула руку. — Не может быть! Я не убийца! Я просто сумасшедшая, которой мерещатся звуки и картины... Или же мне просто-напросто все снится!

«Конечно, это сон, — сразу подтвердил ее предположение голос. — Ты убила Дрозда во сне. Убей и Ветра. А проснувшись, запиши все, что увидела...»

— Сон? На самом деле сон? — вслух сказала Ульяна. И ущипнула себя. Да так сильно, что, если б не спала, взвыла бы от боли. Но сейчас ощутила лишь легкое покалывание. А потому выдохнула с облегчением: — Да, мне снится сон!

Подтверждение она получила тут же, когда пыталась подняться, и у нее не получилось. Во сне так часто бывает: хочешь встать или перепрыгнуть через препятствие, а ноги будто свинцом налиты. Но это состояние быстро проходит. И уже в следующий миг ты порхаешь, точно бабочка...

Выждав несколько секунд, Ульяна сделала еще одну попытку подняться. И теперь ей удалось. Легко, пружинисто она встала на ноги.

«Возьми нож! — скомандовал голос. А когда Ульяна выдернула его из песка, добавил: — А теперь иди и убей! Все равно это просто сон...»

— Просто сон, — повторила Ульяна и пошла к кайт-станции.

Глава 8

Лунный свет освещал гамак, в котором лежал Ветер. Остальное же пространство тонуло во мраке. Граница между тьмой и светом проходила там, где стояла колонна с полочкой для божка, покровителя мореходов, и его фигурка могла считаться часовым на этом рубеже.

Ветер, ни с того ни с сего пробудившийся, смотрел на него и думал. Думал о том, что боль ушла, но страх перед ней остался, и теперь всю ночь он будет прислушиваться к себе, ожидая ее появления, а потому вряд ли уснет. А еще Сергей размышлял о смерти. Но не своей — Дрозда. И в который раз дивился тому, что его убил не тот, кто ненавидел, и не тот, кто сильно нуждался в деньгах. Дрозда убил «дворецкий», имя которого...

Вдруг скрипнула дверь. Едва слышно. Если б Ветер спал, такой тихий звук не разбудил бы его. Но Сергей бодрствовал, поэтому услышал скрип и покосился в сторону двери, не поворачивая головы. Однако рассмотреть того, кто явился, не смог. Его поглощала темнота.

Послышались шаги. Неторопливые шаги и порывистое дыхание.

Ветер по-прежнему не шевелился, но внимательно смотрел во тьму. Его рука лежала на лбу, и тому, кто сейчас шел и дышал в темноте, наверняка казалось, что Сергей спит, ведь его открытых глаз не было видно за ладонью.

Прошло секунд пятнадцать, когда пограничная тьма перестала быть абсолютной. Ее разбавило неясное пятно чьего-то лица. А через миг...

Границу света и мрака пересекла рука с зажатым в ней ножом. На лезвие упал лунный блик, и сталь матово заблестела.

Ветер напрягся, поняв, что его пришли убивать.

— Это просто сон, — услышал он едва слышный шелестящий шепот.

— Просто сон... — повторил кто-то. Тоже тихо, но вполне отчетливо.

— Убей!

Рука с ножом взметнулась вверх и застыла.

— Убей!

Рука дрогнула. А из мрака показалась Ульяна. Ее глаза были безумны, зрачки огромны.

— Убей!

Ульяна сделала шаг. Еще один. Теперь от Ветра ее отделяла пара метров. Сергей внутренне сжался, готовый в любой момент вскочить и вырвать нож.

— Убей!

Нож был занесен и нацелен Ветру в живот.

— Убей!

— Я не могу... — обессиленно выдохнула Ульяна, и из ее глаз с огромными зрачками полились слезы.

Писательница попятилась. Ее рука с ножом начала медленно опускаться. Но тут из темноты вынырнула другая рука. Длинные тонкие пальцы обхватили готовый расслабиться и выпустить оружие кулак Ульяны, сжали его крепче. Мичурина покорно понурила голову и, подталкиваемая сзади, стала приближаться к гамаку...

А шедшая позади нее Диана шептала и шептала одно слово: «Убей!»

И все сильнее давила на сжимающие рукоятку ножа пальцы Ульяны.

Ветер сгруппировался.

Мичурина сделала последний шаг.

— Давай! — прохрипела Диана и толкнула Ульяну на Сергея.

Тот молниеносно соскочил с гамака. Острие ножа рассекло воздух, затем веревочную сетку.

Диана, увидев это, сорвалась с места и кинулась к двери. Куда девушка собиралась бежать, Ветер не знал. Но не стал ее останавливать. Все равно теперь никуда не денется!

Однако выскочить за дверь Диана не успела — путь ей преградил Егор. Он держал в руке фонарь и светил в ее лицо.

— Что тут происходит? — спросил он.

Диана не ответила. Сначала просто стояла, плотно сомкнув губы, потом начала пятиться. Достигнув угла, забилась в него.

Свет фонаря переместился на бледную физиономию Сергея.

— Ветер, хоть ты ответь, что тут у вас случилось? Я проснулся, Ульяны нет, пошел искать, но...

Тут он заметил Мичурину. Та сидела на земляном полу, скрючившись и утопив лицо в ладонях.

— Что с ней? — воскликнул Баринов, кидаясь к Ульяне. — Милая, ты как? Посмотри на меня...

С силой оторвал ее пальцы от лица.

— Оставь ее сейчас, — бросил ему Ветер. — Мичурина не в себе.

— Как? Почему?

— Не видишь, зрачки какие?

— Вижу, расширенные.

— Она под наркотиком.

— Ульяна? Да брось, Ульяна не принимает наркотиков...

— Конечно, нет. Ей Диана что-то подсунула. Таблетку, скорее всего.

— Но зачем?

— А ты еще не понял?

Егор задумчиво покачал головой. Как-то туго он сегодня соображает! Наверное, из-за беспокойства за Ульяну.

— Ладно, потом объясню, не сейчас. Пошли в дом. Ты ее бери, — Ветер указал на Мичурину, — а я Диану.

И направился в угол, где на корточках сидела невеста Марка.

Глава 9

Егор поднял Ульяну на руки и вынес на улицу. Та не сопротивлялась. А вот Диана — еще как.

— Не трогай меня! — зарычала бывшая модель, когда Ветер попытался взять ее за локоть.

— Хорошо. Иди сама. Только убегать не надо, это бессмысленно.

— Знаю.

— Тогда пошли.

— Не пойду! — упрямо мотнула головой девушка, но на ноги поднялась. — Оставь меня!

— Не дури, Диана.

— Я не могу идти, понимаешь?

— Нет.

— Я не знаю, что сказать.

— Кому?

— ЕМУ!

— Марку? Только правду.

— Правда разобьет его сердце.

— Надо было раньше об этом думать, Диана! — Ветер взял ее под локоть.

Но девушка снова вырвалась с криком:

— Да не трогай ты меня!

— Оставить тебя тут?

— Да.

— Хорошо. Только ответь — зачем?

— Хороший вопрос. Короткий. Но ответ таким не получится.

— Ничего, я могу выслушать и длинный. — И Сергей поманил ее на гамак.

Диана, помедлив несколько секунд, последовала за Ветром. Усевшись рядом с ним, достала свою трубочку, забила ее, прикурила. Выпустив первую порцию дыма, начала рассказ:

— Все беды в моей жизни из-за отсутствия двух вещей: любви и денег. Меня до Марка никто не любил, и я стала злой и циничной. Денег мне сроду не хватало, и я стала жадной. Муж мой действительно погиб из-за меня. Но я не заказывала его. Просто подтолкнула на ту последнюю игру. Мне было страшно остаться без всего, и я подумала: а что, если он сможет отыграться? Я была азартнее его и глупее. И заражала его и тем, и другим. Мы проиграли. И деньги, и меня. Муж сбросился с крыши. А я пробыла в «рабстве» целый месяц.

— То есть тебя не просто поимели?

— Меня кто только не имел! Мой хозяин

давал пользоваться мной всем своим друзьям и тем гостям дома, кто желал развлечься, после того, как сам трахнул несколько раз. Еще заставлял меня убирать в доме, стирать, поливать сад. То есть я стала и прислугой, и бабой для утех. Можно было бы всего этого избежать — если б у меня имелись деньги. Хозяин предлагал мне себя выкупить. Или найти того, кто выкупит. И цена-то невелика: полтора миллиона рублей. Да только у меня и десятой доли того не было! Как и щедрого поклонника. В общем, пришлось отрабатывать.

— Отработала. И что дальше?

— Встретила тебя и переехала в «Ветродуйку». Тут познакомилась с Марком и...

— Поняла, что нашла спасение от одиночества и безденежья?

— Я бы сказала иначе: нашла человека, давшего то, чего мне не хватало всю жизнь: любовь и деньги.

— Чего ж тебе теперь-то не хватало? — разозлился Ветер.

— Уверенности, что это навсегда.

— Что ж, очень по-женски. Могу понять. Но зачем было убивать Дрозда?

— Я слышала твой с ним разговор. Об алмазах. И подумала: вот бы мне ими завладеть... Чтоб на черный день лежали. Ведь такой может наступить, согласись? И вот Дрозд сидел у ворот, ждал Юргенса, а я смотрела на него из окна и размышляла, что если сейчас его убить и доску забрать, то заподозрят кого угодно, кроме меня. В первую очередь Кравченко. Или того же Юргенса. И я пошла к воротам. Дрозд не слышал шагов. Я встала у него за спиной, долго смотрела на его затылок...

— И решилась.

— Да. Подняла камень и шарахнула Дрозда по башке. Думала, тот сразу умрет. В кино это быстро происходит. Но он не умер. Даже сознание не потерял. И увидел меня. Пришлось его добить.

— Потом ты замела следы, стерла отпечатки, взяла доску и...

— Вынула алмазы, а борд спрятала среди других на кайт-станции. Затем вернулась в дом. Писательница спала на террасе. Спала неспокойно, что-то бормоча себе под нос. Я разобрала слова: «Убить красиво!» и «Ивана было бы не жалко!». И тут мне вдруг захотелось немного поиграть с ней...

— Поиграть? — не поверил своим ушам Ветер.

Человек, только что убивший другого, решил немного развлечься? Сюр какой-то!

— Третья моя беда — скука, — продолжала монотонно, без эмоции, Диана. — Я постоянно испытываю ее, когда не курю или не принимаю таблетки. Ты скажешь, что это зависимость, и я соглашусь. Да, мне скучно жить без кайфа. Но и с ним порой бывает скучно. Не хватает адреналина. Я играла и из-за него, не только ради денег. И себя на кон поставила тоже поэтому — щекотала себе нервы. А с Марком мне было очень спокойно и... очень скучно. Кстати, хотя я не люблю секс, но иногда снимала ночами в баре кого-нибудь или садилась в машину незнакомца и ехала со случайным партнером в лес, на квартиру, в баню...

— Сука ты!

— Знаю.

— Так как ты решила поиграть с Мичуриной?

— Нашептала ей кое-что на ухо. Про то, как она убила Дрозда, проткнув его живот древком знамени. Уверенности в том, что ей это приснится, не было, но попробовать стоило.

— И ей приснилось.

— Да. Еще и с подробностями. Вот они, творческие люди! Потом в карман ей кулон Дрозда подсунула.

— А под кроссовку покойника серьгу для пирсинга.

— Да. Но уже утром. Которое, если верить народным сказкам, мудренее вечера.

— Но откуда она у тебя взялась?

— Купила в подарок Юргенсу. Знала, что тот коллекционирует оригинальные серебряные серьги.

— Ну да, ты ведь хорошо была с ним знакома, — кивнул Ветер.

— Ты знаешь?

— Юргенс сказал мне несколько часов назад.

— Он для этого приезжал?

— Да. Вдруг понял, что это может быть важным. По словам Юргенса, вы «подружились», когда ты жила тут у меня. Парень гонял, как обычно, на своем мотике, а ты шла по дороге. Он предложил покататься — ты согласилась. Все ночь вы гоняли, курили, купались, трахались. И после регулярно виделись — именно Юргенс поставлял тебе траву.

— Все так.

— А ту синтетику, которую ты подсунула Ульяне, тоже он дал?

— Нет, купила в городе. Таблетка сильная, я пробовала. Никогда не знаешь, какой будет реакция. Даже немного страшно их принимать, но тем и интересно. Когда скука становится невыносимой, я покупаю себе колесо. Перед отъездом сюда как раз приобрела. Хотела сама принять, да тут ты со своим заявлением о том, что знаешь имя убийцы... Кстати, ты знал?

— Стопроцентно, конечно, нет. Всю неделю думал на Славку. У него и мотив был, и на пузе красноречивый синяк. Но после сегодняшнего разговора с Юргенсом сообразил, что убийца — ты. Но не стал бы озвучивать свои подозрения. Без доказательств я людей не обвиняю. Тем более тех, кто дорог моим друзьям.

— Я так и думала. И своими руками никогда бы тебя не убила.

— А чужими, значит, запросто?

— Не запросто, конечно. Да и совсем необязательно Ульяне было тебя убивать. Если б она только ранила тебя, уже было бы отлично. Смерть Дрозда автоматом повесили бы на писательницу-психопатку, а я оказалась бы вне опасности.

— Когда ты подсунула ей таблетку?

— Пока Мичурина возилась с компьютером. Я попросила ее почитать мне пару абзацев из ее последнего «шедевра», и она не отказала. Дурочка... Кстати! В прошлое воскресенье она чуть меня не запалила.

— Как так?

— Я зашла сюда — перепрятать борд Дрозда. Побоялась, что ты его обнаружишь и перестанешь подозревать Юргенса. А еще у меня камушки стали вываливаться из лифчика. Я засунула их в отделения для вкладышей, увеличивающих грудь, предварительно завернув в кусочки эластичного бинта — взяла его в аптечке Бабуси. И только подняла футболку, чтобы их поправить, как явилась Мичурина. Пришлось спрятаться за колонну, а потом тюкнуть ее по башке твоим пузатым папуасом. Когда писательница свалилась, я взяла доску и засунула ее в сундук.

— Бедная Ульяна...

— Ничего с ней не сделалось. Оклемалась уже через десять минут. Я же ее легонько стукнула.

— Будто знала, что она тебе еще пригодится...

— Дело не в том. Просто я не хотела ее убивать. Я ж не монстр!

— Да? — с сомнением протянул Ветер.

Но Диана не уловила его сарказма и продолжила:

— Вообще-то Ульяна нормальная баба. Мне даже немного нравится. Но пишет такую лабуду... Когда зачитывала отрывки, пришлось постараться, чтобы изобразить заинтересованность. Ждала, пока таблетка подействует, и то, что она читала свои страсти, было как нельзя кстати.

— Ну да, наркота многократно усугубляет ощущения. Накаляет эмоции. Если тебе хорошо, то с ее помощью ты испытываешь настоящую эйфорию. Если грустно — рыдаешь...

— А если страшно, то попадаешь в кошмар. Особенно если тебе постоянно кто-то нашептывает всякий вздор. И тонкой, незаметной в темноте палочкой сшибает со стола нож.

— Ты все время находилась с ней рядом?

— Да. То за спиной стояла, то за стеночкой. Я знала, что реакции у Ульяны из-за таблетки замедленные, и пока она оборачивалась, успевала спрятаться. А Мичурина думала, что спит... И щипала себя. Да только под этим наркотиком чувствительность совсем слабая становится.

— Что ж, теперь все ясно, — медленно проговорил Ветер. — Единственный вопрос остался: где алмазы?

— Не скажу! Они мои. Припрятаны на черный день.

— Такой день настал, Диана. Тебе понадобятся деньги на адвоката.

— Нет, камешки будут лежать до тех пор, пока я не выйду на свободу. Дадут мне лет восемь, и в тридцать я выйду.

— Не мало ли за убийство и покушение?

— Но ты же на меня не заявишь, правда? — И она улыбнулась своей хищной улыбкой. — А я явлюсь в милицию с повинной, и срок могут скостить.

— Все продумала, да?

— Нет, не все... — Улыбка сползла с ее лица. — Пока не знаю, что говорить Марку.

— Ничего и не надо, — донесся с улицы тихий голос. Девушка обернулась и увидела у раскрытого окна Штаркмана. — Я все слышал, Диана...

— Прости, — выдохнула она. — И знай: если бы я была способна на любовь, то испытала бы ее именно к тебе...

Ветер посмотрел на друга, но так и не понял, поверил тот Диане или нет. И катящиеся по его щекам слезы ничего не проясняли...

Эпилог

Диане оформили явку с повинной. Ветер на нее не заявил. О пропавших алмазах Сергей тоже не упомянул. Мотивом для убийства по результатам дела считалась личная неприязнь и состояние наркотического опьянения. Диану осудили и приговорили к шести годам лишения свободы. Услуги ее адвоката оплачивал Марк Штаркман. Но сам на суде не присутствовал. И вообще с той ночи, когда Диана сделала свое признание, ни разу с ней не виделся.

У Ветра оказалась банальная паховая грыжа. Его прооперировали, и уже через неделю он вышел в море, наплевав на рекомендации врачей провести еще столько же времени в постели.

Егор с Ульяной поженились. Свадьба была скромной (финансовые дела Баринова пошли на лад, да и Мичурина получила хорошие гонорары за дополнительные тиражи, но оба решили, что пышные торжества им ни к чему), и медовый месяц молодые провели в «Ветродуйке». Триллер Ульяна так и не дописала. Зато создала новый любовный роман. Тираж его был раскуплен за две недели.

Слава с женой не развелся. Пожив месяц отдельно, он окончательно понял, что является существом парным и без Оли и детей жизнь ему не мила. Даже лихие телки с цыпочками не в радость. Но едва вернулся в семью, как все встало на свои места: Кравченко закрутил роман сразу с двумя шамурками и по очереди таскал их на станцию.

Женя бросила работу в туристическом агентстве и стала инструктором по кайтингу. Именно Бабуся учила ребят, над которыми Ветер взял шефство, азам мастерства. На следующий год они вместе с Сергеем планируют открыть спецшколу для трудных подростков и зимой взять кубок по кайтингу в Египте. Евгения впервые решила участвовать в соревнованиях и настроена на победу.

А вот Марк от участия в них отказался. Он вообще перестал заниматься кайтингом. Продав свое дело и сдав квартиру на длительный срок, Штаркман улетел на Канарские острова, чтобы заняться там аэросерфингом. Самым опасным спортом в мире.

Литературно-художественное издание

НЕТ ЗАПРЕТНЫХ ТЕМ

Ольга Володарская

НЕСЛУЧАЙНАЯ НОЧЬ

Ответственный редактор *А. Антонова*
Редакторы *Т. Семенова, И. Шведова*
Художественный редактор *Е. Гузнякова*
Технический редактор *Н. Носова*
Компьютерная верстка *И. Ковалева*
Корректор *Е. Дмитриева*

Фото на переплете:
Tyler Durden, Jerzyworks/Masterfile/FOTOLINK

ООО «Издательство «Эксмо»
127299, Москва, ул. Клары Цеткин, д. 18/5. Тел. 411-68-86, 956-39-21.
Home page: **www.eksmo.ru** E-mail: **info@eksmo.ru**

Подписано в печать 18.06.2010.
Формат 84x108 1/32. Гарнитура «Балтика». Печать офсетная.
Бумага офс. Усл. печ. л. 18,48.
Тираж 15 100 экз. Заказ 2847.

Отпечатано в ОАО «Можайский полиграфический комбинат».
143200, г. Можайск, ул. Мира, 93.
Сайт: www.oaompk.ru тел.: (495) 745-84-28, (49638) 20-685

ISBN 978-5-699-43097-0

9 785699 430970 >